Olivier Merle

LES ENTRAILLES DU MAL

roman

XO ÉDITIONS

ISBN : 978-2-37448-508-9

Il n'existe aucun geste, aucune parole ni soupir
qui ne contienne la somme de tous les crimes
qu'ont commis et que continuent à commettre
les êtres humains.

ELENA FERRANTE
L'Amie prodigieuse

Prologue

L'enfant perçut le pas lourd de l'homme qui s'approchait. Acculé dans ce réduit, il n'avait plus d'issue.

Le rideau fut tiré d'un seul coup. Terrifié, ses jambes ne le portant plus, il tomba à genoux, les yeux fixant les monstrueuses chaussures aux semelles épaisses, des boots avec de gros lacets noirs qui recouvraient les chevilles.

— Ah, t'étais là, toi, petit con.

Il y eut ensuite un silence épouvantable. L'enfant pensait mourir, mais au lieu de se révolter, il se sentait mou, incapable du moindre mouvement.

L'homme s'accroupit et de son énorme pogne le saisit à la gorge.

— Regarde-moi.

L'enfant leva des yeux terrifiés et croisa ceux de l'homme, d'une dureté de bronze, insondables de cruauté. Il crut s'évanouir.

— Écoute-moi bien, petit con. Tu n'as rien vu. Tu ne sais rien. Si tu dis quoi que ce soit à qui que ce soit, j'te tue.

La menace

1

Tout commença d'une manière si étrange que le commandant Hubert Grimm de la PJ de Rennes aurait dû être surpris, ce soir-là, en ouvrant sa boîte aux lettres. Pourtant, il ne le fut pas. Le matin même, il avait été saisi par un pressentiment désagréable alors qu'il marchait vers la station de métro.

C'était un parcours routinier qu'il accomplissait chaque jour pour aller à l'hôtel de police. Les mains dans les poches, l'esprit absorbé par diverses pensées, les yeux baissés pour éviter de mettre le pied sur une crotte de chien, il ne faisait guère attention aux passants et il lui arrivait parfois d'en bousculer certains par mégarde et de s'excuser aussitôt avant de repartir.

Ce fut une sensation plus qu'une certitude. Nous possédons tous une sorte d'instinct animal, un signal interne qui alerte quand on nous observe. Ainsi, il n'est pas rare de lever la tête et de croiser un regard qui paraît nous dévisager. La personne généralement se détourne et l'incident est clos.

Harcelé par cette pénible impression, Grimm s'était arrêté au milieu du trottoir. Il s'était retourné mais n'avait rien vu de tangible, que la masse en mouvement des gens se rendant à leur travail. Se trompait-il ? Sans doute, puisque nul individu ne s'était immobilisé en catastrophe, personne n'avait fait semblant de s'intéresser à la vitrine d'un magasin, aucun demi-tour suspect ne s'était produit.

Il avait attendu quelques secondes avant de reprendre sa marche. Cette vérification aurait dû le rassurer. Ce fut le contraire. Avant de pénétrer dans la rame de métro, il avait de nouveau inspecté ses arrières, victime d'une inquiétude grandissante. Sans motif, sans raison apparente, ce qui était bien le plus troublant.

À l'hôtel de police, en débarquant dans l'open space où ses trois adjoints bavardaient tranquillement, un gobelet de café à la main, il avait la mine soucieuse et les sourcils froncés.

Ermeline l'avait tout de suite remarqué :

— Tu fais une drôle de tête, Hubert ? Ça va pas ?

Toute la journée, cette appréhension l'avait poursuivi et, en travaillant avec Jarry et Blanchard sur une délicate affaire de drogue qui les occupait depuis plusieurs semaines, il avait eu des difficultés à se concentrer. À plusieurs reprises, ses deux collègues avaient dû lui rappeler des faits que pourtant il n'ignorait pas. Au point que Corentin Jarry, jamais avare de plaisanteries en tout genre, lui avait lancé sur ce ton sérieux de pince-sans-rire qu'il affectionnait :

— Tu es vraiment *stupéfiant* aujourd'hui…

Dans la soirée, il avait regagné son domicile en jetant fréquemment des regards autour de lui, cherchant la cause de son anxiété, mais la réalité, du moins celle découlant de sa surveillance, semblait toujours démentir son instinct.

Ce fut donc dans le hall de l'immeuble que Grimm reçut la preuve que quelque chose clochait. Dans la boîte aux lettres : une enveloppe. Il s'attendait à un événement et celui-ci venait de se produire. Hormis les factures de gaz ou d'électricité et diverses correspondances administratives, il ne recevait jamais de courrier. Jamais.

Il renonça à l'ouvrir immédiatement. En grimpant les marches de l'escalier, il l'examina avec attention. L'écriture lui était inconnue. Son nom et son adresse formaient des jambages hauts, pointus, agités, agressifs. Au dos, rien. L'expéditeur n'avait pas pris la peine d'indiquer son identité.

Il jeta la lettre sur le canapé, ouvrit le réfrigérateur et décapsula une bière. Après avoir pompé deux fois de suite sur une cigarette, il but d'un trait la moitié de la bouteille, le regard posé sur la lettre qui paraissait le défier.

S'asseyant sur le divan, il la décacheta sans ménagement. Le message était rédigé de la même écriture inquiétante.

TU ES FIER DE CE QUE TU AS FAIT ?
L'HEURE DES COMPTES A SONNÉ.

Anonyme, bien sûr.

Telle une horloge qui se dérègle et ralentit, les battements de son cœur se firent plus sourds et plus lents dans sa poitrine. Ayant l'habitude d'analyser rapidement les données, il perçut tout de suite les deux volets du message : une accusation et une menace.

L'accusation était obscure. Qu'avait-il donc fait ? Certes, son métier consistait à enquêter et à mettre hors d'état de nuire des criminels. Un flic de la PJ ne peut se prévaloir de manquer d'ennemis. Le commandant Hubert Grimm pas plus qu'un autre. Mais, en l'occurrence, à quelle affaire cette allusion se rapportait-elle ? Il n'en avait pas la moindre idée.

La menace en revanche était limpide. L'individu n'y allait pas par quatre chemins. Il y avait l'imminence d'une vengeance qui pouvait l'atteindre à tout moment. Sa vie était en danger. Car on n'écrit pas ce genre de lettre pour mettre un simple poing dans la gueule de son ennemi. On le tue. Son expérience de flic en témoignait. Et si on le prévient avant, c'est parce que l'assassin veut être sûr que la future victime a bien compris pourquoi elle va mourir et qui s'apprête à la tuer.

Sans y réfléchir, Grimm se leva et ferma à clé la porte d'entrée. Puis, il alla à la fenêtre et souleva doucement le voilage. La rue était déserte. À la lumière des lampadaires, quelques passants pressés, mais personne ne faisait le guet face à l'immeuble. Éteignant la lumière du salon, il ouvrit la porte-fenêtre et se glissa avec précaution sur le balcon pour s'en assurer. Penché par-dessus la rambarde, il inspecta attentivement les deux chaussées. Rien de suspect.

Alors, il s'assit sur le canapé et alluma une nouvelle cigarette. Le pire était de ne pas comprendre ce qui lui était reproché et de n'avoir pas la moindre hypothèse sur l'identité de l'accusateur.

Ces questions tournaient en boucle dans sa tête et produisaient un effet dévastateur sur son moral. La peur le gagnait. Risquait-il d'être abattu en pleine rue comme un chien ?

Quand il se coucha, il songea qu'il avait laissé son arme de service à la PJ et qu'il n'avait rien pour se défendre.

2

Au cours de la nuit, Grimm avait ressassé une à une les dernières affaires criminelles auxquelles il avait participé sans trouver la clé de l'accusation. Mais la lettre était toujours là sur le divan, comme un rappel insistant du danger.

La prudence la plus élémentaire était de ne pas sortir. S'il était attendu sur le trottoir ou sur son trajet vers le métro, il n'aurait aucune possibilité de riposter et pouvait être abattu n'importe où.

Il saisit son portable et téléphona à Jarry. Celui-ci était le meilleur tireur de leur groupe. Vif et réactif, il était la personne appropriée.

La voix précipitée de Grimm trahissait son angoisse :

— Corentin, es-tu encore chez toi ?

— Oui.

— As-tu ton arme avec toi ?

— Qu'est-ce qui se passe ?

— Ton arme, tu l'as ou pas ?

— Oui...

— Passe me prendre en voiture. Je t'attendrai dans le hall de mon immeuble. Tu t'arrêtes, tu m'envoies un SMS, tu ouvres la portière du passager, tu n'éteins pas le moteur, je te rejoins et tu redémarres aussitôt.

Il y eut un silence.

— Mais enfin, Hubert, dis-moi quand même…

— Je t'expliquerai !

Quelques minutes plus tard, Grimm se tenait derrière la porte de son immeuble et attendait. Avait-il le sentiment de risquer sa vie ? Au cours de sa carrière, il avait vu tant de meurtres, tant d'assassins, que la mort rôdait toujours un peu autour de lui. Ce contact permanent avec la faucheuse, aucun flic n'y pensait jamais. Sans quoi, on ne peut pas faire ce métier. Et quand il en va autrement, c'est qu'il est temps de raccrocher.

Cependant, c'était la première fois qu'il était directement visé. Il ne recherchait pas un tueur, il en était la victime potentielle. Et cette situation nouvelle le prenait aux tripes.

Il reçut le SMS. Aussitôt, il se précipita dehors avant même de localiser la voiture de Jarry. Il la vit, face à lui, ainsi que la portière ouverte, et il s'engouffra dans l'habitacle.

— Fonce !

★

★ ★

Pour éviter de continuer à souiller la lettre avec ses empreintes et son ADN, Grimm l'avait manipulée et déposée avec une pince sur le bureau d'Ermeline. Avec sa lenteur légendaire, Éric Blanchard avait déplié son double mètre et, d'un pas mesuré, il était allé lire la menace. Puis il s'était rassis en hochant la tête et avait affirmé avec son flegme habituel :

— Eh bé, y a un mec qui t'en veut…

À ce stade, voilà bien tout ce qu'on pouvait dire, et cette courte phrase résumait parfaitement la pensée d'Ermeline et de Jarry.

Habitué à diriger les enquêtes, Grimm, déstabilisé par le fait qu'il était le premier concerné, se sentait impuissant à mener la discussion. Ermeline, toujours assise à son bureau et dont les yeux ne parvenaient pas à se détacher de l'inquiétante missive, rompit cet instant de flottement qui menaçait de durer en raison de la passivité de son patron.

— La lettre a été postée où ? demanda-t-elle.

— Sur l'enveloppe, le code ROC de l'oblitération est 29099A. Donc Rennes République, le centre-ville, répondit Grimm.

— Faut envoyer tout ça au labo.

— Bien sûr, mais il ne faut pas se faire trop d'illusions.

Il est rare qu'un corbeau ne s'entoure pas des précautions nécessaires en écrivant ses saloperies, surtout des menaces. Personne ne l'ignorait.

— Tout de même, reprit Ermeline, s'en prendre à un flic de cette manière, c'est gonflé. On a tant de moyens à disposition pour le rechercher activement et le débusquer.

— Il doit être du genre tête brûlée, affirma Blanchard.

— Et peut-être pas très malin, supposa Ermeline.

— Du genre à tirer dans le tas pour un oui, pour un non, ou même pour un simple regard.

— Ça peut être juste un maniaque qui a envie de te faire peur, tempéra Ermeline.

Tout cela n'était que conjectures et hypothèses inutiles. La solution se trouvait dans l'accusation.

— Tu ne sais vraiment pas à quoi ce type fait allusion ? interrogea Jarry qui avait déjà posé cette question dans la voiture.

— Absolument pas ! dit Grimm avec force, et c'était bien sa seule certitude dans cette affaire.

— Bon, en tout cas, un corbeau qui s'attaque à un poulet, c'est pas banal, lança Jarry avec son air habituel de ne pas y toucher.

La tension explosa en un rire collectif. Même Grimm sourit de bon cœur à cette saillie. Puis un moment incertain s'établit.

Ce fut Ermeline qui reprit la parole.

— Qu'est-ce que tu comptes faire ?

— Que veux-tu que je fasse ? Serrer les fesses en attendant les résultats du labo, c'est tout !

— Tu veux dormir chez moi ? proposa Jarry. J'ai un canapé-lit.

Blanchard baissa les yeux. Marié et père de trois enfants, il occupait un logement certainement trop exigu pour accueillir son patron. Quant à Ermeline, elle habitait en dehors de Rennes, vivait avec un copain, ce qui lui compliquerait trop la vie. Jarry était célibataire et, du peu que Grimm connaissait de son existence, il savait qu'elle était assez décousue, meublée d'aventures intermittentes. Sans doute était-il seul ces temps-ci ?

— C'est gentil, Corentin, mais ce n'est pas une solution. Peut-être qu'Ermeline a raison. C'est un abruti qui veut me foutre la trouille et j'ai tort de m'inquiéter. Je vais redoubler de prudence et, tout à l'heure, je rentrerai chez moi avec mon arme de service. De toute façon, je pars ce soir pour Montpellier.

— Tu vas voir ton fils ? osa Ermeline.

— Oui.

Que Grimm avait un fils, ses adjoints l'avaient fortuitement appris l'année précédente. Au cours de la terrible affaire criminelle de ce psychopathe qui se prenait pour un homme de Neandertal[1]. Secret sur sa vie privée, leur patron n'avait pu empêcher qu'un voile soit levé sur cette partie obscure de son existence. Désormais, ils savaient tous les trois que Grimm avait eu une liaison adultère à Montpellier, que celle-ci avait mal tourné quand le mari

1. Voir *Le Manoir des sacrifiées*, XO Éditions.

l'avait découverte et que la bagarre qui s'était ensuivie sur les lieux mêmes de la PJ entre les deux hommes était à l'origine de sa mutation forcée à Rennes.

Une véritable « exfiltration », comme l'avait qualifiée Jarry, un arrangement pour éviter le scandale et de plus lourdes conséquences pour Grimm. Il n'en restait pas moins que de cette liaison un fils était né, âgé de deux ans à présent, qui obligeait Grimm à d'incessants allers et retours de Rennes à Montpellier, quasiment chaque week-end. Et ce d'autant plus que depuis ces événements le mari était mort dans d'horribles circonstances, que la paternité de Grimm avait été officiellement reconnue par des tests ADN et qu'il se sentait une responsabilité inédite, et angoissante, envers cet enfant et Amandine, sa mère.

Malgré sa répugnance à se livrer, Grimm avait été soulagé que ses collègues connaissent la vérité. Cependant, il n'en parlait pour ainsi dire jamais et ses adjoints respectaient scrupuleusement sa discrétion.

À ce titre, l'intervention d'Ermeline, qui plus est en présence des autres, s'avérait une entorse à la règle que tous s'imposaient.

La brève réponse de Grimm fut suivie d'un long silence embarrassé. Blanchard admirait le clavier de son ordinateur et Jarry contemplait le plafond d'un air absent. Seule Ermeline faisait face, assumant sa question.

Soudain, Grimm tapa dans ses mains.

— Allez, au boulot ! N'y pensons plus ! Je vais seulement en informer le patron.

Le commissaire divisionnaire Babut, pelotonné dans le fauteuil de son bureau comme un gros chat, manifesta une vive surprise quand Grimm l'informa du contenu de la lettre anonyme qu'il avait reçue.

— Mince alors…

Il ne put faire mieux que poser l'inévitable question.

— Et vous ne savez pas ce que signifie cette accusation ?

— Non

— Mince alors... Drôle d'histoire.

L'idée d'une protection pour son commandant lui trotta un instant dans la tête, mais il y renonça. Les effectifs trop réduits ne le permettaient pas. Surtout pour une durée que nul ne pouvait prévoir. Avec mauvaise conscience, il conclut :

— Je ne vois pas bien ce qu'on peut fait en l'état.

— Moi non plus, monsieur le divisionnaire, et je ne demande rien, assura Grimm qui avait parfaitement capté la courte hésitation de son supérieur.

*

* *

Le soir venu, alors qu'ils quittaient la PJ, Jarry proposa de raccompagner Grimm en voiture jusqu'à son domicile. Celui-ci accepta, ce qui confirma à ses équipiers l'inquiétude qui tourmentait leur chef.

Jarry alla même plus loin. Sachant que Grimm, lorsqu'il avait été muté à Rennes, avait vendu sa voiture en raison d'obsessions écologiques, il offrit d'attendre au pied de l'immeuble que Grimm fasse son sac avant de le conduire chez le loueur où son véhicule était réservé.

Grimm, qui avait dissimulé son arme de service sous son blouson, fonça dans un premier temps dans le hall de l'immeuble, une main sécurisante posée sur la crosse du pistolet. Il constata qu'aucune nouvelle lettre ne l'attendait dans la boîte, monta l'escalier quatre à quatre, jeta quelques effets dans son sac et retrouva l'habitacle rassurant de la voiture de Jarry en moins de dix minutes.

Une demi-heure plus tard, il roulait en direction de Montpellier. C'était un long trajet – plus de neuf cents kilomètres par l'autoroute – que Grimm redoutait toujours, surtout à la fin d'une journée de travail.

Il arriva à destination vers 4 heures du matin et se rendit à l'hôtel où, chaque week-end, en raison de l'heure, il passait la première nuit. Épuisé, il s'endormit dès qu'il s'allongea sur le lit.

*

* *

Au matin, il resta longtemps sur le dos sans parvenir à se lever, l'esprit embrouillé, tentant de rassembler les morceaux épars de son existence. La lettre anonyme paraissait bien lointaine au regard de ce qu'il vivait chaque week-end à Montpellier.

Amandine n'était plus la femme qu'il avait connue au cours de cette liaison tumultueuse qui s'était soldée par sa mutation. Depuis, il y avait eu l'assassinat de son mari et sa séquestration dans cette sinistre cave où elle avait été violée à plusieurs reprises[1]. La terrible dépression qu'elle avait connue ensuite, les longs mois à la clinique psychiatrique, puis la lente reconstruction, seule avec ses trois enfants, dont Louis le fils de Grimm, l'avaient définitivement changée.

Cette femme, si dynamique, si pleine de vie, si décidée dans ses choix, était devenue tourmentée, hésitante, et paraissait cacher au plus profond d'elle-même une souffrance insurmontable. Chaque fois, Grimm en avait les larmes aux yeux. D'autant que ces événements tragiques, vécus ensemble, lui avaient enfin fait entrevoir une vérité qu'il s'obstinait à nier. Il l'aimait.

---

1. Voir *Le Manoir des sacrifiées, op. cit.*

Inconcevable, cette réalité lui était apparue le jour où il lui avait rendu sa première visite à la clinique. Ce fut une sorte d'illumination, où ses défenses naturelles, son incapacité à exprimer ses sentiments et sa peur d'aimer s'étaient effondrées brutalement face à la douleur de la mère de son fils.

Mais c'était bien l'affreux paradoxe. Amandine, qui jusque-là avait toujours prétendu aimer deux hommes en même temps – son mari et Grimm –, lui manifestait désormais une tendresse distante.

La relation avec son fils Louis s'avérait aussi d'une complexité qu'il n'avait pas soupçonnée. Ayant passé sa première année aux côtés de son père putatif, l'enfant avait vécu le traumatisme de sa disparition avant de voir surgir dans sa vie un inconnu – Grimm – qui prétendait être son père. Trop jeune pour comprendre, il manifestait face à Grimm une timidité inquiète teintée d'une méfiance instinctive.

Par ailleurs, les visites de ce nouveau père, très espacées pour un petit bonhomme de cet âge, ne permettaient pas de nouer une relation fondée sur le quotidien. Le week-end, Grimm avait l'impression de devoir tout recommencer de zéro, réapprivoiser l'enfant pour le mettre de nouveau en confiance, ce qui lui donnait le sentiment de demeurer un étranger à la famille. C'était d'ailleurs en partie vrai puisque les deux autres enfants, plus âgés, n'étaient pas de lui.

Amandine ne montrait aucune hostilité, elle ne mettait aucun obstacle à la relation père-fils que Grimm appelait de ses vœux, mais elle demeurait passive. Si bien qu'il se sentait un peu perdu, cherchant à construire quelque chose de solide dans ce qui lui apparaissait parfois comme un champ de ruines.

Un mois auparavant, Amandine avait montré qu'elle saisissait pleinement la situation. Alors que Grimm venait de redescendre de la chambre de Louis où il avait maladroitement tenté de jouer avec lui, elle l'avait observé un moment qui tournait en rond dans le salon avant de déclarer :

— Tu ne trouves pas ta place ici, Hubert.

Grimm avait acquiescé et elle avait ajouté sur un ton absolument sincère :

— J'en suis triste pour toi, mais je ne peux pas t'aider.

Constat désolant, qui avait transpercé Grimm comme une lame de couteau. Non, elle ne pourrait pas l'aider tant que le drame qu'elle avait vécu ne se serait pas atténué. Elle affirmait parfois faire des progrès, Grimm n'en voyait guère.

*

* *

Une boule au ventre, il sonna à la porte de la maison. Le fait qu'Amandine n'ait pas déménagé à la suite de cette tragédie lui paraissait une très mauvaise chose, parce que cette villa, tout imprégnée de la présence de Fabien Moncorgan – son mari assassiné –, rappelait trop à Amandine les jours heureux pour qu'elle puisse solder ses malheurs. Il avait essayé de la convaincre, en vain.

Il avait prévenu de sa visite – comme chaque samedi –, si bien qu'elle ouvrit sans surprise, s'écarta en silence et le laissa entrer.

Il enleva son blouson et l'accrocha au portemanteau.

— Comment vas-tu, Amandine ?

— Ça va…

Réponse qui n'incitait pas à l'enthousiasme. Amandine avait les traits tirés, néanmoins elle tenta de sourire en un pathétique effort.

— Amandine, il faudrait que tu vendes cette maison.

— Tu me l'as déjà dit.

— Oui, eh bien, je te le redis parce que je crois que c'est absolument nécessaire pour toi et les enfants.

— On verra..., éluda-t-elle. Je ne me sens pas de force à acheter une maison. C'est compliqué, il faut chercher, c'est long, et faire des démarches infinies. Je suis fatiguée rien que d'y penser...

— Je t'aiderai, si tu me le demandes.

— C'est gentil, Hubert.

Et, comme toujours, le sujet fut écarté, Grimm sachant qu'il valait mieux ne pas insister.

Il passa la matinée dans le jardin à jouer au ballon avec les trois enfants, mais Louis était trop petit, si bien que sa sœur et son frère, jugeant qu'il retardait le jeu, ne poussaient jamais la grosse balle vers lui. Grimm était le seul à tenter de mettre son fils dans le coup.

Ils déjeunèrent tous les cinq, ce qui donnait à Grimm la curieuse impression qu'ils pourraient peut-être, un jour, constituer une famille normale. Cependant, il ne se jugeait pas prêt pour une aventure aussi incertaine.

Du reste, Amandine lui avait confié :

— Hubert, nous n'habiterons jamais ensemble. Je ne pourrai pas faire une chose pareille à cause de Fabien.

— Je comprends, avait-il répondu, effrayé par cette hypothèse pourtant jamais formulée.

L'après-midi, ils allèrent au parc. Grimm souleva mille fois Louis pour le placer au sommet du petit toboggan qu'il dévalait en hurlant de peur et de plaisir, les deux autres enfants s'amusant de leur côté. Amandine resta assise sur un banc à les regarder.

Le soir, Grimm se sentait détendu. Il avait lu à Louis une petite histoire, à laquelle celui-ci n'avait pas compris grand-chose, avant de l'embrasser tendrement et d'éteindre la lumière. Une fois les aînés couchés, il but lentement une bière dans le salon tandis qu'Amandine se versait une tisane. Le tableau évoquait un couple en fin de journée, quand l'agitation a cessé et que la nuit réparatrice se profile.

Il se disait que le bonheur était peut-être là, à portée de main, pour peu qu'Amandine se rétablisse et recommence à faire des projets. Un bonheur qu'il n'avait jamais vécu, une sorte de mirage étrange aussi attirant qu'angoissant.

Son téléphona vibra dans la poche de son pantalon. Un SMS. Après un sourire à Amandine pour s'excuser, sans aucune pensée parasite, il abaissa ses yeux sur l'écran. Numéro inconnu. Il afficha le message et son sang se glaça dans ses veines.

Tu as fui ton appart ? Tu as peur de moi ?
Tu as bien raison.

3

Grimm s'éjecta de son fauteuil comme s'il venait d'être piqué par un frelon.

— Putain !

Amandine se rejeta en arrière, un instant effrayée par cette soudaine brutalité.

— Qu'est-ce qu'il y a ?

— Il y a que je suis la cible de menaces d'un type que je ne connais pas, qui m'accuse de quelque chose que je ne comprends pas !

Incapable de maîtriser son émotion, Grimm déambulait de long en large dans le salon, son portable à la main qu'il secouait comme s'il tenait une braise incandescente. Puis il se laissa retomber dans le fauteuil.

— Mon instinct ne me trompait pas. Il me surveille !

Tassée sur son siège, Amandine se taisait. Elle regardait son ancien amant avec une infinie tristesse. Grimm se mordait les lèvres, en proie à l'incertitude, désemparé par le vide de ses pensées.

— Nom de Dieu de nom de Dieu… Qu'est-ce que je dois faire ?

Loin de s'intéresser au contenu du message, ou à ce que Grimm devait faire en la circonstance, Amandine dit tout à coup :

— Tu fais un métier dangereux, Hubert.
— Oui, sans doute…
— Je serais toi, j'aurais arrêté depuis longtemps.

Les yeux toujours rivés sur l'écran du téléphone, Grimm haussa les épaules. Amandine poursuivit dans un murmure à peine audible :

— Je ne voudrais pas que Louis perde son père une seconde fois.

Cette réflexion inattendue atteignit Grimm au plus profond de lui-même. Louis se trouvait au centre de l'inquiétude d'Amandine. C'était la préoccupation d'une mère et il n'y avait là rien d'étonnant en soi. S'il venait à mourir, ce serait un nouveau drame pour cet enfant.

Mais il y avait autre chose. Amandine venait d'indiquer d'une manière détournée et indirecte qu'elle tenait à Grimm. *Je ne voudrais pas te perdre* était aussi ce qu'il fallait entendre. À considérer la véritable signification de cette phrase, c'était la préoccupation d'une femme envers un homme qu'elle aimait sans doute encore.

Cette formulation, construite sur un non-dit impossible à formuler clairement, eut sur Grimm un effet apaisant. Il fit semblant de ne pas relever ce que son intuition lui avait révélé. Il ferma les yeux et lâcha dans un souffle :

— Je serai toujours là pour Louis.

Une réplique en miroir à destination exclusive d'Amandine qui pouvait y lire tout l'amour qu'il lui portait.

Il se leva derechef.

— Je vais retourner à Rennes dès ce soir.
— Pourquoi ?

De nouveau, il perçut dans cette question lancée trop vivement une sourde angoisse qui ne trompait pas. Amandine ne souhaitait pas qu'il parte. D'habitude, il dormait sur le canapé-lit du salon et restait la journée du dimanche avant de repartir vers 17 heures pour son long périple en voiture. Cette option lui parut la pire de toutes.

— Non, il me faut partir. Ce type ne sait pas où je suis, mais il est capable de le découvrir. Il a bien déniché mon adresse et, plus surprenant, mon numéro de portable. Si je m'attarde ici, je vous mets en danger. Étant pour l'instant sa seule cible, je dois le rester. Je sens que si je rentre à Rennes, il ne quittera pas cette ville.

Amandine hocha la tête. Elle avait compris. Quand Grimm ramassa son blouson, elle se leva et l'accompagna jusqu'à la porte d'entrée. Ému par ce qu'elle avait dévoilé à son égard, il lui fit une bise appuyée avec une tendresse qu'elle ne repoussa pas.

— Sois prudent, Hubert, furent ses derniers mots.

⋆

⋆ ⋆

Dans sa voiture, avant de démarrer, il appela Blanchard.

— Excuse-moi de te déranger un samedi soir.

— Pas grave, raconte.

— Je vais te donner le numéro de téléphone du cinglé qui me cherche. Si dès lundi matin tu pouvais voir s'il est possible de savoir qui le détient, ce serait vraiment sympa.

— Pas de problème.

— Merci, Éric. Je ne me fais pas d'illusions. C'est certainement un prépayé et tu feras chou blanc, mais ça vaut le coup d'essayer.

— Bien sûr.

Grimm roula toute la nuit. Quand il gara le véhicule non loin de son immeuble, il attendit un moment, scrutant la rue, pour s'assurer que les alentours étaient calmes et sans embûches. Il pénétra avec précaution dans le hall, monta les marches de l'escalier lentement, prêt à dégainer son arme à la moindre alerte. Enfin réfugié dans son appartement, dont il ferma la porte à double tour, éreinté par ce voyage express, il se laissa tomber sur son lit et s'endormit tout habillé.

Le lendemain matin, après une douche revigorante, il se prépara un café et fit le point. Il avait besoin d'avoir l'esprit clair et, pour cela, il devait oublier que pour la première fois c'était lui qu'on pourchassait. Il ne cherchait pas un tueur coupable d'un ou plusieurs meurtres, il était la cible, ce qui – il en convenait – handicapait sa réflexion.

Renonçant à prendre un petit déjeuner – d'ailleurs il ne restait dans la cuisine qu'une demi-baguette rassise –, il posa sa tasse pleine sur le tapis, alluma une cigarette et se vautra de tout son long sur le divan.

Il cherchait une piste pour orienter l'enquête. Rationnel, il décomposa les informations dont il disposait en deux points distincts.

Point 1. Le second message ne comportait aucune accusation, il était donc censé avoir compris. C'était bien le hic, et pas des moindres. « *Tu es fier de ce que tu as fait ?* » La formulation était des plus curieuses. Elle s'apparentait à une admonestation à un enfant qui a fait une grosse bêtise. La phrase impliquait une position en surplomb, tel le jugement d'une mauvaise action dont l'auteur ne pouvait pas ignorer qu'elle était hautement répréhensible. Mais quoi, bon Dieu !

Bien que ne trouvant rien à se reprocher, Grimm ne pouvait nier que cette accusation remuait en lui une culpabilité latente, flottante, enfouie depuis une éternité, qu'il avait l'impression d'avoir toujours ressentie. Elle provoquait un malaise qui oppressait sa poitrine. Mais malgré l'effort désespéré qu'il fit pour aller plus loin, il abandonna rapidement. Non, il ne comprenait pas.

Point 2. L'individu n'était pas un amateur et tout indiquait qu'il était dangereux. Sans que Grimm puisse le repérer, l'homme l'avait suivi, espionné, avait découvert son adresse et même son numéro de portable. C'était un professionnel, sur ce point il n'avait aucun doute. La lettre ne comporterait aucun ADN et le portable de l'individu serait un prépayé.

La menace de la lettre, « *L'heure des comptes a sonné* », avait été renforcée dans le SMS par une mise en garde : « *Tu as bien raison.* » Bien raison d'avoir peur parce que je ne plaisante pas. On ne pouvait être plus clair et Grimm eut un frisson.

C'était tout ce qu'il pouvait déduire et, au final, ce n'était pas grand-chose. Presque rien. En tout cas, aucun fil qui aidait à percer l'identité de l'individu. Il restait la proie impuissante du chasseur, incapable d'inverser les rôles.

Découragé, il écrasa le mégot de sa cigarette dans le cendrier jusqu'à le réduire en bouillie. De surcroît, on était dimanche, un jour d'inactivité où aucun progrès ne pouvait se produire. Et il n'avait rien à manger !

Il fit une sortie, précautionneuse, pour se rendre à la petite supérette du quartier ouverte le dimanche, acheta le nécessaire et rentra immédiatement chez lui, où il demeura planqué le reste de la journée.

*

* *

Blanchard n'avait pas mis longtemps à obtenir les informations sur le portable qui avait envoyé le SMS. C'était bien un prépayé. Qui plus est, non localisable, donc éteint. Cela confirmait que la recherche d'ADN dont ils attendaient le résultat s'avérerait également infructueuse.

Ce fut Jarry qui débloqua la situation. Le matin, il avait de nouveau servi de chauffeur à Grimm pour lui éviter de courir le moindre risque. Dans la voiture, il avait lancé :

— J'ai une petite idée sur qui pourrait t'en vouloir.

Ajoutant aussitôt :

— Mais avant de dire n'importe quoi, il faut que je fasse des vérifications.

Grimm n'avait pas insisté, même si, travaillant seul dans son bureau à la PJ, il avait du mal à se concentrer, comme un étudiant qui attend le résultat d'un examen.

Jarry surgit enfin dans l'encadrement de la porte.

— J'ai les éléments que je cherchais. Tu viens voir ?

Grimm se leva, un mélange d'inquiétude et d'espoir lui nouant le ventre, et le suivit dans l'open space où Blanchard et Ermeline avaient cessé leur activité et attendaient sagement.

Jarry s'assit face à son ordinateur et commença par une mise en garde.

— C'est une piste, je ne prétends pas...

— On t'écoute, coupa Grimm.

— Tu te souviens que l'année dernière tu as fait arrêter le jeune Drajić ?

— Oui, quel rapport ?

— J'y viens. Tu as mené cette enquête avec promptitude, sans coup férir, pour dénicher qui se livrait au trafic d'armes dans le quartier de Maurepas. Drajić, vingt-six ans, délinquant sans grande envergure, récupérait des armes en provenance de la Serbie – il y en a beaucoup depuis la guerre en ex-Yougoslavie – et les revendait sans discernement à tous ceux qui pouvaient aligner des thunes.

— Sans discernement, c'est sûr ! rigola Blanchard. En même temps, on ne peut pas demander à l'acheteur d'une arme à feu si c'est pour faire le bien autour de lui.

— Exact ! Et, justement, le petit Drajić a écopé d'une peine très lourde parce qu'il avait vendu une kalachnikov qui s'est retrouvée dans les mains d'un des terroristes du Bataclan.

— Je m'en souviens, acquiesça Grimm.

— Il a protesté, affirmant qu'il ignorait totalement que cette arme allait servir à un attentat islamiste.

— C'est sûrement vrai…

— Mais les juges ne l'ont pas cru, ou en tout cas n'en ont pas tenu compte et l'ont condamné à onze ans de prison ferme. Depuis, il moisit en taule.

— En ce moment, avec ce qui se passe, évidemment, l'heure n'est pas à la mansuétude. Il a pas eu de bol.

Grimm haussa les épaules, non par indifférence au sort de Drajić qui aurait écopé d'une peine moins sévère en temps normal, mais parce qu'il ne voyait pas bien où Jarry voulait en venir.

— Et alors ? dit-il abruptement.

— Alors ? Le jeune Drajić est le neveu de Drajić.

— Tu m'en diras tant…

— Tu ne sais pas qui est Drajić ?

— Non.

— C'est parce que tu n'es pas à Rennes depuis longtemps, sinon tu le connaîtrais. Drajić tient un bar qui s'appelle le Voïvodine. C'est une couverture.

— Couverture de quoi ?

— Proxénétisme. On le soupçonne de faire venir des filles de l'Est et de les faire travailler, si je puis dire.

— Et pourquoi on l'arrête pas ?

— Parce qu'on n'a jamais réussi à le coincer. Il y a quatre ans, on avait un indic dans la place qui a mystérieusement disparu. Plus de trace.

— Éliminé ?

— Probable, mais on n'a jamais retrouvé le corps. On a déjà fait plusieurs descentes dans son bar, Drajić a été mis sous écoute. Sans succès. Au téléphone, que du baratin anodin. Quand on débarque chez lui, tout est clean, on a l'impression qu'il a été prévenu.

— Tu veux dire qu'il y a une taupe chez nous ?

— Non, je sais pas... en tout cas, c'est bizarre. Bref, c'est un homme dangereux et très retors. Il a un CV long comme le bras.

Jarry saisit une feuille d'un dossier ouvert devant lui.

— Il est arrivé en France après la guerre en ex-Yougoslavie. Très jeune caporal dans l'armée serbe, il a trempé dans le massacre de Srebrenica sans qu'on puisse établir clairement son degré de responsabilité. C'est en 2001 à Marseille qu'il commence à faire parler de lui. Deux mois de taule pour coups et blessures volontaires. Trois ans plus tard, il écope d'une condamnation d'une année pour maquereautage – il s'agissait de sa compagne de l'époque qu'il forçait à faire le trottoir. Deux ans après, il prend six mois pour recel de voitures volées. Ensuite, pendant cinq ans, il disparaît des radars et refait surface à Lyon, impliqué dans une fusillade meurtrière entre bandes rivales, serbe et bosniaque. Il retourne au gnouf pour deux ans et est libéré pour bonne conduite, preuve qu'il sait donner le change. Ensuite, on perd de nouveau sa trace pendant quelques années, mais en 2014 il est accusé de l'assassinat d'un client par une prostituée. À Strasbourg, cette fois-ci. Le témoignage est confirmé par d'autres prostituées mais, hélas, il fournit un alibi que la PJ de Strasbourg n'a pas réussi à démonter. Donc, libéré faute de preuve. Mais la même année, toujours à Strasbourg, il est arrêté pour viol et condamné à un an ferme. Après avoir purgé sa peine, il disparaît encore et débarque ici en 2017 où il joue à la perfection le mec rangé des bécanes. Il ouvre un bar et s'associe. Sa clientèle est plus que louche, mais ce petit monde se tient à carreau et aucun trouble n'est constaté.

— S'associe avec qui ? demanda Grimm.
— Teh.
— Que Bouexière appelle le Chinois, précisa Ermeline.
— Mais qui est vietnamien, compléta Blanchard.
— Mouais, évidemment, pour le commandant Bouexière, tous les Asiatiques sont des Chinois, reprit Jarry. Attention, ce type est très dangereux. Il porte sur lui en permanence un couteau qui ne sert pas seulement à couper son steak.
— Charmante image..., dit Grimm.
— Je te passe le CV de l'associé, instructif aussi, tu t'en doutes... Parce que c'est Drajić qui nous intéresse.
Grimm, qui était resté assis, écoutant avec attention tant que Jarry parlait, se leva et fit face à son adjoint.
— Ok, très bien. Drajić, ancien criminel de guerre, a trempé dans de nombreuses affaires et a réussi à trouver chez nous une planque pour poursuivre ses activités. Mais je ne vois toujours pas le rapport avec moi.
— Le frère de Drajić, père du jeune Drajić, est mort pendant la guerre en ex-Yougoslavie. La mère aussi est morte quelques années plus tard et c'est Drajić qui a élevé son neveu. Il n'a pas d'enfant et l'aime comme son fils. Je le crois assez fêlé pour te garder une rancune tenace, qui a pu tourner à l'obsession et lui donner des envies de meurtre.
— Je vois.
Grimm fourra les mains dans ses poches et se mit à arpenter la pièce de long en large. Ses adjoints suivaient ses allers et retours en tournant alternativement la tête d'un côté et de l'autre. Les sourcils froncés, la mine soucieuse, Grimm soupira, interrompit son va-et-vient de lion en cage, et lança soudain :
— Je vais rendre une petite visite à ce Drajić.
— Où ça ? s'alarma Ermeline.
— Dans son bistrot.

Le silence qui suivit alerta Grimm. Il releva la tête et découvrit des regards circonspects pointés sur lui.

— Quoi ? Vous le croyez assez con pour me descendre dans son bar ?

— Non, mais il vaudrait mieux y aller à plusieurs, argumenta Jarry. Ne serait-ce que pour lui montrer que nous sommes au courant et t'épaulons.

— Tu as raison. Éric, viens avec moi ! Pour l'impressionner, si tant est que ce gars soit impressionnable.

Son grand corps courbé comme à l'ordinaire sur son bureau, lequel paraissait une table d'enfant, et surpris d'être interpellé de la sorte, Blanchard se secoua et se déplia lentement.

*

* *

Conduisant trop rapidement selon son habitude, Grimm jetait parfois un bref coup d'œil à Blanchard assis à ses côtés. Celui-ci était d'une placidité extrême et Grimm admirait ce calme que rien, jamais, ne semblait perturber.

De ses trois adjoints, Blanchard était celui dont il ne savait à peu près rien, sinon qu'il était marié et avait des enfants. En particulier, il ignorait la raison qui l'avait poussé à quitter le commandant Bouexière pour le rejoindre. Ermeline lui avait avoué que, dégoûtée par l'attitude macho et misogyne de plusieurs membres du groupe concurrent, elle avait profité de l'arrivée de Grimm pour changer d'air. Jarry ne lui avait fait aucune confidence, mais Grimm avait compris que son esprit très particulier et sa manière de penser devaient susciter le rejet de la part de collègues peu évolués. En revanche, Blanchard demeurait un mystère.

Oserait-il le questionner ? D'abord, Grimm n'aimait pas s'insinuer dans l'intimité des gens, tout simplement parce qu'il n'aimait pas qu'on pénètre dans la sienne. Homme secret, il se comportait comme il souhaitait que les autres se comportent avec lui. Ensuite, il n'était pas aisé d'aborder cette grande masse à la taille démesurée. On se sentait nain, ou enfant, et cette sensation à la limite du désagréable freinait les échanges.

Et c'était encore plus vrai dans une voiture où la tête de Blanchard touchait le plafond si bien qu'il était obligé de la garder inclinée. Une fois ses immenses jambes repliées, les genoux montaient jusqu'au niveau du tableau de bord et on souffrait presque pour lui de cette position inconfortable.

— Éric, est-ce que je peux te poser une question indiscrète ?

La réponse ne fut pas immédiate, mais chez Blanchard cette lenteur de réaction ne signifiait pas grand-chose. C'était un fait de sa nature.

— Ça dépend quoi, fit-il mollement.

— Oui, bien sûr. Et tu n'es pas obligé de répondre.

— Ok.

— Voilà. Je voudrais savoir pourquoi tu as quitté le groupe de Bouexière quand je suis arrivé à Rennes alors que tu ne me connaissais ni d'Ève ni d'Adam.

Il se fit un long silence pendant lequel Grimm enchaînait les virages, changeait les vitesses, freinait et accélérait, puis enfin stoppait à un carrefour, les deux mains sur le volant, les yeux braqués sur le feu rouge. L'attente se prolongeait, pénible en raison de cette question en suspens qui semblait s'être perdue dans l'infini du cosmos. Au feu vert, Grimm redémarra, en se jurant de ne plus jamais aborder avec Blanchard la sphère privée, même quand celle-ci touchait de si près à leur vie professionnelle.

Ce fut une véritable surprise quand son adjoint prit la parole.

— Tu sais combien je mesure ?

— Euh… dans les deux mètres ?

— Deux mètres zéro trois. Je pèse cent treize kilos, ce qui pour un homme de ma taille n'est pas excessif.

— Je n'en doute pas.

— Dans l'autre groupe, il y a de nombreux crétins. Et Bouexière lui-même en est un.

— Ça, je l'ai bien compris.

Il y eut ensuite de nouveau une pause si longue que Grimm pensa que Blanchard n'en dirait pas plus. Il le regrettait, d'autant plus qu'il approchait de la rue où se trouvait le bar de Drajić. Cette conversation serait donc, de fait, interrompue, avec peu d'espoir qu'elle reprenne un jour. Il se trompait, car Blanchard, sans aucune émotion dans la voix, lâcha :

— J'en avais marre qu'on se foute de ma gueule.

— Ils se foutaient de toi ?

— Continuellement. Jamais on ne m'appelait par mon prénom. J'étais la girafe, l'éléphant, l'hippopotame, King Kong, Hulk, Pantagruel, Gargantua, et j'en passe.

— Jamais ton prénom ?

— Jamais. Ils s'étaient donné le mot.

— Bouexière aussi ?

— Bouexière aussi. Un jour, j'en pouvais plus, j'en ai chopé un par le paletot et je l'ai envoyé valdinguer à l'autre bout de la pièce. Et je leur ai dit à tous que le premier qui m'appellerait autrement que par mon prénom, je l'éclaterais contre le mur comme une noix.

— Et alors ?

— À partir de là, ils se sont adressés à moi sans me nommer. Une petite vengeance, le front commun des imbéciles. Mais, dans mon dos, parce que je suis pas sourd, je les entendais toujours m'affubler de tous ces surnoms. Quand j'ai su qu'un nouveau commandant arrivait, je me suis porté volontaire. Je pouvais pas y perdre.

— Et avec nous, ça va ?

— On m'appelle Éric. Moi, ça me va.

— Tant mieux.

Assez curieusement, Blanchard, qui d'ordinaire était peu bavard, ajouta, comme si une pompe avait été amorcée dans son cerveau et qu'il fallait du temps pour l'arrêter :

— J'aime beaucoup Ermeline et Jarry. C'est des collègues vraiment sympas.

Parvenu à destination, Grimm gara sa voiture sur une place de parking.

En ouvrant la portière, il songeait que Blanchard, pour évoquer la bonne ambiance de leur groupe, n'avait pas parlé de lui, seulement de ses deux coéquipiers. De la pudeur sans doute. Car il lui avait raconté cette anecdote, et le fait même qu'il lui ait confié son opinion sur Jarry et Ermeline montrait envers son chef une confiance que Grimm appréciait à sa juste valeur.

4

Situé certes en centre-ville mais dans une rue peu passante à l'écart des commerces, le Voïvodine ne payait pas de mine. Devanture vitrée de taille modeste, porte centrale, et l'intérieur masqué par des stores, si bien qu'à part le nom au fronton rien ne permettait de deviner le décor du bistrot. Bref, aucun soin n'avait été apporté pour attirer le client – c'était même une façade plutôt repoussante –, ce qui était sans doute volontaire si le bar ne constituait qu'une couverture pour des activités illégales.

— Tu me suis et tu me laisses faire, dit Grimm dont la voix trahissait la crispation.

— Ok, répondit flegmatiquement Blanchard.

Mais il ajouta aussitôt, en plaquant sous le nez de Grimm l'écran de son portable :

— Attends, j'ai une photo de Drajić pour que tu le reconnaisses.

Le faciès n'inspirait pas confiance, c'est le moins que l'on pouvait dire. Des cheveux rares sur le haut du crâne, des tempes étroites, un visage qui s'évasait vers le bas et se terminait par une mâchoire puissante et prognathe. La nuque était épaisse et surmontait de fortes épaules. L'homme avait une bonne cinquantaine.

Après une profonde inspiration pour diminuer la tension, Grimm poussa la porte et entra, Blanchard sur les talons qui le dépassait d'une tête.

Attablés dans un angle de la pièce, trois hommes buvaient des alcools forts dans des petits verres et interrompirent immédiatement leur conversation. Au comptoir se trouvait Drajić, que Grimm reconnut immédiatement.

Le Serbe se raidit nettement en les apercevant. Il eut d'abord le réflexe de se retourner vers une ouverture qui, derrière lui, donnait sur une arrière-salle, puis, se ressaisissant, il prit un torchon avec une nonchalance quelque peu forcée, et se mit à essuyer des chopes de bière.

Un bonnet sur la tête dissimulant sa calvitie, il était vêtu d'une sorte de vareuse qui descendait jusqu'en haut des cuisses, masquant les poches du jean. Grimm pensa qu'il y dissimulait un flingue. Il s'approcha en le fixant et vint s'accouder au comptoir. Blanchard fit de même et le regard de Drajić se porta naturellement sur le géant dont la masse imposante semblait écraser le zinc.

En raison de sa haute taille et de son large gabarit, Blanchard constituait une arme dissuasive qui coupait court à toute idée de fuite ou de rébellion. C'était son avantage et la raison pour laquelle Grimm l'avait choisi pour l'accompagner. Doté d'une force prodigieuse, il excellait dans le combat rapproché et maîtrisait n'importe quel adversaire. En revanche, sa lenteur le rendait inopérant sur un terrain dégagé. Jarry, très vif, et Ermeline, sportive accomplie, prenaient alors le relais.

— Salut Drajić, dit Grimm le plus naturellement du monde.

Drajić le considéra un instant avant de répondre avec un fort accent serbe :

— On s'connaît ?

— Je crois. C'est moi qui ai mis ton neveu en taule.

La phrase se voulait provocatrice et plaçait d'emblée la conversation sur le terrain adéquat. Drajić eut un sursaut et ses yeux, petits et rapprochés, lancèrent un éclair de haine. Mais l'homme savait se contrôler. Il cilla, et sans cesser d'essuyer la chope qu'il tenait dans les mains, lâcha :

— Et tu viens quoi faire dans bar à moi ?

— Causer.

La réponse fusa, cinglante :

— J'ai rien à causer à mec comme toi.

— Va pourtant falloir me supporter, répliqua Grimm, en apparence imperturbable.

Cette entrée en matière provoqua du mouvement à la table de l'angle. Il y eut des bruits de chaise et les trois hommes gagnèrent la porte en lançant l'un après l'autre :

— *Zbogom*, Goran.

— *Zbogom*, répondit Drajić.

Soudain, un homme surgit de l'ouverture donnant sur l'arrière-salle. De petite taille, les cheveux noirs coupés court, le teint mat, les joues creuses et le visage émacié, il était mince, à la limite de la maigreur. Il regarda alternativement Grimm et Blanchard, puis, s'écartant sans bruit, il se positionna à l'extrémité du comptoir, les bras croisés. Et voilà l'associé, Teh, l'homme au couteau, qui vient s'assurer qu'il n'y a pas de grabuge, songea Grimm.

Teh restait muet et fixait Blanchard. Le silence se prolongeait. Le face-à-face avait basculé de l'hostile à l'inquiétant depuis l'irruption du Vietnamien et le départ précipité des trois clients serbes.

Drajić pivota sur lui-même et posa la chope sur une étagère située derrière lui, puis, se retournant de nouveau, il lança d'une voix sourde :

— Crache ton jus ou dégage mon bar.

Lentement, pour éviter tout geste qui pourrait être mal interprété, Grimm tira d'une poche de son blouson le carnet sur lequel il prenait parfois des notes au cours de ses enquêtes. Avec un stylo-bille, il écrivit sur une page blanche. De l'index, il fit ensuite glisser le carnet sur le comptoir en direction de Drajić. Celui-ci se pencha et lut.

Tu es fier de ce que tu as fait ?
L'heure des comptes a sonné.

Grimm observa attentivement sa réaction. Il n'y en eut guère. Soit Drajić s'y attendait, soit le message lui était inconnu.

— Ça te dit quelque chose ? demanda Grimm.

— Moi ? Je sais pas écrire français, alphabet trop compliqué. J'écris que serbe.

— Joue pas au con, Drajić, je suis pas là pour plaisanter.

À ces mots, qui pouvaient passer pour une menace, Teh se décolla du bar, une main derrière le dos.

— Laisse, lança Drajić à son adresse. Ces deux flics en valent pas peine.

Ce qui en disait long cependant sur la dangerosité du Vietnamien. Par un mimétisme plein d'ironie, Drajić usa de son index pour repousser le carnet vers son interlocuteur. Il ajouta sans qu'on puisse juger du fond de sa pensée :

— Pourquoi écrire chose pareille ? T'es pas fier de ce que t'as fait ?

Excédé, Grimm haussa le ton.

— Écoute-moi bien, Drajić. J'ai arrêté ton neveu parce qu'il se livrait au trafic d'armes. Point barre et je n'ai fait que mon métier.

— Erreur jeunesse.

— Erreur de jeunesse ? Foutaises ! Ton neveu trempe depuis tout petit dans tous les trafics possibles. Et les armes, c'est sans doute le pire ! On vend pas des kalachnikovs sans savoir que ça va tuer !

— Voulait pas vendre islamistes. Novak, jamais aimé Bosniaques.

— C'étaient pas des Bosniaques ! Et après, qui va refiler l'arme à qui, c'est trop tard ! Fallait y réfléchir avant !

— Jugement pas juste. Quatre ans, cinq ans, oui. Pas onze.

— Je suis pas juge et, ça, j'y suis pour rien !

— C'est toi qui as mis neveu en taule.

On en revenait au point de départ et cette phrase contenait une accusation déguisée en reprenant les mêmes termes que ceux de Grimm au début de l'entretien. L'obsession de Drajić, qu'aucun argument ne semblait atténuer, était bien là.

Grimm l'avait mise à nu et la tournure de l'échange n'avait rien de rassurant. Il alluma son portable, tapota pour retrouver le bon SMS et le flanqua sous le nez de Drajić.

Tu as fui ton appart ? Tu as peur de moi ?
Tu as bien raison.

De nouveau, Drajić lut le message sans réaction particulière. Puis un sourire narquois étira ses lèvres minces et il cligna des yeux.

— T'as déménagé ?

Malgré son français maladroit, Drajić savait manier le sarcasme. Grimm sentit une bouffée de colère monter en lui, mais grâce à la placidité de Blanchard à ses côtés qui agissait comme un tranquillisant, il parvint à se dominer. Cependant, il bouillait intérieurement et affirma sèchement :

— Ce petit jeu doit cesser ou on te mettra en cabane !

— Un petit jeu ?

— Je n'ai pas peur de toi, Drajić !

— Tout le monde peur de moi. Sais pas pourquoi.

Grimm se força à reculer d'un pas pour éviter d'envoyer son poing dans la figure du Serbe par-dessus le comptoir. Pour couper court à sa fureur, il fit volte-face et se dirigea vers la sortie.

— Viens, Éric, on se tire !

Blanchard se redressa et caressa le bar de son énorme paluche. Puis il rejoignit lourdement son patron qui attendait en tenant la porte ouverte. Avant de la refermer, Grimm lança en direction de Drajić :

— Si tu continues à me faire chier, je te fous en garde à vue et on ferme ton bar.

Drajić haussa les épaules. Mais dès qu'il se fut assuré que les deux flics étaient bien repartis en voiture, après un regard à Teh toujours impassible, il se précipita dans l'arrière-salle, ouvrit la porte qui donnait sur la cour, la traversa et sortit dans la petite rue adjacente.

*

* *

Dans la voiture, Grimm ne cessait de fulminer.

— Putain, il est coriace, ce mec !

Blanchard se contenta de répondre :

— Prends tes virages moins vite, tu me donnes mal au cœur.

Grimm ralentit aussitôt. De fait, conduire plus lentement constitua une thérapie efficace, il se calma. Ce n'est qu'à ce moment que Blanchard l'interrogea :

— Tu crois que c'est lui ?

— Et toi t'en penses quoi ?

— Je sais pas. C'est un salopard de première qui te flinguerait sans états d'âme. Qu'il t'en veuille à mort pour avoir mis son neveu en prison ne fait aucun doute. Donc, le raisonnement de Corentin se tient.

— Et donc tu crois que c'est lui.

— Tout l'indique, mais je suis pas Mme Irma. Je ne suis que flic… Ses réponses sont ambiguës, pas claires. Ça sent le foutage de gueule et, en même temps, on ne peut pas exclure qu'il n'y soit pour rien.

— Et que ce ne soit pas lui ?

— Et que ce ne soit pas lui.

*

* *

À la PJ, Grimm raconta en détail la discussion houleuse qu'il venait d'avoir avec Drajić. Blanchard approuvait de la tête comme pour confirmer l'exactitude des propos. Quand il eut terminé, Ermeline prit la parole :

— Évidemment, il n'allait pas avouer que c'était lui qui avait écrit ces deux messages.

— Évidemment…

— Mais son agressivité à ton égard ne plaide pas en sa faveur.

— Donc tu penses que c'est lui ?

— Qui d'autre ? Il a un vrai motif en tout cas.

— Et toi, Corentin ?

Jarry se massait la nuque. Il se plaignait souvent de douleurs à ce niveau quand il restait trop longtemps en position assise penché sur son ordinateur. Curieusement, Blanchard, malgré son double mètre qui donnait l'impression d'un colosse installé à une table de nain, son grand corps courbé et recroquevillé comme un contorsionniste, ne se plaignait de rien.

En réalité, Jarry hésitait à répondre. Grimm dut le relancer avant qu'il se décide à donner son opinion.

— Je ne suis peut-être pas très objectif vu que c'est moi qui ai émis cette hypothèse… Mais après ce que tu nous as raconté, je ne vois pas pourquoi je changerais d'avis. De toute façon, tu savais que tu n'allais pas avoir une réponse claire en lui rendant visite.

— Certes.

— Par contre, je pense que ça a été une initiative utile. À mon avis, se sachant découvert, il devrait se tenir à carreau. Imaginons que tu sois assassiné.

— Merci.

— C'est une hypothèse d'école.

— J'entends bien, cher ami.

— Dans ce cas, il sera le suspect numéro un et il aura des difficultés à se disculper.

— Et si c'est pas lui qui me tue ?

— Ah bien, si c'est pas lui, c'est pas lui.

— Mais moi, je serai mort quand même.

— On te regrettera, affirma Jarry sur son ton habituel.

Grimm se mit à arpenter la pièce de long en large. Il soupira bruyamment, leva les bras en l'air et les laissa retomber lourdement sur ses flancs.

— Bon, c'est bien joli tout ça, mais qu'est-ce qu'on fait ? Ou plutôt qu'est-ce que JE fais ?

Si la visite de Grimm au Voïvodine n'avait peut-être pas été inutile, la situation restait cependant bloquée. Jarry fit une nouvelle proposition.

— Ce soir quand tu rentreras chez toi, je peux te suivre très discrètement, histoire de voir si quelqu'un te surveille ?

— Pourquoi pas ? Mais, si tu le fais, fais-le très discrètement comme tu dis, pour que je ne m'en aperçoive pas, sinon l'autre s'en apercevra aussi.

— Ok.

Grimm regagna son bureau, tourna en rond un moment puis saisit son blouson et l'enfila.

— Je vais boire un café, ça va me détendre, lança-t-il à ses adjoints en repassant dans l'open space.

— Je viens avec toi, dit Ermeline en se levant. Un petit café me fera aussi le plus grand bien.

— Si tu veux.

Grimm aimait la compagnie d'Ermeline, seul élément féminin de leur groupe, qu'il appréciait pour cette raison, mais aussi parce que c'était une fille vive et intelligente.

⋆

⋆ ⋆

Bien au chaud dans le bistrot, Grimm et Ermeline attendaient qu'on les serve.

— Sale histoire, lâcha Ermeline.

— Je ne te le fais pas dire. Depuis le premier message, je me sens moyen moyen.

— Je comprends.

Le serveur déposa sur la table les deux cafés et disparut aussi sec. Grimm mit un sucre dans la tasse et touilla avec la cuillère. De fait, cette affaire le déstabilisait beaucoup plus qu'un meurtre qu'il aurait eu à résoudre. Plus encore que la menace, la mystérieuse accusation le troublait. Certes, l'hypothèse Drajić était séduisante, mais il doutait. Des relents d'une très ancienne culpabilité, occultée depuis des années, remontaient à la surface. Et il était incapable de préciser de quoi il s'agissait. C'était une angoisse impalpable. Insaisissable.

La voix d'Ermeline le tira de ses pensées.

— Il y a une chose que je peux faire.

— Quoi ?

— Me mettre en planque devant chez toi une journée entière, dans ma voiture, et prendre en photo toutes les personnes qui entrent dans ton immeuble. Si Drajić rôde par là, on le saura vite.

— C'est sympa, mais comment tu vas justifier cette planque auprès du patron ?

— Je ne lui dirai pas et je trouverai un truc pour expliquer mon absence.

Décidément, à son contact, Ermeline avait bien changé. Il se souvenait, au moment de sa première affaire criminelle à Rennes, quand il avait fait une mexicaine, de son hésitation à le suivre sans mandat dans un appartement fermé à clé.

— Fais comme tu veux. En tout cas, merci.

Le regard d'Ermeline tomba sur son portable posé à sa droite sur la table. On l'appelait. Elle saisit le téléphone, consulta sur l'écran le nom du correspondant et eut une hésitation qui n'échappa pas à Grimm.

— Si c'est ton copain, je peux aller fumer une cigarette dehors pendant que tu lui parles…

Ermeline lui jeta un regard en biais, puis, après un ultime flottement, éteignit le portable. Elle glissa d'une étrange manière :

— Je n'ai plus de copain.

— Ah ?

— Je l'ai quitté.

— Ok… Donc, tu es seule en ce moment si je comprends bien.

Précipitamment, elle précisa :

— Je vis seule, mais je ne suis pas seule.

— Très bien…

Les yeux baissés, taraudé par l'envie de fumer, Grimm tripotait son briquet, l'inspectant sous toutes ses faces. Sous ce calme apparent, son cerveau s'agitait et le promenait vers des pensées inattendues qui l'étonnaient lui-même. Sans savoir quelle étrange intuition l'animait, il songea à Sabine, la grande prêtresse sadomasochiste du Dragomira[1]. Travestie en victime expiatoire pour les besoins de l'enquête, Ermeline l'avait abordée et manipulée pour découvrir son adresse et son identité.

Il avait toujours eu l'impression que cet épisode avait marqué sa jeune collègue. Beaucoup plus en tout cas qu'elle ne l'avait avoué. Et qu'une brume indécise, un trouble obscur peut-être, avait accompagné leur rencontre. Délirait-il ? C'était possible, mais alors pourquoi cette pensée s'était-elle brusquement incrustée dans son esprit après cette semi-confession d'Ermeline ?

Se secouant, il balaya l'hypothèse à peine formulée qui de toute façon ne le concernait pas.

1. Voir *Dans l'ombre du loup*, XO Éditions.

5

Si Jarry le suivit discrètement quand il rentra chez lui, Grimm ne s'en aperçut pas. Pourtant, il ne cessait de scruter la moindre anomalie autour de lui, aux aguets, prêt à sortir son arme de service dont il sentait la crosse rassurante battre sa hanche à chacun de ses pas.

Dans son appartement, lumière allumée, il fit une brève apparition derrière la porte vitrée du balcon, signal convenu avec Jarry pour l'avertir que sa mission était terminée et qu'il pouvait s'en retourner.

Grimm savait que cette situation ne pourrait pas durer. Soumis à cette menace permanente, non identifiée mais réelle, ses nerfs s'érodaient lentement. La pression, parce qu'elle ne se relâchait pas, accroissait son angoisse. Face à ses adjoints, il la minimisait et parvenait même à en plaisanter. Chez lui, dans la solitude de son logement, il en allait tout autrement. Rien ne distrayait son attention et le soutien apporté par ses collègues s'évanouissait en quelques minutes.

Il ouvrit le réfrigérateur, n'y trouva pas grand-chose et se reporta sur une boîte de conserve qui traînait depuis plusieurs mois sur l'étagère. Des raviolis à la sauce tomate. Il touchait le fond… À sa décharge, il est vrai qu'il hésitait à sortir dans la rue pour faire des courses et que ses réserves s'épuisaient. L'insécurité le poussait à se cloîtrer et cet isolement forcé instaurait un cercle vicieux qui minait son moral.

Les raviolis chauffant doucement dans une casserole, il fuma une cigarette en buvant une bière. Son téléphone sonna. Amandine. Il eut un court instant de flottement, car celle-ci ne l'avait jamais appelé depuis sa grave dépression. C'était toujours lui qui composait son numéro pour lui annoncer sa venue à Montpellier. L'idée qu'elle pouvait avoir des ennuis liés à la menace qui planait sur lui le traversa comme une flèche. Il décrocha précipitamment.

— Amandine ?

— Bonjour Hubert.

— Tout va bien ?

— Oui... en fait, je voulais savoir... quand tu es parti samedi, c'était un peu... un peu inquiétant. Ces messages anonymes, tu en as reçu d'autres ?

— Non.

— Tant mieux.

Il sentit son soulagement.

— Tu ne dois pas t'en faire, Amandine. Je suis flic, je suis armé, et mes collègues m'épaulent. Tout ça, c'est peut-être qu'une mauvaise blague. Un connard qui veut me foutre la trouille.

— Oui, peut-être, mais fais gaffe à toi quand même.

— Je fais très attention.

Cette affirmation fut suivie d'un silence. Amandine reprit la parole pour amorcer une sorte de retraite.

— Bon... je ne vais pas te déranger plus longtemps...

— Tu ne me déranges pas.

Nouveau silence. Puis :

— Il faut que je couche les enfants.

— Embrasse Louis et dis-lui que son papa pense à lui.

Après un nouveau blanc, la voix d'Amandine s'altéra.

— Je le ferai, Hubert, je le ferai.

Elle raccrocha. Grimm resta quelques secondes le portable à la main avant de le reposer sur la commode. Une sensation de réconfort l'envahit. Ce n'était pas seulement le fait qu'Amandine s'inquiétât pour lui. Certes, c'était extrêmement important et ça lui faisait chaud au cœur. À ses yeux, cela démontrait qu'elle lui portait une affection suffisamment puissante pour utiliser enfin son téléphone.

Mais surtout elle avait pris une initiative dont elle avait été incapable depuis ses malheurs. Il y percevait avant tout un progrès considérable, une brèche dans sa dépression chronique, une rupture de sa passivité, qui permettait d'entrevoir une guérison à plus ou moins long terme.

Il fut tiré de ses pensées par un bruit équivoque du côté de la cuisine. L'infâme sauce tomate des raviolis débordait de la casserole et se répandait sur la gazinière. En trois pas, il fut sur place et éteignait le gaz, mais le mal était fait.

— Saloperie ! rugit-il en constatant les dégâts et la plaque maculée d'un liquide rouge visqueux.

Il mangea dans la casserole, une déplorable habitude de célibataire dont il ne parvenait pas à se débarrasser. Assis à la petite table de la cuisine sur laquelle stagnaient des miettes de pain, il se servit d'une cuillère à soupe qui y traînait sans prendre la peine de la laver.

Ensuite, il jeta la casserole dans l'évier, la remplit d'eau chaude pour le principe et l'y laissa telle quelle sans la récurer. Saisissant son paquet, il alluma une cigarette et se vautra sur le divan. Drajić. Le personnage était inquiétant. « Dangereux et retors », avait dit Jarry. Fourbe aussi, et ses réponses aux questions étaient parfaitement calibrées pour délivrer des sous-entendus sans qu'on puisse le prendre en défaut.

*
* *

Après avoir écrasé son mégot dans le cendrier, il se leva et resta un moment debout, dubitatif, tentant de percer la suite des événements sans y parvenir. Jarry supposait que la visite à Drajić dans son propre bar devait calmer ses ardeurs.

Peut-être…

Peut-être pas.

Ce fut d'une brutalité telle que Grimm eut un mouvement réflexe qui le projeta en l'air. Un bruit violent déchira le silence. Comme un coup de fouet claqué sur le sol par un dresseur de lion. En même temps, un projectile percuta la vitre de la porte-fenêtre à une vitesse folle, la traversa, poursuivant sa course jusque dans le plafond où il s'enfonça profondément.

Grimm se jeta à terre sur le ventre. Il se retourna et son regard se porta d'abord sur le petit trou rond de la vitre puis sur le plafond. Il comprit aussitôt. C'était une balle.

L'esprit confus, il eut du mal à se remémorer où il avait posé son arme de service. Il l'aperçut sur la commode. Pour s'en saisir, il fallait se lever et risquer d'être tué. Il commença à ramper sur les coudes quand un second coup de feu retentit, traversa la vitre non loin du premier impact et s'enfonça de même dans le plafond. Grimm s'aplatit, la tête dans le tapis, puis bascula de nouveau sur le dos.

La trajectoire des balles ! La ligne entre les trous dans la vitre et les petits cratères dans le plafond, d'où s'écoulait du plâtre, était inclinée d'une cinquantaine de degrés. Le tireur ne tirait donc pas d'une fenêtre de l'immeuble d'en face, mais de la rue. Si Grimm reculait au fond de son salon, le plus loin possible du balcon, il ne risquerait rien.

Il eut envie de s'y retrancher, mais une angoisse le submergea. Si l'homme pénétrait à présent dans l'immeuble et grimpait à son étage, il pourrait, en tirant sur la serrure, ouvrir la porte et achever sa besogne à bout portant. Il lui fallait son pistolet. C'était une question de vie ou de mort.

Se mouvant de nouveau sur les avant-bras le plus rapidement possible, il atteignit la commode et, appuyé sur un coude, il leva son autre bras à la verticale. Tâtonnant du bout des doigts sur le dessus du meuble, il finit par toucher l'étui, l'agrippa et le fit tomber à côté de lui. Il sortit le pistolet et tira d'un coup sec sur la glissière pour introduire la première balle du chargeur dans le canon.

La possession de l'arme le rassura. Il pouvait désormais se défendre. Le meilleur positionnement consistait maintenant à se tenir face à la porte d'entrée, mais suffisamment éloigné de celle-ci pour avoir une vue d'ensemble et contrôler une éventuelle irruption de l'assaillant. Il se contorsionna sur le tapis pour se déplacer et s'assit, le dos bien calé contre le mur du salon opposé à la porte. Ses mains se crispaient sur la crosse, bras tendus, le canon de l'arme pointé vers l'avant.

— Allez viens, salopard ! murmura-t-il les dents serrées. Je suis prêt, je t'attends. Et je t'assure que ce sera plus difficile que de massacrer des pauvres gens désarmés à Srebrenica !

L'attente dura. Interminable. Grimm consulta sa montre. Quinze minutes qu'il était là, la sueur coulant sous ses aisselles, la racine des cheveux trempée au niveau du front.

— Tu ne viens pas, connard ! Mais viens donc, bordel, qu'on en finisse !

De fatigue, ses bras se mirent à trembler. Il inclina lentement le canon et l'appuya sur le sol pour se reposer, prêt à le relever à la moindre alerte.

Cette fois-ci, la conclusion s'imposait : il ne s'agissait pas d'un crétin qui jouait à lui faire peur. La menace s'était concrétisée par une tentative d'assassinat et, si la clarification était la bienvenue – une clarification est toujours la bienvenue –, le tour pris par les événements devenait dramatique. Dire que peu de temps auparavant il avait tenté de rassurer Amandine.

Quinze minutes s'écoulèrent encore.

— Il ne viendra pas.

L'assaillant supposait-il que Grimm avait été touché ? Et peut-être mort ? Il s'était jeté sur le sol si vite au premier coup de feu que l'hypothèse était plausible. Mais, dans ce cas, le second tir était difficile à expliquer, le profil de Grimm n'étant plus visible de la rue, tirer encore ne servait à rien. De toute façon, le tueur ne pouvait pas rester sur le trottoir un flingue à la main au risque d'être repéré par le voisinage. Il avait dû quitter les lieux.

Quoi qu'il en soit, ironie blessante pour un policier, armé de surcroît, Grimm déclara à haute voix :

— Il faut que j'appelle les flics...

Prudemment, sur les genoux, il se déplaça jusqu'à la table basse du salon pour prendre son portable. Au moins, il savait ce qu'il devait faire. Contacter l'hôtel de police, faire venir une patrouille et prévenir la police technique scientifique qu'elle avait du boulot. Chez lui, ce qui était bien étrange.

6

La soirée avait été longue. Peu après les coups de fil, deux patrouilles de police avaient débarqué au bas de l'immeuble, sirènes hurlantes et gyrophares bleus clignotants à tout va. Les policiers qui s'en étaient extraits, non sans nervosité à vrai dire, avaient sécurisé la rue, puis Grimm avait entendu une cavalcade dans l'escalier et des coups avaient ébranlé la porte. Il s'était précipité pour ouvrir de peur qu'ils ne la défoncent.

Sur place, les policiers, que Grimm connaissait, ne savaient pas quoi faire. Trois d'entre eux étaient restés en faction au pied de l'immeuble à tout hasard. Il fallut attendre la PTS, qui arriva avec un peu de retard.

Les scientifiques procédèrent à l'analyse balistique et, évaluant la trajectoire des projectiles, calculèrent l'endroit d'où le tireur avait opéré. Sur le trottoir, ils trouvèrent les douilles, mais aucun indice sur l'identité de l'agresseur. Les balles furent également extraites du plafond et mises consciencieusement dans un sac plastique pour analyse.

Grimm vécut en tournant en rond comme un lion en cage les deux heures nécessaires avant que la PTS ne reparte. Leur chef, un type aussi grand que Blanchard mais fin comme une allumette et que Grimm connaissait également, ne tira pas de conclusions. Lesquelles d'ailleurs aurait-il pu avancer ? Les deux tirs étaient partis du même endroit, presque coup sur coup, et il devenait assez clair *a posteriori* que leur auteur avait décampé aussitôt après.

Le major responsable des patrouilles interrogea Grimm pour résumer sur son calepin le déroulement des événements. Il nota l'heure supposée de l'attaque dont Grimm n'avait qu'une idée assez vague, entre 21 h 20 et 21 h 30. Avec le sentiment du travail bien accompli, ils quittèrent aussi les lieux, promettant à Grimm de faire des rondes régulières dans le quartier durant la nuit. Cependant, les trois policiers qui patientaient devant l'immeuble cessèrent leur faction et remontèrent aussi en voiture.

Grimm découpa un grand morceau de carton qu'il scotcha sur les deux trous de la porte vitrée parce qu'un fin courant d'air glacial refroidissait la pièce. Il passa la main à plusieurs reprises au-dessus de cette réparation de fortune pour évaluer son efficacité. Ce n'était ni esthétique ni très efficace, mais mieux que rien.

À minuit et demi, inactif, il se retrouva seul dans son appartement et eut l'impression d'être abandonné à son sort. Il n'avait jamais songé que cette pénible impression devait saisir toutes les victimes d'une agression après le passage de la police.

⋆

⋆ ⋆

Prévenu tôt le matin par Grimm, Jarry vint le chercher en voiture. Son adjoint était à la fois stupéfait par l'événement et assez effrayé. Comprenant que des jours incertains s'annonçaient, il écouta d'abord le récit de son chef puis se tut jusqu'à l'hôtel de police.

Dans le couloir de leur étage, ils se heurtèrent au commissaire divisionnaire. Celui-ci était agité et lança précipitamment en agrippant son subordonné par les épaules :

— Ah, Grimm, j'ai appris ce qui vous est arrivé ! C'est épouvantable ! Et vous ne savez vraiment pas qui a pu commettre cet attentat ?

— Non. En tout cas, pas avec certitude.

Babut hocha la tête.

— Venez dans mon bureau, il faut que je vous parle.

Refermant avec soin la porte derrière lui, il invita Grimm à s'asseoir et s'installa à sa table face à lui.

— Il va bien falloir pourtant orienter les recherches dans une direction, commença-t-il.

Grimm évoqua la piste Drajić, racontant par le menu les déductions de Jarry – très vraisemblables – et l'entrevue au Voïvodine.

— Drajić ! Celui-là, si on pouvait le coincer une bonne fois pour toutes ! Mais il s'échappe comme une anguille dès qu'on pense détenir des preuves de son activité. À croire qu'il est prévenu de nos faits et gestes. Peut-être a-t-il enfin commis une erreur et qu'on va pouvoir le mettre en taule pour un moment…

Certes. Mais comment démontrer qu'il était l'auteur des tirs avec le peu d'indices récoltés par la PTS ? Soulignant son impuissance, Grimm haussa les épaules. Babut le considéra un instant puis prit cet air étrange qu'il avait quand il était embarrassé.

— Bien entendu, vous le comprendrez, vous ne pouvez en aucun cas être à la fois la victime et l'enquêteur. C'est contraire à toute déontologie.

Grimm se raidit aussitôt.

— Vous allez m'interdire de m'occuper de ma propre affaire ?

— Vous interdire… Vous interdire… Vous avez de ces mots… Enfin, Grimm, la situation l'exige. Je dois confier l'enquête à une personne plus indépendante.

Indépendante, c'est-à-dire qui a les idées claires, qui n'a aucun *a priori*, qui aura une vision neuve du problème, qui saura le prendre par le bon bout.

— Et pourquoi pensez-vous que je ne le prendrai pas par le bon bout ? répliqua Grimm avec agressivité.

— Ça suffit maintenant ! En tant que commissaire divisionnaire, je respecte des règles qui sont celles de notre profession et je ne vous permets pas de les contester.

— Vous me demandez de me tourner les pouces alors que quelqu'un cherche à m'assassiner !

— Pas du tout ! Vous participerez en tant que témoin principal. La personne chargée de l'enquête vous interrogera et vous tiendra au courant de ses développements.

— Oui, c'est bien ce que je dis, je me tourne les pouces !

Exaspéré, Babut s'empourpra et explosa :

— Grimm, j'ai été très patient avec vous depuis que vous êtes arrivé dans mon service. Très patient ! Trop patient sûrement ! J'ai supporté vos nombreuses incartades, vos insubordinations, votre non-respect de toutes contraintes, et j'en passe ! Plus d'une fois, je vous ai sauvé la mise !

C'était vrai. Grimm ne pouvait le nier. Il se tut, laissa souffler la tempête en baissant les yeux, d'autant plus que Babut menaçait à présent de ne plus le soutenir et lui rappelait les commissions de discipline auxquelles il avait échappé grâce à lui. Il attendit patiemment que le divisionnaire, essoufflé par sa longue diatribe, se taise quelques secondes pour demander :

— Et à qui allez-vous confier l'enquête ?

— Au commandant Bouexière ! assena le commissaire avec force.

— À Bouexière !?

Grimm bondit de son siège.

— Vous n'allez pas confier mon enquête à cet enfoiré !

— Surveillez votre langage, nom de Dieu ! D'abord, je vous le répète, ce n'est pas votre enquête ! Un commandant de la PJ est la cible d'une tentative d'assassinat et un autre commandant s'occupe de trouver le coupable. C'est normal !

— Mais vous pouvez tout aussi bien la confier à Jarry ! Ou bien à Blanchard ou à Ermeline !

— Surtout pas ! Ils sont beaucoup trop proches de vous et vous êtes leur supérieur hiérarchique direct. Il faut quelqu'un qui a le même grade que vous. Et je n'ai que Bouexière sous la main ! Ce sera lui et personne d'autre !

Babut pointa l'index en direction de Grimm.

— Sortez de mon bureau et allez le voir tout de suite !

— Pourquoi ? Vous l'avez déjà prévenu ?

— Oui, je l'ai déjà prévenu ! Le procureur en a décidé ainsi. Tout est clean ! Et maintenant, hors de ma vue, ou je vais vraiment me fâcher !

Furieux, Grimm fit volte-face, marcha jusqu'à la porte dont il saisit la poignée comme s'il allait l'arracher, tira dessus de toutes ses forces, et claqua violemment le battant derrière lui.

Babut demeura un instant silencieux, le visage congestionné, les sourcils froncés, la mâchoire crispée. Il murmura entre ses dents :

— Ce Grimm, par moments, il dépasse les bornes. Il est complètement cinglé !

*

* *

Grimm traversa en trombe l'open space et jeta son blouson dans son bureau sans remarquer qu'il tombait au pied de son fauteuil.

— Insensé ! C'est quand même moi qu'on essaye de tuer, bordel de merde !

Il repassa devant ses collègues éberlués.

— On est dessaisis de l'enquête. C'est ce con de Bouexière qui la prend en charge. Merci Babut !

— Dessaisis ? En même temps, il n'y a jamais eu d'enquête officielle. Nous agissions en francs-tireurs, si je peux dire, tenta Ermeline pour calmer son chef.

Ce qui n'eut pas l'effet escompté.

— Oui, eh bien, ça aurait dû rester comme ça ! Officieux, pas officiel ! hurla Grimm. On aurait été beaucoup plus efficaces tous les quatre à chercher discrètement ! Bouexière et ses lourdauds, ils vont en faire un marécage, de cette affaire !

Puis, il sortit sans écouter ce que Jarry disait, déboula dans le second couloir comme s'il descendait d'un train en marche, et se rendit directement chez Bouexière. Un bureau classique, sans baie vitrée, donnant sur le corridor et semblable à celui de Babut. Il frappa trois coups avec le poing, tel un menuisier qui veut éprouver la solidité d'un établi branlant, et entra sans attendre la réponse.

Grimm détestait Bouexière et celui-ci le lui rendait bien. Le commandant de l'autre groupe représentait tout ce qu'il n'était pas et tout ce qu'il n'aimait pas. À vrai dire, c'était presque physique et il ne pensait à Bouexière qu'avec une certaine répugnance. Grimm avait pourtant eu peu de contacts avec son homologue depuis son arrivée à Rennes, suffisamment toutefois pour établir sur lui un jugement sans appel.

Chef d'un groupe pléthorique par rapport au sien, Bouexière lui semblait peu évolué, macho dans l'âme – son comportement avec Ermeline l'avait révolté –, borné dans sa volonté d'apparaître supérieur aux autres et dirigeant ses subordonnés en flattant leurs plus bas instincts. Au final, Grimm ne lui voyait que des défauts et, il faut l'avouer, ne cherchait pas à lui attribuer la moindre qualité, même la plus infime.

Surpris, Bouexière leva la tête et eut un sourire malsain en apercevant Grimm surgir de la sorte dans son bureau.

— Je ne t'attendais pas si vite, dit-il simplement.

Grimm prit une chaise et fit face à son interlocuteur qui feignit de ranger les papiers dispersés sur sa table de travail.

— Je suppose que ça te fait très plaisir de t'occuper de mon cas, lança Grimm en ouvrant les hostilités.

— Pas du tout, j'ai bien d'autres choses plus urgentes à faire.

— Sûrement ! Si cela ne tenait qu'à moi, je te débarrasserais de ce souci supplémentaire, vu toutes les charges qui t'accablent, et je demanderais au commandant Hubert Grimm de prendre les choses en main.

— Amusant… Arrête ton char, et en tant que témoin de cette enquête préliminaire « contre *x* », dis-moi ce que tu sais et qui pourrait orienter les recherches.

Grimm expira bruyamment et se tut un moment. Puis il exposa les soupçons se portant sur Drajić. Sachant que Bouexière goûtait très peu le comportement parfois tangent de Jarry, il insista lourdement sur le fait que c'était celui-ci qui avait développé l'hypothèse. Quand Grimm eut achevé de raconter l'entrevue au Voïvodine et les détails de la tentative d'assassinat, Bouexière eut ce commentaire :

— Jarry, il déconne assez souvent.

— Tu veux dire que, parce que c'est Corentin, tu ne vas pas explorer la piste Drajić ? rétorqua Grimm qui sentait la moutarde lui monter au nez.

— Si, si… Mais tu n'as rien d'autre à me mettre sous la dent ?

— Non.
— Et dans tes ennemis, qui sont peut-être nombreux…, commença Bouexière non sans perfidie.
— Je n'ai pas d'ennemis.
— Bravo ! Un vrai saint. Tout le monde t'admire ici, tu sais ?
— À part toi et Drajić, je ne vois personne qui désire me tirer une balle dans le dos !
Bouexière éclata de rire.
— Bon alors, Drajić, tu vas faire quoi ? s'écria Grimm.
— Ça, tu n'as pas à le savoir. Tu sais comme moi que les victimes, si on les informe de l'avancement de l'enquête, elles ont des réactions qui foutent la merde. Si j'ai besoin d'une nouvelle audition de ta part, je te ferai signe.
Grimm se leva. Il en avait assez entendu.
— Pauvre con ! lâcha-t-il par-dessus son épaule en ouvrant la porte.

★
★ ★

Furax, Grimm l'était encore quand il retourna dans l'open space et ses adjoints s'en rendirent compte avant même qu'il commence à parler.
— Ce crétin de Bouexière nous met hors jeu ! Il ne nous dira rien de ce qu'il va faire !
— Pas très étonnant, commenta Jarry.
— Non, c'est vrai. Mais, nous, on va continuer à chercher de notre côté. Il est hors de question que je laisse ma vie entre les mains de cet abruti !
— Bien, et qu'est-ce que tu proposes ? reprit Jarry
— Il faut que les choses soient très claires. Nous ne sommes pas mandatés pour poursuivre nos investigations. Il va donc falloir agir dans la plus grande discrétion.

— Ça va de soi, assura Ermeline.

Grimm arpenta trois fois la pièce en se frottant le menton. Il eut l'air de prendre une décision et s'arrêta.

— Il faut surveiller Drajić. Ermeline, est-ce que tu l'as déjà vu, ce type ?

— Non, jamais.

— Parfait. Donc, il ne te connaît pas. Tu prends ta voiture perso, tu te mets en planque devant son bar et tu observes s'il y a du mouvement. Évidemment, tu ne prends aucun risque.

— Aucun, rassure-toi.

— Blanchard va t'envoyer des photos de l'individu sur ton portable pour que tu puisses le reconnaître. Et tu nous tiens au courant par SMS ou coup de fil de ce que tu vois d'intéressant.

— Ok. J'y vais tout de suite ?

— Si possible.

Ermeline se leva, enfila son blouson de cuir et, après un clin d'œil lancé à ses équipiers, disparut dans le couloir.

— Ermeline, c'est très bien. Elle est prudente et sait s'y prendre pour ne pas attirer l'attention, affirma Grimm.

Puis il alla dans son bureau et s'assit dans son fauteuil, l'esprit vide, convaincu qu'il n'y avait rien de mieux à faire en l'état que de surveiller Drajić. Étant donné le peu de latitude que leur laissaient Babut et Bouexière, il était impossible de mettre Drajić en garde à vue pour le cuisiner, ce qu'il aurait fait autrement.

Il entendit Jarry qui disait à Blanchard :

— Moi, ça me plaît bien de faire un enfant dans le dos à Bouexière ! Si on trouve avant lui, ça lui foutra la honte !

Au moins, Grimm pouvait compter sur le soutien actif de son équipe. C'était un réconfort puissant.

7

Ermeline était parvenue à garer sa voiture sur une place idéale pour observer le Voïvodine. Sur le trottoir opposé, une quinzaine de mètres avant la triste devanture du café. Habituée à effectuer ce genre de planque qu'elle savait longue et ennuyeuse, elle avait sorti de sa boîte à gants un gros roman, le premier tome du *Millénium* de Stieg Larsson, qu'elle ne lisait qu'à cette occasion. L'ouvrage était si épais qu'elle ne pensait pas en venir à bout avant un nombre de planques assez important.

Le livre sur les genoux ou incliné sur le volant, elle levait fréquemment les yeux pour regarder le Voïvodine, ce qui hachait la lecture, gênait sa concentration, et rendait encore plus improbable d'envisager la fin rapide de ce roman dont elle approchait toutefois de la moitié. Par principe, elle avait noté l'heure de son arrivée : 10 h 05.

Le moins que l'on puisse dire était que la foule ne se précipitait pas pour boire un verre chez Drajić. À 10 h 42, elle vit trois hommes entrer dans le café, ce qui indiquait que celui-ci n'était pas fermé. Elle envoya un SMS à Grimm pour le lui confirmer. Rien d'anormal, donc.

À 11 h 05, un couple poussa à son tour la porte d'entrée peu de temps avant que les trois hommes ne ressortent et s'éloignent. C'était si tranquille qu'Ermeline finit par s'absorber un moment dans la complexe généalogie de la famille Vanger qu'elle avait du mal à démêler. C'était surtout entre les prénoms des cousins et des cousines, des tantes et des oncles qu'elle pataugeait allégrement.

Un mouvement attira son attention. Se redressant, elle vit deux hommes sur le seuil du café qui fumaient en discutant. Affichant sur l'écran de son portable les photos envoyées par Blanchard, elle constata que l'un d'eux était Drajić. Tenant sa cigarette entre le pouce et l'index et la portant régulièrement à sa bouche en un geste répétitif, il paraissait calme, sûr de lui, même si son attitude générale, tête rentrée et épaules voûtées, ainsi que sa très grande proximité avec l'autre individu, qu'il touchait presque, lui donnait l'allure d'un comploteur.

Ermeline tapota le clavier de son téléphone et expédia un second SMS à Grimm.

Drajić est dans la rue et discute avec un autre homme

Puis, elle s'attacha à décrire l'inconnu. Il était plus grand que Drajić. Plus massif aussi. Chauve avec une barbe grisonnante de biker, il portait un blouson de cuir fatigué qui mettait en valeur sa carrure de catcheur. Un treillis militaire en guise de pantalon et, aux pieds, des boots costauds qui enserraient les chevilles. Une lourde chaînette, couleur argent, entourait le cou épais et disparaissait sous un tee-shirt noir. Le genre de type à qui personne ne songerait à chercher des noises.

Elle crut discerner une sorte de cicatrice sur le front, juste au-dessus de sourcils épais, mais, avec la distance, il était difficile d'en dire davantage, d'autant qu'elle le voyait le plus souvent de dos, tirant ses observations des moments furtifs où il se tournait vers elle.

Elle décida de prendre une photo, mais elle n'en eut pas le temps. Les deux hommes se serrèrent la main et le chauve s'éloigna à pas rapides, hélas dans la direction opposée à celle où la voiture d'Ermeline était garée. Drajić resta seul. Il termina sa cigarette sans se presser, puis il jeta le mégot dans le caniveau et rentra dans son bar.

Ermeline expédia un troisième SMS pour résumer la situation. Si Drajić était l'auteur des coups de feu de la veille, il ne manifestait aucun affolement, avait ouvert son café comme à l'ordinaire, et sa maigre clientèle, à l'allure louche, allait et venait sans le moindre signe d'un branle-bas. Elle se replongea dans les turpitudes de l'éprouvante famille Vanger.

★

★ ★

Au fur et à mesure qu'elle les avait envoyés, Grimm avait lu les SMS d'Ermeline. Il en tirait les mêmes conclusions que son adjointe. S'il était l'auteur de l'attentat perpétré contre sa personne, Drajić montrait qu'il possédait des nerfs d'acier, était capable d'aller buter un homme le soir et de vivre tout à fait normalement le lendemain. Inquiétant.

On approchait de midi quand Jarry, qui s'était absenté un moment, passa la tête dans l'entrebâillement de la porte du bureau de Grimm.

— Bouexière et ses hommes vont faire une descente au Voïvodine à 14 heures.

— Comment tu sais ça ?

— J'étais aux toilettes pour pisser un coup quand deux de ses hommes, Chantelin et Massuot, y ont débarqué ensemble. J'étais enfermé dans les chiottes, ils ne soupçonnaient pas que j'étais là. Ils discutaient assez bruyamment. Ils vont aller dans le café après le déjeuner pour mettre Drajić en garde à vue pendant vingt-quatre heures.

— D'accord… Finalement, il fait ce que j'aurais fait.

— Ça te déçoit ? demanda finement Jarry.

Piqué au vif, Grimm darda ses yeux bleus sur son subordonné. Il répondit abruptement :

— Ça m'inquiète plutôt ! Quand un con fait pareil que toi, il y a de quoi s'interroger.

Il se leva.

— Éric est là ?

— Oui.

— Bon, petite réunion immédiate.

Blanchard interrompit son travail quand il vit Grimm et Jarry entourer son bureau. Bien que surpris, il ne broncha pas et croisa les bras.

Tel un conspirateur, Grimm parla à voix basse.

— À 14 heures, Bouexière débarque au Voïvodine avec toute sa troupe. Très bien. Un peu avant, je rejoins Ermeline, je lui dis qu'elle peut se tirer et, l'air de rien, j'entre aussi dans le café, derrière tous ces lourdauds, comme un auxiliaire zélé.

— Tu veux vraiment faire ça ? interrogea Blanchard.

— Absolument, je vais le faire ! Je veux être là parce que je suis le premier concerné.

Jarry hocha la tête.

— Eh bé, ça va dégrader sensiblement tes relations avec Bouexière, murmura-t-il.

— Alors ça, mon vieux, je m'en contrefous parce que ça peut pas être pire.

— Et puis Bouexière va se faire un plaisir de mettre le patron au courant.

— Je m'en fous aussi !

— Bon, c'est comme tu veux. Et tu ne souhaites pas qu'on t'accompagne ?

— Non. Je ne veux pas que vous ayez des ennuis avec la hiérarchie à cause de moi.

Blanchard balança son grand corps d'avant en arrière pour indiquer qu'il appréciait la position de son chef. Jarry reprit :

— Un détail que tu dois connaître. Par-derrière, le café possède une petite cour qui donne sur une autre rue plus petite encore que celle du café et parallèle à celle-ci. Drajić peut fuir par là. Mais Bouexière le sait et il y enverra une voiture pour bloquer cette sortie. Bouexière est un sacré con, c'est vrai, mais il sait comment arrêter les gens sans les laisser filer.

— Mouais…, dit Grimm, peu disposé à reconnaître une qualité à Bouexière.

— Autre chose aussi. Au-dessus du café, il y a deux appartements. Drajić habite au premier. Le second est celui que l'on soupçonnait de servir de clandé, mais le ménage avait été fait quand nous l'avons perquisitionné.

Grimm enregistra les informations et remercia Jarry. Revenu dans son bureau, il envoya un SMS à Ermeline pour la prévenir des derniers développements de l'affaire. En attendant son arrivée, il lui demanda de surveiller attentivement les éventuelles allées et venues de Drajić. Il ne bouge pas, lui répondit-elle, ajoutant : T'inquiète, je veille.

Grimm remit son portable dans la poche de son pantalon. L'attente lui parut longue. Pour se changer les idées et se dégourdir les jambes, il alla lui-même chercher des sandwichs et trois bières au troquet le plus proche. Sans dire un mot, ils mangèrent ensemble dans l'espace de travail, comme pour une veillée d'arme.

À 13 h 15, n'y tenant plus, il se leva.

— Déjà ? fit Jarry.

— Oui. Faut que je décanille d'ici sans que Bouexière me voie. Ce n'est pas très loin et je marche vite. À pied, en moins d'une demi-heure, j'y serai. J'attendrai dans la voiture d'Ermeline.

⋆
⋆ ⋆

Grimm n'avait plus peur. La certitude que Drajić allait être arrêté l'avait libéré de ses angoisses. Il marchait vite, comme quelqu'un qui est en retard à un spectacle et qui craint de manquer le début. Ce n'était pas nécessaire. Il arriva à 13 h 40, ce qui laissait une bonne marge avant la venue des troupes de Bouexière.

Repérant la voiture d'Ermeline, il ouvrit la portière du passager et se jeta dans l'habitacle en refermant aussitôt assez violemment. Ermeline fit un bond sur son siège.

— Tu m'as fait peur ! s'écria-t-elle.

— Désolé, excuse-moi. Mais je ne tiens pas à ce que Drajić me voie traîner dans la rue.

Ermeline balança son livre sur la banquette arrière.

— Les news ? Il se passe quoi ? demanda Grimm.

— Rien. J'ai revu Drajić. Il accompagnait des clients qui sortaient. Il leur a serré la main et il est resté seul sur le seuil à fumer tranquillement une cigarette.

— C'était quand ?

— Il y a une heure trente environ.

— Bon. On va attendre les autres. Dès qu'ils sont là, je sors et tu pars. Surtout, tu ne t'attardes pas.

— Compris, chef !

Réponse qu'elle accompagna d'un clin d'œil complice.

Il fallut patienter plus longtemps que prévu. À 14 h 15, aucune voiture de police n'avait pointé le bout de son capot, ce qui fit dire à Grimm :

— En fait, c'était plutôt rassemblement à 14 heures et départ ensuite…

À 14 h 25, ils entendirent hurler des sirènes. Les deux notes caractéristiques de la police française : *la, ré-la, ré-la, ré-la, ré…*

Grimm soupira :

— Putain, quelle discrétion…

Puis deux véhicules débouchèrent à grande vitesse à l'orée de la rue, accélérèrent encore dans la ligne droite et se garèrent à l'emporte-pièce devant le Voïvodine. Toutes les portières s'ouvrirent en même temps et des flics s'éjectèrent du véhicule, se rassemblant sur le trottoir. Grimm vit Bouexière qui prenait la tête de cinq hommes et s'avançait vers la porte du café, trois autres restant à surveiller la rue.

Grimm sortit de la voiture et se retourna vers Ermeline :

— Bon, tu files maintenant. À plus !

Elle mit le contact, déboîta et passa devant les policiers en faction, tous tournés vers le Voïvodine et qui ne la remarquèrent pas. Dès que Bouexière eut pénétré dans le café, Grimm traversa la chaussée. Les flics en faction firent volte-face et furent tellement surpris de voir surgir le commandant Grimm qu'ils en restèrent bouche bée.

— Salut ! dit simplement Grimm sans s'arrêter.

Avant qu'ils n'aient eu le temps de dire quoi que ce soit, il avait franchi le seuil et entrait dans la salle, au milieu de laquelle un policier attendait. Teh se trouvait derrière le bar, les mains en évidence posées à plat sur le comptoir, les traits impassibles. Trois clients assis à une table se tenaient cois, même s'ils échangeaient des regards qui en disaient long sur le désagrément d'être présents au Voïvodine à ce moment-là.

Les quatre autres flics sur les talons, Bouexière apparut, revenant de l'arrière-salle. Il avait aussi traversé la cour pour vérifier auprès de la voiture stationnée dans l'autre rue que Drajić n'avait pas tenté de filer par cette sortie. Il avait sa tête des mauvais jours.

Il pointa son index vers Teh, puis vers le plafond.

— Oh, le Chinois, il est là-haut, Drajić ?

Teh haussa les épaules, dessinant sur son visage une expression qui mimait l'ignorance. Bouexière se tourna vers ses subordonnés et aboya comme un officier lançant ses troupes à l'assaut des lignes ennemies.

— Montez à l'étage et fouillez partout ! N'oubliez pas non plus celui des filles !

Encore une fois, Teh ne dit rien, cependant il leva les yeux au ciel quand le mot « filles » fut prononcé.

— J'ai pas besoin de tes commentaires, le Chinois !

Les hommes s'exécutèrent aussitôt et produisirent une bruyante cavalcade dans l'escalier. Ce n'est qu'à cet instant que Bouexière aperçut Grimm qui observait paisiblement ce remue-ménage, debout au milieu de la pièce. Il explosa tel un ballon de baudruche qu'on vient de percer avec une aiguille.

— Qu'est-ce que tu fous là, toi !?

Grimm prit son air le plus innocent possible.

— Je passais par hasard dans la rue et j'ai vu nos voitures. Je me suis dit que, peut-être, tu avais besoin d'un renfort.

— Nom de Dieu, tu commences vraiment à me faire chier, Grimm ! Sors d'ici, ou c'est moi qui vais te foutre dehors à coups de pied dans le cul !

— Il est pas là, Drajić ?

— T'as pas à le savoir ! Dégage !

Mais Grimm ne bougeait pas d'un pouce et souriait benoîtement.

— Putain, c'est pas vrai ! enrageait Bouexière. Tiens, ils auraient mieux fait de te garder à Montpellier ! Ah, les salopards, trop contents de se débarrasser de ce bâton de merde !

— T'as demandé à Teh si Drajić était là ce matin ?

Bouexière eut alors une curieuse réaction. Au lieu de continuer à abreuver Grimm d'injures, d'un bloc, il se retourna vers Teh.

— Il était là, ce matin ?

— Non.

— Bon, ben voilà, il a mis les voiles dès hier soir ! rugit Bouexière.

Grimm réfléchissait. Il possédait une information dont Bouexière ignorait tout. Instinctivement, il savait qu'il ne devait pas la divulguer. Teh mentait. Pourquoi ? Il y avait à cela une explication. Et Grimm ne fut pas long à supposer qu'il ne pouvait y en avoir qu'une seule.

Les hommes de Bouexière redescendaient aussi bruyamment qu'ils étaient montés.

— Personne, chef !

— Et merde ! s'écria Bouexière en tournant sur lui-même comme une toupie. Bon, on va prendre l'identité des lascars qui sont là.

Disant cela, il désignait de la main les trois clients qui commencèrent à protester.

— Vos gueules ! répliqua Bouexière d'une voix tonitruante. Et toi, le Chinois, tu vas répondre à mes questions. Il était pas là ce matin, Ok, et hier, il était là ?

— Oui.

— Et qu'est-ce qu'il t'a dit pour expliquer sa disparition ?

— Rien. Nous ne sommes pas mariés.

— T'as de l'humour, toi, hein ? Et tu veux nous faire avaler ça ?

Teh haussa de nouveau les épaules. Il eut le culot d'ajouter :

— Si je savais quelque chose, je vous le dirais.

Grimm avait compris que ce sommaire interrogatoire de Teh ne donnerait rien. L'homme n'était pas du genre à balancer. Dans le même temps, Grimm était étonné par son français, impeccable, et son absence totale d'accent. « Tu parles d'un Chinois. En fait, il est français et bien français, le mec. Il a peut-être des parents vietnamiens, mais il est sûrement né en France. »

Il n'en demeurait pas moins que Drajić avait dû être prévenu et il ne l'avait été qu'en toute fin de matinée, la planque d'Ermeline le prouvait. Ce n'était que depuis peu que l'oiseau avait quitté la cage. Et si Teh mentait, c'était pour protéger la source de l'information : l'homme qui avait donné l'alerte.

Drajić s'était échappé en fin de matinée, donc après la réunion pendant laquelle Bouexière avait programmé l'intervention au Voïvodine. La conclusion était limpide. Un flic du groupe de Bouexière jouait double jeu. Les soupçons sur l'existence d'une taupe quelque part qui alertait Drajić des intentions de la police à son égard, soupçons déjà formulés par Jarry, et par Babut, se confirmaient.

Un flic du groupe de Bouexière ou Bouexière lui-même. Pourquoi pas ? Cette dernière idée plaisait à Grimm qui sans s'en apercevoir sourit.

— Et qu'est-ce que t'as à rigoler, toi ? lui lança Bouexière, excédé.

Grimm le regarda sans expression puis, faisant volte-face, il sortit. Il était temps d'informer son équipe.

L'échec de cette arrestation ne le tourmentait guère. En cavale, recherché par tous les flics de la ville, Drajić devait avant tout penser à se cacher et la pression était désormais sur lui. La peur avait changé de camp et la menace s'était éloignée. C'est du moins le raisonnement que tenait Grimm.

Marchant vite, il ne regrettait pas d'avoir bravé l'interdiction de se mêler à l'enquête. Ce qu'il avait appris valait très cher. Même s'il n'avait aucune idée de la manière dont il allait débusquer le ripou, la découverte ouvrait des perspectives prometteuses pour l'enquête.

Son téléphone vibra dans sa poche. Un SMS. Sans doute Jarry ou Ermeline qui venait aux nouvelles. Sans s'arrêter, il extirpa le portable de son pantalon et l'alluma. Il jeta un regard sur l'écran et stoppa net, le cœur battant. Sa main se mit à trembler. Il relut plusieurs fois le message dans un état proche de la sidération.

J'espère que tu n'as pas cru que j'ai essayé
de te tuer. C'était juste pour me détendre.
Un simple hors-d'œuvre.
Rassure-toi, tu ne vas pas mourir
d'une manière aussi douce.
Pour ce que tu as fait,
tu mourras dans d'atroces souffrances,
je TE Le PROMETS.
Et je tiens toujours mes promesses.

Grimm se retourna et scruta la rue, comme si l'individu qui le menaçait du pire était en train d'observer sa réaction. Il ne vit rien.

De rage, il jura et donna un violent coup de pied dans la roue de la voiture garée juste devant lui.

8

Bouleversé, Grimm fit irruption sans un mot dans l'open space où l'attendaient ses équipiers. Il posa son portable sur le bureau d'Ermeline et lâcha :

— Lisez ça !

Ermeline obtempérait tandis que Jarry se levait et se positionnait derrière elle pour regarder par-dessus son épaule. Blanchard n'avait pas encore fait la moindre tentative pour s'extraire de son siège quand Jarry lui présenta l'écran afin qu'il prenne aussi connaissance du message.

— Ça craint, dit Ermeline.

— Ce type a tout du psychopathe, renchérit Jarry.

Grimm se laissa tomber sur une chaise.

— « Pour ce que tu as fait » ? Est-ce que le fait d'arrêter ce petit con de neveu pour le foutre en taule mérite d'être découpé en morceaux ? C'est complètement dingue ! s'exclama Grimm avant de poser les coudes sur ses genoux et de se prendre la tête entre les mains.

La paralysie guettait l'équipe. La menace contre leur chef annihilait toute réflexion constructive et empêchait l'émergence d'une stratégie. Jarry et Ermeline échangeaient des regards d'impuissance.

— Drajić, il est en garde à vue ? demanda Blanchard.

Grimm releva la tête, prenant conscience qu'il n'avait pas encore raconté l'intervention de la PJ au Voïvodine.

— Il avait filé par-derrière avant l'arrivée de Bouexière.

— Filé !? Mais il était là toute la matinée ! réagit Ermeline.

— Exact, et tu peux en témoigner. Donc, il a été prévenu ! Et c'est d'autant plus vrai que Teh a prétendu qu'il ne l'avait pas vu aujourd'hui.

— Quoi !? Et pourquoi Teh a menti ?

— Pour couvrir la personne qui a averti Drajić. Et cette personne, c'est l'un des nôtres ! Y a un pourri chez Bouexière !

— Ça, je m'en doutais depuis le début ! affirma Jarry.

— Je sais, et tu avais raison.

Cette découverte joua sur Grimm comme un dérivatif. Il cessa de penser au message et se leva.

— Vous avez une idée de qui ça peut être ?

— Une idée ? rigola Jarry. Ils sont tous plus ou moins candidats à la trahison, dans cette équipe, vu leur profil.

— Même Bouexière ?

— Je n'irai peut-être pas jusque-là.

— Mais c'est possible.

— Tout est possible, répliqua Jarry en levant les yeux au ciel. D'ailleurs, si tu vas par là, on peut aussi imaginer que ce ripou n'est pas seul. Qu'ils sont deux ou trois, voire quatre. Qu'est-ce qu'on en sait ?

La remarque était judicieuse et frappa Grimm. Tête baissée, les mains dans les poches, il fit plusieurs allers et retours dans la pièce.

— Ils sont combien dans l'équipe de Bouexière ?

— Neuf. Dix avec Bouexière, répondit Blanchard aussitôt.

— Faudrait faire une fiche sur chacun d'eux.

— Tu veux qu'on enquête sur nos collègues ? s'alarma Ermeline.

— Oui, on n'a pas le choix ! Si on veut trouver qui c'est, faut se renseigner sur leurs antécédents, leurs activités extra-professionnelles, les affaires qu'ils ont traitées et tout le toutim.

— En prévenant le patron ? reprit Ermeline.

— Surtout pas ! De la discrétion avant tout. Si Babut est au courant, il va lancer les bœuf-carottes dessus et on en aura pour une éternité. Agir vite et démasquer ce salopard, voilà ce qu'on doit faire. Il nous mènera à Drajić. Éric, tu es le plus doué pour trouver les infos assis à ton bureau. Tu t'y mets immédiatement.

Le compliment était à double tranchant et Blanchard tiqua en dodelinant de la tête. Compétent assis à sa table de travail avec un ordinateur entre les pattes, certes, mais cela signifiait-il qu'il n'était qu'un gros nul autrement ? Grimm se rendit compte de sa maladresse.

— Ça veut pas dire que t'es mauvais en d'autres circonstances, hein ?

— J'espère bien, répliqua Blanchard pour tout commentaire.

Grimm sourit. C'était bien appréciable de compter dans son équipe un type aussi flegmatique.

*

* *

Grimm eut du mal à se concentrer le reste de la journée. À plusieurs reprises, en cachette de ses équipiers, il consulta l'écran de son portable pour relire le dernier message. L'homme affirmait qu'il n'avait pas eu l'intention de le tuer. Les tirs étaient donc destinés à accroître la pression, à lui faire peur, et la mention d'un moment de « détente » dévoilait chez l'agresseur une note de sadisme, confirmée par l'assurance donnée de « mourir dans d'atroces souffrances ».

Sa pensée alla vers son fils. La probabilité soulevée par Amandine que Louis perde son père était bien réelle. Il en avait le ventre noué et des bouffées d'angoisse l'asphyxiaient par intermittence.

Le soir venu, Jarry fut intraitable.

— Cette nuit, tu dors chez moi ! Je ne te laisse pas le choix. Drajić est en liberté et Dieu sait ce que ce fou est en train de mijoter.

Épuisé par la situation, Grimm accepta. En voiture, ils quittèrent ensemble l'hôtel de police et Jarry poussa la prudence jusqu'à faire d'innombrables détours dans la ville avant de se garer devant son immeuble.

L'appartement de Jarry, que Grimm découvrait à cette occasion, était petit. Mais il y avait dans le salon un clic-clac qui ferait l'affaire, une paire de draps supplémentaire et une couverture.

— Je suis content que tu sois là, commenta Jarry alors qu'ils terminaient le dîner en tête à tête dans la cuisine, laquelle n'était qu'un simple renfoncement dans la pièce principale. Ici, tu ne risques rien.

— Je peux fumer ?

— À la fenêtre, si ça te dérange pas.

Ils burent une bière, Jarry vautré sur le lit de Grimm tandis que celui-ci se penchait consciencieusement par la fenêtre chaque fois qu'il soufflait la fumée de sa cigarette.

Ils essayèrent de se mettre à la place de Drajić et d'imaginer les moyens que le Serbe pourrait envisager pour capturer Grimm. Cette tentative se révéla vaine, en tout cas improductive.

Ils évoquèrent ensuite Teh, l'associé, le complice de tous les mauvais coups.

— Celui-là, il sait forcément où est Drajić. Il faudrait trouver un moyen pour le faire parler.

— Parlera jamais, répondit Jarry. Même sous la torture. Ce gars-là, on n'en a jamais rien tiré. Il a aussi un casier judiciaire long comme le fleuve Amazone et, jamais, jamais je te dis, il n'a donné un nom ni trahi qui que ce soit. S'il parle, c'est pour protéger quelqu'un.

— Comme aujourd'hui.

— Voilà ! Autrement, il ne répond pas aux questions !

Jarry sourit tout à coup.

— J'en ai fait une sorte de proverbe.

— Ah bon ?

— Tu sais pourquoi Teh ne parle pas ?

— Non.

— Parce qu'il se Teh.

Malgré son angoisse, Grimm rit de bon cœur. Ce fut son seul vrai moment de détente de la soirée et il en remercia son collègue.

À minuit, il se retournait dans son lit, cherchant désespérément un sommeil insaisissable. La nuit surtout, un sentiment de culpabilité intense, violent, qui lui donnait envie de vomir, remontait à la surface, sans qu'il en comprenne le sens ou l'origine.

*
* *

Le lendemain matin, le commissaire ne fut pas long à appeler Grimm au téléphone. Ce fut bref et autoritaire.

— Dans mon bureau, tout de suite.

Et il raccrocha. Pour Grimm, ce qui était difficile à prévoir, c'était la puissance de la tempête qu'il allait affronter. Vent violent, il n'en doutait pas. Dévastateur, peut-être. Il avait éventuellement des armes dans sa besace pour se protéger, comme le dernier message reçu ou la suspicion de la présence d'un pourri dans le groupe de Bouexière, mais il ne souhaitait pas les utiliser.

— Asseyez-vous ! dit sèchement Babut.

Grimm se composa un visage servile et discipliné qui ne manqua pas d'irriter encore plus le commissaire.

— Ne faites pas cette tête d'enfant battu ! Vous êtes d'une hypocrisie qui dépasse les bornes et je ne le supporte plus !

Les yeux sévères, Babut avait l'attitude d'un proviseur qui reçoit dans son bureau un élève fauteur de troubles dans l'établissement. Prudent, Grimm ne répondit pas.

— Hier, vous avez suivi le commandant Bouexière dans l'exercice de ses fonctions alors que je vous l'avais expressément interdit. Vous ne niez pas les faits, j'espère ?

— Si.

— Comment : si !? Vous ne manquez pas de culot, vous !

— Si vous me permettez, monsieur le divisionnaire...

— Quoi !

— C'est un malheureux hasard. Je me trouvais dans la rue au moment où Bouexière et toute son équipe ont débarqué au Voïvodine. C'est vrai, je les ai suivis, pour donner un coup de main au cas où, mais je me suis tenu en retrait, sans intervenir.

D'un poing excédé, Babut frappa violemment son bureau.

— Taisez-vous ! Vous aggravez votre cas en me prenant pour un imbécile ! Pensez-vous que je vais gober un mensonge pareil !?

— Ce n'est pas un mensonge, c'est la vérité. Comment d'ailleurs aurais-je pu deviner que Bouexière avait décidé de cueillir Drajić hier et à cette heure-là ?

— Ça, je n'en sais rien, mais vous l'avez su ! C'est tout !

— Non, vraiment, je ne savais pas.

La défense de Grimm reposait sur un principe simple. Il avait délibérément choisi de mentir, parce qu'il ne serait pas possible de prouver le contraire. Tant qu'il niait et clamait son innocence, il privait Babut des arguments pour le punir : aucune commission de discipline ne pourrait jamais démêler le vrai du faux dans les affirmations de Grimm. Il mettait ainsi son supérieur dans l'impasse.

Babut expira bruyamment et secoua la tête de droite à gauche.

— Vous serez toujours un policier borderline ! Un insoumis qui agit en franc-tireur ! Un réfractaire à toute autorité ! Je vous le dis tout net : vous n'êtes pas à votre place dans mon service et nulle part ailleurs du reste. Prendre la décision courageuse de démissionner de la PJ vous honorerait, mais je doute que ce soit votre intention.

Comme une fin de non-recevoir à cette surprenante recommandation, Grimm baissa les yeux. Au bout de longues secondes, il lâcha :

— En attendant, ce n'est pas ma faute si Drajić a filé.

Silence compact. Un peu tard, Grimm se demanda si cette dernière touche était judicieuse. Il tenta de faire diversion.

— J'ai reçu un nouveau message sur mon portable.

Sans attendre la réaction de son interlocuteur, il sortit le téléphone de sa poche et, le bras tendu par-dessus le bureau, montra l'écran. Le divisionnaire lut, puis se renversa dans son fauteuil.

— Merde.

— Je vous avoue, monsieur le commissaire, que j'ai les nerfs à vif.

— Oui, oui…

— Et que je ne sais plus quoi faire.

— Oui, oui…

Tactique complémentaire : mettre Babut dans l'embarras. Peut-on décemment accabler un homme qui reçoit des menaces de mort aussi terrifiantes et lui faire subir des sanctions disciplinaires ? Le divisionnaire se frottait le menton.

— Écoutez. Pour votre sécurité, je vais détacher deux hommes de l'équipe de Bouexière qui vous protégeront en permanence.

Proposition généreuse que Grimm devait écarter à tout prix. Si, par malchance, parmi ces deux hommes se trouvait le pourri qui renseignait Drajić, sa vie serait encore plus en danger.

— Non, je vous remercie du fond du cœur, mais je ne le souhaite pas.

Se penchant en avant, Babut s'étonnait.

— Mais pourquoi cela, grands dieux ?

— Parce que Bouexière a besoin de tous ses hommes pour dénicher le coupable. De mon côté, mon équipe me protège. Cette nuit, par exemple, j'ai dormi chez Jarry.

— Ah bon ?

— Oui. Je vous assure qu'enlever des hommes à Bouexière serait contre-productif. Il faut qu'il dispose de toutes ses ressources humaines. Pour l'instant, je ne crains rien. Nous ne prenons aucun risque. On me véhicule en voiture chaque fois que je quitte l'hôtel de police.

Babut ne remarqua pas que cette dernière affirmation contredisait celle d'un passage en solitaire, à pied, par hasard, devant le Voïvodine au moment de l'intervention de Bouexière. Le visage soucieux, il se rencogna dans son fauteuil.

— Bon, comme vous voudrez.

★

★ ★

Quand il retourna auprès de ses collègues, Grimm transféra d'abord à Bouexière le dernier message de l'agresseur reçu la veille. Babut étant au courant, il fallait éviter d'être accusé de rétention d'informations par l'enquêteur officiel car celui-ci, de toute façon, ne manquerait pas de l'apprendre par le divisionnaire. Après tout, il valait mieux que Bouexière en prenne connaissance et mesure la permanence de la menace.

Puis il s'installa dans son bureau, tentant, un peu désespérément à vrai dire, de se concentrer sur les affaires en cours. Il n'en manquait pas entre les trafics mortels de drogue, les vols et les recels de voitures ou même l'exercice illégal de la médecine par un ancien militaire.

À 11 h 37, sa boîte mail clignota. Habitué à recevoir toute sorte de courriels de l'administration qu'il balançait systématiquement à la poubelle, il afficha celui-ci à l'écran de son ordinateur et y jeta un regard distrait. Il se figea et dut relire à plusieurs reprises pour intégrer la signification du message.

MARC BARDON A DES ACTIVITÉS QUI EN FONT
LE SUSPECT NUMÉRO 1

Sur le coup, il répéta trois fois à voix basse sans comprendre :

— Suspect numéro 1 de quoi ?

Puis, en un flash, il assembla les éléments. Marc Bardon était membre de l'équipe de Bouexière. Le message insinuait qu'il pourrait être l'individu renseignant Drajić sur les projets de la police à son égard. Qui donc pouvait lui expédier un message pareil ?

Grimm regarda l'adresse mail. Un Gmail au nom fantaisiste, « Titou », probablement généré à la va-vite pour les besoins de l'anonymat dans un cybercafé. Qui ? Et qui d'autre hormis ses trois adjoints savait qu'il cherchait à débusquer un ripou au sein du groupe de Bouexière ?

Mystère. Un de plus.

Par ailleurs, les détails manquaient. Accuser quelqu'un, ou du moins le désigner comme la taupe potentielle, nécessitait de donner sur cette personne quelques éléments supplémentaires, ce que l'énigmatique correspondant avait omis.

Grimm resta quelques minutes sans bouger, incapable de décider de la marche à suivre. Il avait l'impression de nager en eaux troubles et de ne plus discerner qui manipulait qui dans cette affaire. Et, avant tout, il se méfiait d'une accusation mensongère qui aggraverait la situation et n'entraînerait qu'une perte de temps.

L'esprit incertain, il se leva et passa dans l'open space où Jarry et Blanchard semblaient absorbés par leur travail. Les mains dans les poches, il fit trois fois le tour de la pièce avec une lenteur inaccoutumée et, pour donner l'impression que sa présence n'était pas sans but, il demanda tout à coup :

— Ermeline n'est pas là ?

— Elle est à la photocopieuse, répondit Jarry.

— Bon, bon…

Il s'apprêtait à revenir dans son bureau quand il constata que le portable d'Ermeline qui traînait sur sa table vibrait. Elle recevait un appel. Machinalement, il se pencha et regarda l'écran.

Sabine Mourot !

Stupéfiant ! Ainsi, confirmant une étrange intuition que Grimm avait eue quelques jours auparavant mais avait écartée, Ermeline avait bien conservé des relations avec Sabine, la reine sadomaso du Dragomira Club[1] ! Il n'en revenait pas.

Chacun, bien sûr, mène sa vie privée comme il l'entend et se doit de la garder secrète. Grimm ne s'en formalisait pas. Sur le fond, il s'en foutait, il était simplement très

1. Voir *Dans l'ombre du loup, op. cit.*

étonné. Il retourna précipitamment dans son bureau, embarrassé, comme s'il avait, par mégarde, ouvert une lettre intime.

Cependant, il ne cessait d'y penser. Et cette curieuse coïncidence le portait vers des réflexions qui prirent forme peu à peu.

— Je me trompe peut-être, mais il faut que j'en aie le cœur net, murmura-t-il au bout d'une demi-heure.

Il fut tiré de ses pensées par la voix de Blanchard.

— Hubert, tu peux venir un instant ?

En une seconde, il passa dans l'autre pièce. Ermeline était revenue, mais c'est Blanchard qui attira son attention car il tapotait assez brutalement l'écran de son ordinateur avec son index.

— On a l'analyse.

— L'analyse de quoi ?

— Des balles ramassées dans ton appart. Elles proviennent d'un Beretta 92FS.

— Ah quand même…

— Ah oui, c'est pas un lance-pierre, le pétard du monsieur, dit Jarry.

9

Grimm tourna en rond, décrivant des cercles réguliers qui le rapprochèrent peu à peu du bureau d'Ermeline. À la fin, il se planta face à elle.

— Je vais prendre un café dehors. Tu viens avec moi ?

Surprise, Ermeline hésita.

— Ben, euh… J'ai des trucs à faire et…

— Je voudrais te parler.

— Ah ?

Sans protester, elle se leva. Dans le couloir, l'escalier, le hall, le parking, puis enfin la rue, Grimm ne prononça pas une parole, laissant Ermeline désemparée.

Il choisit une table discrète d'où leur conversation ne pourrait pas être entendue. Contrairement à son habitude, il ne commanda pas un demi, mais bien un café, comme il l'avait annoncé. Ermeline l'imita.

Faisant durer le silence, Grimm lâcha un morceau de sucre dans sa tasse et l'écrasa avec la cuillère. Ermeline attendait. Finalement, il releva le front et la fixa de ses yeux bleus.

— Tu n'as rien à me dire ?

Ermeline tressaillit et pâlit. Elle eut des mouvements de dénégation de la tête

— Non… Pourquoi ?

— J'ai reçu un mail plus qu'étrange et je crois que c'est toi qui me l'as envoyé.

— Moi ?

Il laissa passer un nouveau temps mort avant de lâcher calmement :

— Oui, toi.

— Quel mail ? De quoi parles-tu ?

— Un mail que la personne a probablement expédié d'un cybercafé avec une adresse bidon qui n'existe sans doute déjà plus.

— Non, Hubert, je t'assure… C'est pas moi.

Soulevant sa tasse, Grimm la porta à ses lèvres sans cesser de regarder Ermeline qui se tortillait sur sa chaise. Après avoir bu, il reposa la tasse et soupira.

— Je vais te dire pourquoi je pense que c'est toi. Ce mail accuse un homme de Bouexière d'être peut-être celui qui renseigne Drajić. Ce dernier est proxénète, « achète » des filles en Serbie ou ailleurs, et les met « au travail » ici. Pardonne-moi ces expressions, mais c'est bien comme ça que ce salaud voit son infâme trafic humain. Or, dans tes relations, il existe quelqu'un susceptible d'être au courant de certaines choses dont elle aurait pu te parler.

— Elle ?

Cette fois-ci, Ermeline avait violemment rougi et baissé les yeux. Embarrassé par la situation, Grimm se devait cependant de poursuivre, surtout maintenant. Il eut un geste vague de la main comme s'il écartait de son visage une fumée intempestive.

— Je suis désolé… J'aurais préféré que tu m'en parles spontanément. Ce n'est pas mon genre de m'intéresser à la vie privée des autres, mais j'ai surpris un appel sur ton portable que tu avais laissé sur ton bureau.

— Un appel ?

— Oui. De Sabine.

Ermeline était devenue aussi muette qu'une statue de pierre. Grimm eut peur que cette affaire ne détériore sa relation avec sa jeune collègue.

— Écoute, Ermeline... Tu me connais. Que tu voies Sabine, je m'en contrefous. La vie affective et sexuelle des gens est le cadet de mes soucis et mon seul point de vue a toujours été qu'on a le droit, le devoir même, de faire absolument ce que l'on veut pour être heureux, à partir du moment où on ne fait souffrir personne. Tu le sais, ça ?

Ermeline continuait à se taire. Grimm insista.

— Regarde-moi, s'il te plaît. Tu le sais que c'est vrai ce que je te dis ?

Il fallut encore quelques pesantes secondes avant que le regard d'Ermeline croise enfin celui de son supérieur. Elle finit par murmurer :

— Oui, je le sais.

— Bon. Alors, à présent, dis-moi que je me trompe et nous en resterons là.

— Tu veux dire pour Sabine ?

Grimm sourit.

— Non, pas pour Sabine. Pour les infos que tu as sur Marc Bardon.

— Ah...

— Elles viennent de Sabine ?

— Oui.

— Je t'écoute.

Le ton rassurant et presque paternel de Grimm, son absence totale de jugement qui transparaissait dans son attitude, permirent à Ermeline de reprendre pied. Elle regrettait de s'être conduite de cette manière. Ce mail anonyme, ces précautions prises pour éviter de dévoiler sa relation avec Sabine, tout cela était ridicule. Grimm était quelqu'un en qui elle pouvait avoir confiance et qui n'irait jamais raconter sa vie privée sur tous les toits.

— Sabine m'a parlé de lui. C'est un mec qui est venu deux fois au Dragomira. Chaque fois, il était à moitié saoul et son comportement était lamentable. Il ne comprenait rien à ce qui se vit dans notre club. Il était violent et a fait mal à des femmes. Au final, il a été viré par le patron et est interdit chez nous.

Grimm nota le « chez nous » mais ne fit pas de commentaires.

— D'accord. Et… ?

— Quand il est vraiment bourré, il parle. Une fois, il s'est vanté de sauter des putes qu'il disait plus résistantes que les femmes qui fréquentaient le Dragomira. Tu te rends compte de ce que ça signifie ? L'horreur ! Un connard fini, à vomir !

— Je vois. Et… ?

— Le jour où il a été viré, il a lâché le nom de Drajić, disant que lui, au moins, c'était un patron moins regardant sur la marchandise.

— C'est dingue… Tu es sûre ?

— Oui, Sabine se le rappelle très bien. Elle est formelle.

Grimm avait une oppressante envie de fumer une clope. Il sortit son paquet et se mit à le tripoter.

— Tu sais cela depuis combien de temps ?

— Hier soir. C'est parce que… enfin… comment dire… j'ai parlé de ton affaire à Sabine…

C'était amusant pour Grimm d'apprendre qu'il était un sujet de conversation entre Ermeline et Sabine. Peut-être même le soir, sur l'oreiller… Cela ne le contrariait pas, il y voyait avant tout l'inquiétude d'Ermeline à son égard.

Quant à Sabine… Avec elle, les rapports avaient été si tendus au moment de sa garde à vue qu'il préférait éviter de trop y penser. Il se rappelait surtout qu'elle lui avait envoyé quelques piques d'un tel mépris qu'il en avait été soufflé. Mais aussi des évidences lumineuses comme ce : « La police ne cherche jamais la vérité, mais un coupable ! » qui l'avait laissé sur le cul. L'affirmation était juste, il ne l'avait pas nié. Au fond, malgré le mépris manifesté à son encontre, il avait été favorablement impressionné par le caractère indomptable de cette femme et, même si les circonstances l'avaient empêché de l'exprimer, il avait une réelle sympathie pour elle.

— Qu'est-ce que tu vas faire ? demanda Ermeline.

— Je ne sais pas. J'aimerais avoir des détails par Sabine.

— Ah bon ? Tu sais, elle est convaincue que tu la détestes.

— Pas du tout, elle se trompe. Contrairement à ce qu'elle pense, je l'aime bien.

Étonnée, Ermeline ouvrait de grands yeux. Elle répondit maladroitement :

— Ça me fait plaisir de le savoir.

Grimm sourit et secoua la tête comme s'il se trouvait face à une personne un peu à côté de la plaque.

— Tu ne me connais pas si bien que ça finalement.

— Excuse-moi…

— Ne t'excuse pas, c'est pas grave. Alors, crois-tu que je pourrais parler avec Sabine ?

— Je ne sais pas.

— Tu peux lui téléphoner et le lui demander ?

Ermeline eut un net mouvement de réticence. Il lui déplaisait de devoir avouer à Sabine que son patron était au courant de leur relation. Grimm insista, mais d'une voix douce, humblement, sans y mettre trop de pression.

— C'est important pour moi, tu comprends ?

Elle acquiesça et prit sur elle. Sans un mot, elle saisit son téléphone et sortit dans la rue.

*

* *

Par la vitre, Grimm l'observait qui marchait de long en large sur le trottoir. Elle discutait beaucoup et faisait parfois de grands gestes de sa main libre. L'explication dura, au point que Grimm crut que Sabine refusait de lui parler.

Quand Ermeline rentra dans le café, elle tenait son portable posé sur sa paume ouverte comme sur un plateau. Grimm levait des sourcils interrogatifs.

— Tiens, elle est au bout du fil, dit Ermeline en lui donnant le téléphone.

C'était inattendu et Grimm fut pris de court. Il s'empara du portable en se réajustant sur son siège et en se raclant sa gorge.

— Bonjour, Sabine.

— Bonjour.

Une petite attente et Grimm enchaîna.

— Vous connaissez mon problème ?

— Oui.

Jusqu'à présent, Sabine répondait froidement, en service minimum, et l'entretien n'était pas des plus cordiaux.

— Ermeline me dit que vous avez des infos sur Bardon. Est-ce que vous pouvez me raconter comment ça s'est passé avec lui au Dragomira et ce qu'il a dit exactement ?

Temps d'attente. Grimm regardait le plafond, puis Sabine s'exécuta. Elle parlait lentement au début, puis elle s'échauffa peu à peu.

— Ce type n'est pas seulement un con, c'est un pervers. Je ne sais pas pourquoi il est venu chez nous – Grimm nota que Sabine utilisait la même expression qu'Ermeline pour désigner le Dragomira –, mais il en a dégoûté plus d'un. Voilà un mec qui débarque sans connaître les codes et qui fout sa merde. D'abord, il picole sec, et ensuite il n'a rien compris à ce qu'on faisait là. Rien ! C'était désolant. Il a fait mal à des filles qui ont protesté et se sont plaintes à Gilles.

— Gilles ?

— Le patron.

— Ok.

— Au bar, bourré, il racontait des horreurs sur les prostituées qu'il fréquentait. C'était la consternation. La seconde fois qu'il est venu, ce fut pire. Il a fait une séance de bondage avec Carole. Je ne sais pas pourquoi elle a accepté, la pauvre, mais c'est vrai qu'elle aime les séances un peu extrêmes. Il lui a fait tellement mal que Fabien et Flo sont intervenus et l'ont détachée. Il perdait ses nerfs, protestait, disait que c'était quand même bien l'endroit où on pouvait faire ce genre de choses, jusqu'au moment où il en est venu aux mains. Les gars ont dû se mettre à quatre pour le virer. Moi, je crois que ce type est dangereux. Au Dragomira, on vit ses fantasmes pour le plaisir ! Et ce type-là, c'est un vrai sadique !

C'était assez surprenant d'entendre Sabine, la reine du sadomasochisme, accuser quelqu'un de sadisme. Mais Sabine, le jour de sa garde à vue, avait donné à Grimm un véritable cours sur la question et lui avait ouvert les yeux sur la finalité de ces pratiques.

— Et, donc, il aurait parlé de Drajić, c'est ça ?

— Oui ! Il disait que de toute façon il ne remettrait plus jamais les pieds dans cette crémerie, qu'il y avait les filles de Drajić et qu'avec elles au moins on pouvait faire ce qu'on voulait. Complètement taré, un vrai malade dégueulasse !

— Et vous êtes certaine qu'il a parlé de Drajić ?

— Certaine ! Il a répété ce nom plusieurs fois ! Y a des témoins, pas de doute !

— Bon. Je te remercie de ces précisions... Euh, excusez-moi, je viens de vous tutoyer...

— Ça ne me dérange pas.

— Très bien… En tout cas, encore une fois, merci, ça m'aide beaucoup

— À ton service, sale flic !

C'était dit sans méchanceté aucune, sur le ton de la plaisanterie et avec le tutoiement. Grimm éclata de rire. Sabine raccrocha. Il rendit le portable à sa jeune collègue.

— Alors ? interrogea Ermeline qui avait suivi la conversation avec appréhension.

Grimm ne répondit pas tout de suite, mais son visage était changé. On le sentait bouillir intérieurement, révolté par ce qu'il venait d'apprendre.

— Je vais m'occuper de ce salopard, conclut-il sans plus d'explications.

10

Grimm guettait depuis une demi-heure sur le parking de l'hôtel de police. Adossé au mur du bâtiment, dans un endroit à l'abri des regards, il fumait cigarette sur cigarette. Ermeline lui avait montré la voiture de Bardon et, après l'avoir remerciée, il lui avait demandé de retourner travailler.

— Ne fais pas n'importe quoi, Hubert, l'avait-elle supplié avant de s'éloigner.

— Ce sera forcément un peu n'importe quoi…, avait-il répondu sur un ton lugubre.

Bardon possédait une Peugeot 508 break dernier modèle de couleur rouge. Agité par la colère et la haine, Grimm fixait le véhicule avec agressivité comme si celui-ci était responsable des agissements de ce collègue pourri.

Quand il le vit sortir, à 18 h 10, il décolla souplement son dos du mur et le suivit à distance. Marchant avec nonchalance, Bardon tendit le bras et appuya sur sa clé pour déverrouiller la voiture. Le voyant s'installer dans l'habitacle, Grimm accéléra le pas et, au moment où Bardon mettait la clé de contact, il ouvrit la portière et s'assit sur le siège du passager. Bardon sursauta et eut un premier réflexe de peur. Puis, reconnaissant Grimm, il s'insurgea :

— Ça va pas ? Qu'est-ce que vous faites ?

— Démarre !

— Quoi démarre ?

— Démarre, j'te dis ! On va faire un p'tit tour tous les deux !

— Il n'en est pas question. Descendez de ma voiture !

— Si je descends, tu descends aussi et je t'emmène chez Babut. Tu comprends ce que je veux dire ?

C'était un test. Grimm tentait le tout pour le tout. Si Bardon acceptait de descendre et d'être « emmené » chez le commissaire divisionnaire, il faudrait en conclure qu'Ermeline s'était trompée et que Bardon n'avait rien à se reprocher.

Mais la menace fit mouche. Grimm vit Bardon se décomposer et ses yeux devinrent fuyants. Il protesta encore, mais sans évoquer Babut, donnant l'impression de chercher à gagner du temps.

— Enfin, qu'est-ce que vous me voulez ? J'ai rien à faire avec vous.

— C'est ce qu'on va voir. Maintenant, démarre ou je te fous mon poing dans la gueule.

Bardon mit le contact, fit une courte marche arrière pour sortir de sa place, puis s'engagea vers la barrière automatique et tourna à gauche à la sortie du parking.

— Où est-ce qu'on va ?

— À la campagne.

— À la campagne !?

L'affolement le gagnait. La campagne signifiait un endroit isolé, sans témoin, où Grimm pourrait laisser libre cours à la violence qu'il sentait dans chacune de ses phrases.

— Je n'irai pas à la campagne. Je dois rentrer chez moi.

— T'es marié ?

— Oui.

— Tu veux qu'on aille discuter en présence de ta femme ? C'est comme tu veux, mais je ne crois pas que ce soit une bonne idée. Un grand déballage sur tes activités dans les bordels, ça pourrait la contrarier, non ?

Cette perspective eut un effet définitif. Bardon ne répondit rien et Grimm comprit qu'il avait trouvé un levier extrêmement efficace pour se faire obéir.

— Prends au sud. La direction d'Angers par exemple.

Bardon s'exécuta. Le silence s'installa. Grimm examina ce collègue auquel il n'avait jamais prêté attention. Un homme du groupe de Bouexière, le cadet de ses soucis jusqu'à présent. Un corps chétif et un visage de pauvre type. Grimm constatait qu'il le dominait physiquement et qu'il n'avait pas à craindre une bagarre si les choses tournaient mal. À coups de baffes, il en ferait ce qu'il voudrait.

Empruntant sur une courte distance la rocade, ils sortirent à la porte d'Angers. Au niveau de la Martinière, Grimm lui demanda de quitter la quatre-voies en tournant à droite. Ils furent rapidement environnés de champs.

— Gare-toi dans ce chemin de terre.

La voiture faillit s'embourber dans une ornière boueuse creusée par les tracteurs. Bardon dut appuyer sur l'accélérateur pour en sortir.

— Descends !

Bardon détacha la ceinture de sécurité et ouvrit la portière d'une main tremblante.

— Plus vite !

Debout, Bardon restait à côté de son véhicule. La nuit tombait et les lieux étaient déserts. Un vent froid courbait la cime des arbres.

— Ferme la portière et éloigne-toi un peu de ta bagnole !

Précaution nécessaire pour éviter que Bardon ne tente de se jeter dans sa voiture et de repartir pendant que Grimm en ferait le tour.

Dès qu'il fut sur lui, Grimm l'empoigna par le col.

— C'est pas la peine de nier, je sais tout ! Tu sautes les filles de Drajić et tu es violent avec elles. Comme un lâche qui s'attaque à plus faible que soi. Tu vas me dire où je peux trouver Drajić et vite !

— Je ne sais pas où il est ! s'écria Bardon.

La réponse fut immédiate. D'un revers de main, Grimm décocha à toute volée une gifle qui étala Bardon dans la gadoue. Assis sur les fesses, il se frottait la joue au niveau de l'impact, surpris surtout par la violence du coup.

— J'en ai d'autres comme ça à ton service qui mettront ta sale gueule dans un drôle d'état. J'attends.

— Je ne peux pas le dire, bafouilla Bardon.

— Oh que si, tu vas le dire ! Fais-moi confiance !

À deux mains, Grimm le releva et le traîna jusqu'à la voiture, le renversant sur le capot. Il le saisit par les cheveux et, tirant la tête en arrière, il la rabattit d'un coup sec sur la carrosserie. Il y eut un bruit sourd et un cri de douleur. Il le redressa dans le même mouvement. Bardon saignait d'une narine.

— Tu es fou…, geignit-il.

— C'est pas la question ! Je vais recommencer jusqu'à ce que ton nez éclate ! Tu comprends ça ?

Et, de nouveau, il bascula la tête de Bardon sur la tôle. Ce fut le front qui percuta cette fois-ci et rebondit comme une balle de ping-pong.

— Arrête… J'en peux plus…, réussit à dire Bardon dans un souffle.

— L'adresse de sa planque ?

— Je vais te la donner…

— Ah… J'aime bien quand les gens deviennent raisonnables.

— Je sais où c'est, mais je ne connais pas le nom de la rue.

— Pas grave. Serviable comme tu es, tu vas m'y conduire.

Ouvrant la portière du conducteur, Grimm le balança dans la voiture comme un paquet. Quand lui-même s'assit sur le siège passager, Bardon était en train d'essuyer avec un mouchoir le sang qui avait coulé de sa narine sur ses lèvres et son menton.

— C'est pas le moment de se refaire une beauté ! On se tire d'ici et on y va !

Bardon dut avoir peur d'être cogné de nouveau, car il mit précipitamment le contact et reprit la quatre-voies en direction de Rennes. L'idée de ramener ce saligaud à l'hôtel de police et de le remettre à Babut effleura Grimm. C'était sûrement la meilleure chose à faire. Il ne put s'y résoudre. Outre que Bardon était un peu amoché, ce qu'il aurait à expliquer, il était dans un tel état d'esprit, survolté par sa haine et son désir d'en finir, qu'il n'envisageait pas de laisser l'affaire refroidir. Le vin était tiré, il fallait le boire jusqu'à la lie !

— Tu sais pourquoi Drajić veut me tuer ? demanda-t-il.

Les résistances de Bardon étaient émoussées. Il avait mal au nez et une grosse bosse commençait à déformer son front. Il répondit sans en mesurer les conséquences.

— C'est pas Drajić qui veut te tuer.

— Quoi !?

Bardon se mordait les lèvres. Au moment même où il avait lâché cette information, il avait pris conscience de l'immense bourde qu'il venait de commettre. Il eut l'impression d'avoir rabattu le couvercle de son propre cercueil. Il paniqua.

— Non, c'est pas vrai ! Je me suis trompé ! Je ne sais pas pourquoi j'ai dit ça !

— Arrête tes conneries ! Ou tu vas rentrer chez toi complètement défiguré. Qui veut me tuer ?

Bardon restait muet, de grosses gouttes de sueur coulaient sur ses tempes.

— Qui veut me tuer, bordel ? hurla Grimm.

Et il lui décocha une claque sur la nuque qui lui fit basculer la tête en avant comme un culbuto. La voiture fit une embardée. Pour Bardon, c'était le cauchemar qui allait recommencer. Il céda.

— Je ne sais pas qui c'est. Je ne l'ai vu qu'une fois. C'est Drajić qui a organisé le rendez-vous. Il voulait que je lui apporte… que je lui apporte… que je lui apporte… Je ne sais plus…

Blocage. Les mots ne sortaient plus. Formuler explicitement l'ignominie de sa trahison donnait à Bardon l'envie de vomir.

— Il voulait mon adresse et mon numéro de portable ? c'est ça ?

— Oui…

— Et tu les lui as donnés !

— Oui… Mais ce n'est pas ma faute…

— Ben voyons.

Tout en conduisant, Bardon se mit à pleurer et Grimm soupira de dégoût.

— Drajić me tient. J'ai fait des bêtises avec les filles… Pas grand-chose, mais des bêtises… C'est parce que j'avais bu, je ne suis pas comme ça… Il a menacé de tout dire à ma femme si je ne… enfin… si je…

— Si tu ne le renseignais pas sur les enquêtes de la police le concernant.

— Oui.

— Et, en échange, les filles sont gratuites.

Bardon ne releva pas. Il se liquéfiait à mesure et ajouta, comme une sorte de gage, pour montrer sa bonne volonté et se faire bien voir de Grimm, avec l'illusion qu'en coopérant il pourrait tout effacer :

— Le type, il voulait ta photo aussi.

— Ma photo !?

C'était surprenant. S'il avait besoin d'un cliché de Grimm, c'est qu'il ne le connaissait pas. Ou alors qu'il l'avait connu il y a très longtemps. Cette étrange culpabilité qui hantait Grimm depuis le premier message de menace ressurgit avec une intensité insupportable.

— À quoi il ressemble, ce mec ?

Babut détailla l'allure de l'individu qu'il avait rencontré au Voïvodine. Grand, tête large, chauve, grosse barbe, carrure de bûcheron… Grimm cherchait dans sa mémoire, mais il n'avait jamais eu affaire à un assassin de ce type. En revanche, cela pouvait correspondre à la description de l'homme aperçu par Ermeline devant le Voïvodine en compagnie de Drajić.

Il inspira à fond et gueula pour expulser son angoisse :

— Accélère, tu te traînes !

En centre-ville, Bardon dirigea sa voiture vers un secteur de petites rues anciennes que Grimm connaissait mal, autour de la cathédrale. Il stoppa face à un vieil immeuble.

— C'est là.

— Où ça, là ?

— Cette entrée, dit Bardon en la désignant.

— Et… ?

— Il y a un escalier un peu branlant. Au dernier étage, il y a des chambres de bonne. C'est sa planque. C'est facile à trouver parce que c'est la seule porte sans nom. Il n'a pas de boîte aux lettres non plus. C'est Teh qui lui apporte son courrier.

— Je vois.

Grimm hésitait. Il tâta machinalement son arme de service fixée à sa ceinture. Une envie quasi irrépressible le tenaillait de se précipiter dans l'immeuble, de grimper l'escalier quatre à quatre et de braquer son flingue sur la tempe de Drajić pour le faire parler.

Soudain, il sursauta. Il venait de l'apercevoir au bout de la rue. Drajić rasait les murs et marchait vite dans leur direction.

— Putain, le v'là ! Planque-toi !

Ils s'aplatirent tous les deux dans le véhicule. Drajić poussa la porte de son immeuble et disparut à l'intérieur. Ils se redressèrent. Bardon était au bord de l'évanouissement et ses mains tremblaient.

— Il est chez lui…, murmura Grimm.

Puis il se tourna vers Bardon.

— Donne-moi ton portable !

— Pourquoi ?

— Parce que je vais lui rendre une petite visite et que je ne veux pas que tu l'appelles pour le prévenir !

— Je te jure que je ne le ferai pas.

— Donne-moi ton téléphone, bordel de merde, tu me fais perdre mon temps !

À regret, Bardon lui tendit le portable, que Grimm glissa dans la poche de son blouson. Il ouvrit la portière, sortit, mais se pencha aussitôt vers Bardon.

— Dégage ! Rentre chez toi, va baiser ta femme ou te saouler la gueule, fais ce que tu veux, je m'en fous ! De toute façon, toi, ta minable carrière de flic, tu peux faire une croix dessus ! Tu es fini !

Bardon accusa le coup. Sonné, l'esprit dans le brouillard, il démarra sa voiture, déboîta et s'éloigna.

⋆

⋆ ⋆

Sur le trottoir, Grimm examina l'immeuble. Deux étages seulement, plus trois lucarnes dans les toits, probablement les chambres de bonne où se cachait Drajić. En supposant qu'il existât trois autres lucarnes de l'autre côté du toit, il devait y avoir six chambres séparées par un couloir central sans doute très étroit.

Il traversa la rue. L'entrée ne possédait pas de digicode. Une chance ! Il respira profondément plusieurs fois pour faire baisser la tension, puis il poussa le battant de bois. Tout en longueur, le hall était sombre. Pas d'ascenseur, seulement l'escalier dont Bardon avait parlé. Grimm chercha en vain une minuterie. Assez moyenâgeux comme endroit...

Il détacha la sangle de l'étui de son pistolet, pour se tenir prêt à toute éventualité, mais sans le sortir de peur de tomber sur un habitant de l'immeuble et de provoquer la panique de celui-ci.

Mettant le pied sur la première marche, il vérifia instinctivement sa solidité et le bruit qu'elle produisait. C'était plus silencieux qu'il ne l'avait imaginé. L'escalier était de guingois, certes, mais d'une construction robuste avec une rampe épaisse.

Au premier étage, il fit une pause sur le palier qui donnait sur deux portes. Tout était calme. Il grimpa rapidement au deuxième étage, qui présentait la même disposition. À ce niveau, l'escalier devenait très quelconque, les bonnes de l'époque n'ayant pas la chance de bénéficier des mêmes prestations que les propriétaires. Dans la pénombre, il nota une première marche enfoncée, fendue en son milieu.

Le rythme de son cœur s'accéléra. Juste au-dessus de lui se planquait l'infâme Drajić, et l'homme était dangereux. Cette pensée le paralysa un court instant, l'empêchant de poursuivre. Il contrôla son souffle par un exercice de respiration qu'il avait appris à l'école de police. Le succès fut mitigé.

— Faut y aller maintenant, murmura-t-il pour se donner du courage.

Enjambant la marche défectueuse, il fut en quelques secondes au dernier étage. Sa déduction s'avéra exacte. Il se trouvait face à un couloir étroit, obscur, avec trois portes de chaque côté. Précautionneusement, il s'avança et constata que les deux premières de part et d'autre du couloir possédaient une étiquette avec des noms écrits à la main. À présent, les piaules étaient probablement occupées par des étudiants désargentés.

Au milieu, la porte de gauche, celle dont la lucarne donnait sur la rue, n'avait ni nom ni étiquette. Était-ce la tanière de Drajić ? Il se contraignit à aller jusqu'à l'extrémité du couloir pour vérifier qu'un nom était bien inscrit sur les dernières portes. C'était le cas. Il revint en arrière et se planta devant celle du Serbe.

Il n'y avait plus à réfléchir. L'action se devait d'être brutale, jouant sur la surprise, au risque sinon de laisser à Drajić le temps de réagir. Il dégaina et retira la sécurité. L'avant-bras vertical, la crosse fermement tenue, le canon orienté vers le plafond. Sa paume était moite, mais il fallait composer avec cet inconvénient, inévitable avant toute intervention périlleuse.

Subitement, telle une décharge électrique dans son cerveau, la pensée lui vint que la porte était peut-être verrouillée. S'il actionnait la poignée et qu'elle résistât, tout effet de surprise serait anéanti. Il évalua l'épaisseur et la résistance du battant. On ne pouvait pas dire que la sécurité des bonnes avait été la préoccupation première de l'architecte au moment de la construction de l'immeuble. C'étaient des portes relativement fines, sans verrou, et seule une vieille serrure à clé en interdisait l'accès. Un *mae geri*, coup de pied de face, s'il était correctement ajusté, la ferait exploser.

Il opta pour cette entrée en matière, la seule qui garantissait de surprendre le Serbe et de ne lui laisser aucune chance de prendre l'avantage.

*

* *

Retenant son souffle, il leva sa jambe repliée et la détendit d'un coup sec. La porte s'ouvrit avec fracas et il se précipita à l'intérieur de la chambre, tenant la crosse à deux mains, le canon pointé à l'horizontale. Drajić était allongé sur son lit. Il se redressa aussitôt.

— Bouge pas !

Le Serbe s'immobilisa. Leurs regards se croisèrent. La tension était à son comble, mais Grimm savait qu'il avait partie gagnée.

— Où est ton flingue ?

— Pas de flingue.

— Drajić, je suis pas là pour rigoler. Où est ton flingue ?

Le Serbe haussa les épaules. Il dit avec ironie :

— Sous oreiller, peut-être.

Était-ce vrai ou seulement une tactique pour accentuer la nervosité du flic ? Savoir que Drajić n'avait qu'à glisser la main derrière lui pour sortir son arme provoqua chez Grimm une sueur froide.

— Lève-toi et allonge-toi par terre !

— Pourquoi ?

— Parce que je te le demande, connard !

Drajić eut alors cette phrase surprenante, totalement décalée vu les circonstances, mais qui montrait à quel point il était capable de conserver son sang-froid dans les pires moments.

— Tu as un mandat ?

— Pas besoin de mandat ! C'est d'homme à homme qu'on va causer ! Tu as des choses à me dire !

— J'ai rien à dire à toi.

— Que si ! Qui est l'homme qui cherche à me tuer ?

Cette question provoqua chez Drajić un indéniable flottement. Sans doute découvrait-il que Grimm avait appris beaucoup de choses avant de débarquer chez lui ?

— Je croyais que c'était moi…, répondit-il avec un petit sourire narquois.

— Je sais que c'est pas toi !

— Comment toi tu sais ?

Drajić tentait de déterminer si Bardon avait trahi, mais Grimm ne tomba pas dans le panneau.

— C'est mon affaire ! Et fais-moi confiance, tu vas me le dire !

C'était une affirmation lancée avec véhémence mais, évidemment, Drajić s'avérait beaucoup plus coriace que Bardon. Le faire parler n'allait pas être une mince affaire. Ce type avait connu la guerre en ex-Yougoslavie, on le suspectait d'avoir participé à des crimes effroyables, et il avait vu tant de morts et de massacres que Grimm doutait d'obtenir le renseignement qu'il était venu chercher. Même en utilisant la violence.

Les jambes fléchies, bras tendus, le canon de son pistolet pointé sur Drajić, il commençait à ressentir la fatigue due à la tension exercée sur ses membres. Il s'interrogeait sur la meilleure manière de parvenir à ses fins, fixant le Serbe et prêt à anticiper le moindre de ses mouvements.

La première chose à faire était de déloger Drajić de son lit, car il ne pouvait être exclu, en effet, que son arme soit dissimulée sous son oreiller. Là résidait le plus grand danger du moment.

La porte derrière lui était restée ouverte. Ce fut trop tard qu'il perçut un léger bruit et discerna un mouvement dans son dos. Avant qu'il n'ait le temps de se retourner, un bras l'entoura au niveau de la taille et il sentit une lame affilée s'appliquer sur son cou. Au moindre mouvement, il aurait la gorge tranchée.

Grimm ne voyait pas encore l'individu qui venait de l'immobiliser, mais il avait immédiatement saisi son identité.

Teh, l'homme au couteau !

Il s'était coulé par la porte ouverte et, en un éclair, il avait retourné la situation. Grimm comprit que celle-ci avait basculé de manière irréversible. Venu surprendre le Serbe l'arme au poing, il était désormais à sa merci.

Drajić souriait. Comme s'il avait prévu cette issue et que l'irruption de son associé fût dans l'ordre des choses.

— Abaisse ton pétard doucement, dit-il, et fais attention pas te tirer balle dans pied parce que tu parais agité.

Grimm s'exécuta. Quelle autre option avait-il, sinon celle de voir son sang gicler par la trachée sectionnée ?

— Bien, poursuivit Drajić. Et, maintenant, tu le lâches.

Le pistolet tomba sur le vieux parquet en un bruit mat. Drajić se leva prestement, le ramassa et fit semblant de l'admirer.

— Belle arme… On se sent protégé avec ça.

Puis il recula et la dirigea vers Grimm.

— C'est bon, Teh. Ferme la porte.

La serrure cassée, elle ne fermait plus vraiment, mais Teh la rabattit jusqu'au bout. Drajić prit un air désolé.

— Tu aurais pas dû venir. Qu'est-ce tu veux qu'on fait de toi ?

Impuissant, glacé par la sueur qui mouillait son dos, Grimm serrait les dents. Ne pas y aller seul, voilà ce qu'il aurait dû faire. Prévenir ses collègues, son équipe, téléphoner à Ermeline ou à Éric. Ou même Bouexière, qu'importe ! Pressé d'en finir, usé par cette menace qui planait sur lui depuis plusieurs jours, évaluant mal le danger et la situation, il s'était jeté dans la gueule du loup comme un débutant.

Dans le désespoir qui le submergeait, une curieuse pensée surgit, d'une futilité sans nom. Babut ! Babut serait furieux parce qu'il avait encore fait preuve d'indiscipline. Un flic a l'interdiction absolue d'agir seul et doit toujours intervenir avec au moins un de ses collègues.

Cette pensée dérisoire s'accompagna aussitôt de son corollaire. Babut n'aurait jamais l'occasion de le lui reprocher.

Teh prit tout à coup la parole :

— On le livre à Rob ?

— Non… compliqué. Rob amène que ennuis. Mouais… si… si… On va livrer, oui, sinon Rob furieux. C'est grande obsession chez lui, ce flic.

Un sursis, c'était ainsi qu'il fallait comprendre la décision hésitante du Serbe. Un sursis, car Drajić n'était pas homme à s'embarrasser de prisonniers. Il avait probablement appris à être très expéditif pendant la guerre en Yougoslavie. Une balle dans la nuque et on passe à autre chose. Pas de temps à perdre…

Mais un sursis pour le pire, sans doute.

— Donne ton portable.

Grimm n'offrit pas de résistance. Il tira le téléphone de la poche intérieure de son blouson et le déposa par terre. Un curieux espoir, insensé, le saisit. Peut-être…

— On va faire comme avec fille récalcitrante, dit Drajić avec un clin d'œil en direction de Teh.

Celui-ci ouvrit le tiroir d'une commode placée contre un mur. Il en sortit un flacon et un morceau de coton.

Grimm ne vit pas la suite car Teh opéra dans son dos. Le tampon fut appliqué sur son nez. Instinctivement, il se débattit, mais sa vue se brouilla et il s'évanouit.

11

Drajić avait fait appel à Janko et Dragomir. Deux hommes de main et de confiance appartenant à son réseau et très impliqués dans la traite des femmes. C'est eux qui gardaient et surveillaient le « cheptel des filles », comme aimait dire Drajić.

C'est eux aussi qui les faisaient disparaître quand elles cherchaient à fuir ou quand, devenues trop vieilles, usées par l'alcool et la drogue, elles ne plaisaient plus aux clients. Jamais personne n'avait retrouvé leurs cadavres.

Le corps de Grimm fut roulé dans une grande bâche que les deux hommes portèrent sur leurs épaules comme un vieux tapis. Drajić avait donné des instructions précises, les mêmes que pour les prostituées dont il se débarrassait.

Resté seul avec Teh, silencieux comme à son ordinaire, Drajić réfléchissait. Il regrettait à présent d'avoir réagi de cette manière quand Bardon lui avait téléphoné pour l'avertir que les flics allaient l'arrêter pour tentative d'assassinat. Après tout, sur ce point, il n'y était pour rien. C'était Rob qui était la cause de tout.

Sans doute aurait-il mieux fait d'accepter la garde à vue. La police n'avait aucune preuve contre lui et ne pouvait guère en trouver. L'arme qui avait servi à cette tentative d'assassinat était celle de Rob et non la sienne. On ne l'aurait pas retenu plus de quarante-huit heures et il aurait tranquillement repris sa place derrière son bar. Comme en d'autres occasions, c'est ainsi qu'il aurait dû se comporter. Faire profil bas, attendre que la police le relâche et poursuivre ses activités.

Il s'interrogeait sur les raisons qui l'avaient poussé à se planquer. L'idée que les flics, profitant des circonstances, lui auraient collé sur le dos cette agression, trop contents de travestir les faits et d'inventer de fausses preuves pour le charger, l'avait déstabilisé et incité à prendre la mauvaise décision.

Tout cela, encore une fois, était la faute de Rob. Sans la présence de ce fou, il aurait gardé la tête froide et se serait joué de la police. Le vrai problème était qu'il reconnaissait en Rob un prédateur sanguinaire tout aussi dangereux que lui-même. Confronté à son double, Drajić savait qu'il ne pouvait pas lui faire confiance. Leur relation reposait sur un rapport de force et non sur l'amitié. Si c'était nécessaire, le Serbe aurait tiré dans le dos de cet allié encombrant sans aucun état d'âme.

Or, depuis l'arrivée de Rob à Rennes, tout allait de travers. Son obsession maladive pour ce flic faisait peur, car elle paraissait totalement irrationnelle, fondée sur une haine sans limite. Au final, ce malade avait réussi à faire dérailler Drajić pourtant si maître de ses nerfs.

À contrecœur, le Serbe venait de décider de lui livrer Grimm. C'était son ultime concession. Il avait craint une réaction incontrôlée et violente s'il lui avait annoncé l'avoir tué. Rob avait fait comprendre que ce flic était sa proie exclusive et que personne à part lui ne devait s'en charger.

Ultime concession. Car Rob gênait désormais son commerce. Et, sur cette question, Drajić était intransigeant.

Il n'avait pas éliminé la concurrence pour que son œuvre soit mise en péril par un nouveau venu qui ne pensait qu'à bouffer du flic. Les flics, il fallait les laisser tranquilles et s'y attaquer pouvait avoir des conséquences désastreuses. Rob serait supprimé si les choses ne rentraient pas dans l'ordre rapidement.

Le problème immédiat de Drajić était de réapparaître sur la scène et de reprendre sa place au Voïvodine. Le meilleur moyen était encore le plus simple. Il attendrait (ultime concession…) que Rob en finisse avec Grimm. Alors, il reviendrait tranquillement servir de la rajika et de la slivovitz comme un bon bistrotier serbe sans histoire. Si la police venait le cueillir ou l'interroger, il était retourné dans son pays quelques jours pour voir sa vieille mère malade. De fait, elle était malade. Un bon mensonge doit toujours être étayé par une part de vérité…

Grimm au fond ne représentait plus une complication. D'ici peu, il ne serait plus de ce monde. Or, s'il était venu seul, c'est qu'il n'avait pas prévenu ses collègues. Le con ! Tant pis pour lui.

Restait Bardon. L'affaire était délicate. Il était clair que Grimm l'avait retourné et qu'il avait donné l'adresse de sa planque. Certes, Bardon avait trop à perdre en avertissant ses collègues, car il serait emporté dans la tourmente. Cependant, il avait trahi et c'était inquiétant pour la suite. Quand on trahit une fois, on peut trahir deux fois.

Drajić releva la tête et croisa le regard de Teh. Ce qui était pratique avec cet associé, c'est qu'il n'y avait pas besoin de lui expliquer les décisions à prendre.

Teh opina du chef comme si Drajić venait de lui tenir un long discours. Il se leva et dit avant de disparaître :

— Je vais faire le travail.

Alors, Drajić prit son téléphone crypté et appela Rob pour l'informer de l'endroit où se trouvait Grimm, non sans un fort pressentiment que cette initiative allait déclencher une avalanche de catastrophes.

12

Grimm émergea lentement et, après quelques mouvements réflexes, ouvrit les yeux. Noir. Le noir complet. Il ne voyait strictement rien. Il fronça les sourcils, baissa les paupières et regarda de nouveau. Pas d'amélioration. Une obscurité et un silence complets. Une odeur âcre et puissante lui souleva le cœur et il déglutit à plusieurs reprises. Où était-il ?

Il voulut bouger et dut aussitôt s'interrompre. Ses jambes étaient pliées en arrière, relevées sur ses fesses et attachées à ses poignets. Les bras dans le dos, le corps arqué à contresens, il pouvait à peine remuer. La position était douloureuse, analogue à un bondage sadomasochiste.

Il roula sur le côté. L'endroit était tapissé d'objets, apparemment de petite taille, qui s'écrasaient sous son poids et se brisaient en morceaux. Il eut l'impression qu'il s'agissait d'un amas de poteries éclatées, aux bords coupants, parce que certains fragments pointus le piquaient comme des pointes de couteau.

Il cessa ses mouvements pour réfléchir. Même si sa situation paraissait désespérée, il n'était pas mort et il semblait seul. S'il parvenait à se libérer, l'espoir était permis. Son téléphone ! C'était celui de Bardon qu'il avait donné à Drajić et le sien devait toujours se trouver dans l'autre poche de son blouson. Mais tant qu'il serait ligoté de la sorte, il ne pourrait pas l'utiliser.

Il fallait rompre les liens qui l'entravaient. Le plus délicatement possible, il se retourna sur le dos. Ses mains tâtonnèrent parmi les objets épars. Au bout d'un moment, il s'aperçut que ses poignets saignaient, sans doute coupés par le bord tranchant d'un fragment de poterie. Il avait les doigts libres, cependant, ce qui permettait de saisir un objet et de tenter de l'utiliser comme une lame pour couper la corde.

La manœuvre était malaisée. Maintenir fermement l'objet et plier ses mains au niveau des poignets pour attaquer la corde par de courts mouvements peu efficaces se révélait épuisant. Il dut se résigner à des pauses fréquentes. Plusieurs fois, il lâcha l'objet et peina à le retrouver. Il en changea aussi. C'était un travail de longue haleine, mais la seule chance de s'en sortir.

Il s'acharna, malgré le découragement et les douleurs qui colonisaient peu à peu son corps tout entier. Tant et si bien qu'il sentit les premiers fils, un à un, se déchirer, ce qui lui permit de gagner en amplitude de mouvement. Alors, il redoubla d'efforts, lançant ses dernières forces dans la bataille, s'agitant comme un possédé, jusqu'à ce que la corde cède.

La libération ne lui procura pas le soulagement espéré. Demeuré trop longtemps bloqué dans la même position, il eut mal en se déployant et finit, en geignant, par se recroqueviller sur lui-même, la tête entre les coudes.

Pendant plusieurs minutes, il fut incapable de faire quoi que ce soit. Puis, il déplia le bras et glissa une main à l'intérieur du blouson. Avec une joie intense, il sentit sous ses doigts la dureté du châssis de son téléphone. Il le saisit et tenta ensuite de se redresser. Sa tête heurta le plafond. C'était dur et froid. De la main gauche, il toucha une paroi métallique.

La première urgence était de voir. Découvrir enfin où il se trouvait. Il alluma son portable et braqua la lumière sur le sol.

Horreur ! Le sol était jonché d'ossements ! Ce qu'il avait pris pour des poteries éclatées était en réalité des restes de corps disloqués, entassés comme dans une fosse commune. C'est avec un crâne brisé qu'il était parvenu à se détacher.

La plupart de ces os étaient propres, indiquant des dépouilles anciennes. Mais d'autres avaient encore leur peau, une peau flasque et brune, recouvrant les corps comme un tissu rêche, déchiré par endroits. Des cadavres plus récents qui dégageaient cette insupportable odeur qui prenait à la gorge. Se rejetant sur le côté, Grimm vomit.

Haletant, il dirigea la lumière vers le haut puis les parois. C'était étroit, environ trois mètres sur deux, tout en métal. Une benne ! Il se trouvait à l'intérieur d'une benne ! Saisi d'une rage incommensurable, il se projeta, les bras tendus, et tenta de soulever la partie supérieure. S'arc-boutant, hurlant pour décupler ses forces, il parvint à faire décoller de quelques centimètres le lourd couvercle. Il faisait nuit dehors. Avant de céder sous le poids, il eut le temps d'apercevoir un gros cadenas.

Il s'écroula sur le dos. Ce salaud de Drajić l'avait enfermé dans une benne, le condamnant à une mort horrible. Cette même benne qui devait servir de cercueil à toutes les filles dont il se débarrassait. Un épouvantable charnier, dernière étape du trafic de femmes auquel il se livrait.

Les mains tremblantes, il composa le numéro de Jarry. Celui-ci ne répondit pas immédiatement, ce qui mit Grimm en transe.

— Réponds, bordel, réponds !

Puis un déclic et la voix de Jarry se fit entendre.

— Hubert ?

— Corentin, j'suis dans la merde ! J'suis enfermé dans une benne sans savoir où !

— Une benne !!

— Oui, une benne de chantier remplie de cadavres ! Localisez-moi avec mon téléphone et venez me chercher !

— Ok, j'appelle Éric. Il va faire borner ton portable. Dès qu'on sait où tu es, on arrive ! J'appelle aussi Ermeline, comme ça on sera déjà dans une bagnole quand Éric nous rappellera. Tu as de l'air pour respirer ? Tu es blessé ?

— Ça va... Mais faites vite ! C'est horrible d'être là-dedans !

— Tiens bon !

Jarry raccrocha. Sauvé, il allait être sauvé ! Éclairant sa montre, il consulta l'heure. 00 h 27.

*

* *

Grimm se déplaça avec dégoût pour s'adosser contre la paroi verticale de la benne. Le ventre retourné par l'odeur suffocante, il se résolut à éteindre la lumière de son portable car la batterie faiblissait. Il fallait l'économiser au maximum. À plat, fini la tentative de bornage, on ne le découvrirait jamais. Si cette benne, dont le lourd couvercle était bloqué avec un gros cadenas, servait de tombeau aux filles de Drajić, c'est qu'elle était installée en un lieu improbable et inaccessible.

La claustrophobie le gagnait. L'étroitesse de l'espace, le silence, le noir complet provoquaient une angoisse absolue. S'y ajoutaient l'atroce sentiment de se trouver dans sa sépulture et d'assister à sa propre agonie.

N'était-ce pas ce que ces femmes avaient connu ? À moins, moindre mal, pensa Grimm, qu'elles n'aient été tuées d'une balle dans la tête avant d'être enfermées.

La poitrine oppressée, il faisait des efforts intenses pour ne pas céder à la panique. Pourtant, l'envie lui prenait parfois de se jeter contre les parois de la benne en hurlant. À ces moments-là, il serrait les dents et se répétait comme un mantra : Ils arrivent... ils arrivent... ils arrivent...

Il entendit soudain un bruit de voiture. Déjà ? Était-ce possible ? Il alluma brièvement son portable. 00 h 53. Une demi-heure. Il avait eu Jarry une demi-heure auparavant. Impossible que ses adjoints aient fait si vite. Il retint son souffle et écouta.

Le véhicule approchait lentement et Grimm distingua le crissement caractéristique des pneus qui tournaient à droite puis à gauche. Un cliquetis dû à des graviers, comme sur certains parkings. Le son s'éloignait par intermittence, s'étouffait même parfois, puis repartait dans sa direction, donnant l'impression que la voiture hésitait ou cherchait quelque chose.

Elle sembla soudain accélérer, comme si elle avait enfin trouvé, et le bruit s'amplifia. Dans la benne, Grimm frémit quand elle fut à proximité et s'arrêta, laissant le moteur tourner un instant. Le contact fut coupé et un calme inquiétant s'installa. Compact, lourd de menace.

Une portière s'ouvrit, puis claqua brutalement. Grimm se recroquevilla sur lui-même. Alors, comme un flash, lui revint en mémoire la parole de Teh : « On le livre à Rob ? », suivie de la décision confuse de Drajić. Oui, il avait été abandonné à Rob et celui-ci venait prendre livraison. Rob, cet inconnu qui désirait le voir mourir dans d'atroces souffrances – selon ses propres termes –, était à quelques mètres de lui.

À sa merci ! Grimm était à sa merci, sans arme ni aucun moyen de se défendre. Il se vit criblé de balles, baignant dans son sang comme dans les contrats de la mafia, la boîte crânienne explosée par les munitions du Beretta 92FS. Le souffle coupé par la peur, sa main tâtonnait instinctivement dans les ossements à la recherche de quelque chose pour se battre. Mais quoi ? Il empoigna un os, assez volumineux, un fémur sans doute, qu'il enserra avec force comme son ultime recours. Dérisoire…

Des bruits de pas à présent puis, avec une violence qui le fit sursauter, une main tapa sur le lourd couvercle. Le son fut amplifié dans la benne comme dans une caisse de résonance.

Une voix s'éleva, une voix de basse, éraillée :

— Grimm, t'es là ? Tu m'entends ?

Il ne répondit pas.

— Pauvre lâche ! Je sais que t'es là !

Il continua à se taire.

— C'est confortable là-dedans ? Remarque, t'as de la compagnie, ce sont de très jolies putes. Elles te sucent ?

Grimm serrait le fémur à le briser.

— Bon, tant mieux… Je vois que t'en profites ! Ç'aurait été dommage de ne pas faire une petite partie d'os en l'air avant ce qui va t'arriver. Ah, ah ! Mais bon, tout a une fin et tu vas bientôt payer pour ce que tu m'as fait.

— Qui t'es, bordel ? hurla Grimm tout à coup.

Une réplique étonnée :

— Ah, parce que t'as pas encore compris qui je suis ? Ben, dis donc, t'es pas plus malin qu'avant. Un vrai benêt !

— T'es qui ? répéta Grimm.

— Oh, du calme ! On a tout le temps. Mais je voudrais te dire une chose, petit crétin. Ne crois pas que je vais ouvrir la benne et te tirer comme un lapin. Ce serait trop facile et pas assez jouissif. Non ! Tu vas mourir, ça c'est sûr, mais ça va prendre du temps. Faut prendre le temps dans la vie pour faire les choses bien. Et moi, j'aime faire les choses bien. Tu comprends ?

Un malade. Ce Rob était un malade, un psychopathe. Grimm était en sueur, sa chemise lui collait à la peau.

— Donc, je vais te faire sortir de cette benne et je vais t'emmener dans un endroit tranquille. On sera tous les deux. Que nous deux ! Comme des amoureux. Là, je vais te charcuter avec amour. Ça va être bon, tu vas voir. Je ne sais pas la tête que tu as quand tu jouis, mais je vais découvrir ça avec intérêt.

Rob riait d'un rire malsain. Glaçant. Il poursuivit :

— Tu verras. Dans deux jours, tu me supplieras de t'achever. Mais que non ! Que non ! Pourquoi t'achever ? Non, on va aller ensemble jusqu'au bout, jusqu'à ce que tu meures de toi-même, dans un dernier râle. Ah, le dernier râle, c'est le meilleur.

Rob ne cessait de parler, de dévider son horrible pelote infernale, et Grimm lâcha le fémur pour se boucher les oreilles.

*
* *

— Putain, on va avoir du mal à trouver ! s'exclama Jarry.

Il ne conduisait pas trop vite pour avoir une chance de voir la benne où Grimm devait attendre. Blanchard avait agi avec célérité. Bien que déjà couché, il s'était rhabillé en deux temps, trois mouvements – ce qui pour lui relevait de l'exploit –, avait foncé à l'hôtel de police, avait contacté l'opérateur téléphonique et lancé la procédure pour faire borner le portable de Grimm. La triangulation du Cell ID avait été utilisée et la réponse obtenue en quelques secondes. La précision en milieu rural – c'était le cas – n'était hélas que de quatre kilomètres. Il y avait donc un rayon relativement imprécis à l'intérieur duquel Grimm se situait.

Jarry et Ermeline avaient filé dans le secteur, au nord de Rennes, et, depuis, sillonnaient les petites routes en quête de la benne. La nuit n'aidait pas à la recherche.

— Préviens le patron, sinon on va encore se faire taper sur les doigts, ajouta-t-il.

Ermeline s'exécuta sans cesser de regarder autour d'elle. Quand elle raccrocha, elle annonça sur un ton fataliste :

— Pas content du tout... Il s'en prend déjà à Hubert alors qu'on ne l'a pas encore délivré.

— Un con ! répliqua Jarry en guise de commentaire.

— Tiens, tourne à gauche ! Oui, là, la petite route ! On ne l'a pas faite celle-là, si ?

— Non, j'crois pas.

C'était une de ces multiples routes de campagne, bordées de champs et de chemins de terre empruntés par les tracteurs. Ils roulèrent sur un kilomètre.

— Qu'est-ce que c'est que ça, à gauche ! s'écria soudain Ermeline en tendant le bras.

— J'sais pas. Des entrepôts, de vieux hangars ?

— Entre sur le parking.

Jarry s'engagea, passant un portique branlant et une barrière déglinguée poussée sur le côté.

— C'est complètement à l'abandon, ce site..., constata-t-il.

— Avance jusqu'au bout.

Ils longeaient de vieux bâtiments désaffectés, lugubres à souhait, surtout dans l'obscurité. Ermeline la vit la première.

— Y a une bagnole là-bas !

— Et une benne, non ?

— Fonce !

Jarry accéléra.

— Merde, y a un mec aussi !

Un homme était accoudé à la benne. Ils ne discernaient que sa silhouette. Quand ils furent à une vingtaine de mètres, Jarry stoppa brutalement. L'homme se retourna. Sans qu'il soit nécessaire de le dire, Jarry et Ermeline saisirent leur arme de service. Ils s'éjectèrent de la voiture, pointèrent leur arme vers l'individu et Jarry cria :

— Ne bouge pas !

Ce fut aussi rapide qu'imprévisible. L'homme fit un mouvement vif. En raison de l'obscurité, Ermeline et Jarry comprirent trop tard qu'il venait de sortir un pistolet. Un coup de feu claqua. Ermeline poussa un cri et s'effondra.

— Merde, bon Dieu ! hurla Jarry.

Au jugé, il tira dans la direction de la benne, mais l'homme l'avait contournée pour s'abriter derrière. Ainsi protégé, il se servit une deuxième fois de son arme. Jarry se jeta à terre et tira de nouveau, mais la visibilité était quasi nulle si bien qu'il ne distinguait pas la cible. Il se tourna vers Ermeline qui geignait. L'urgence absolue était de ne pas rester en terrain découvert. Au mépris du danger, il se releva précipitamment, empoigna la jeune femme sous les aisselles et la traîna derrière la voiture.

Au même moment, il entendit une portière claquer et vit le véhicule du tireur démarrer en trombe et disparaître.

— T'es touchée où ?

— À la jambe.

Elle souffrait et Jarry eut le cœur chaviré de voir sa jeune collègue dans cet état.

— Fais voir !

Par saccades, du sang giclait de la cuisse.

— L'artère fémorale…

Le pire. Ermeline pouvait se vider de son sang si des soins n'étaient pas prodigués sur place. Jarry retira son blouson, plaqua la manche sur la plaie et appuya de toutes ses forces avec son poing.

— Faut stopper l'hémorragie.

— Oui, je sais…, répondit Ermeline d'une voix éteinte.

— Est-ce que tu peux appuyer toi-même ? Il faut que j'appelle le Samu.

Ermeline appliqua son poing fermé sur le blouson et prit le relais de Jarry. Celui-ci sortit son téléphone et appela le 15. Après avoir indiqué l'endroit approximatif où ils se trouvaient, à vingt kilomètres au nord de Rennes, il donna les coordonnées GPS.

— L'ambulance arrive. Ne crains rien, on va te sortir de là !

Pâle comme la mort, Ermeline acquiesça d'un mouvement de tête.

— Va à la benne, dit-elle. Je suis inquiète pour Hubert.

— Tu vas tenir toute seule ?

— Oui, oui, vas-y !

Jarry s'élança. Il courut à perdre haleine jusqu'à la benne et la percuta en arrivant.

— Hubert ! Hubert, t'es là ?

— Je suis là !

Alors Jarry, essoufflé par sa course folle, se laissa glisser au pied de la benne.

— Ah, putain…, marmonna-t-il.

13

Au volant de sa voiture, Rob avait foncé vers Rennes. Dans la ville, il avait roulé à une vitesse insensée, prenant sciemment le risque d'un accident. Il brûla même un feu rouge, frôlant un cycliste qui, déséquilibré et effrayé, dut mettre pied à terre.

Quand il parvint dans la petite rue où se trouvait la planque de Drajić, il se gara à l'emporte-pièce, à moitié sur le trottoir, et tira brutalement sur le frein à main. S'éjectant du véhicule, il pénétra en courant dans l'immeuble, grimpa quatre à quatre le vieil escalier en bois et surgit dans l'étroit couloir des combles.

Il s'apprêtait à enfoncer la porte quand il constata avec surprise qu'elle n'était que rabattue et que la serrure était éclatée. Il la repoussa d'un violent geste du bras et se catapulta dans la pièce, le pistolet à la main qu'il pointa aussitôt sur Drajić, lequel, debout au milieu de la pièce, s'immobilisa de stupeur.

— C'est quoi cette entourloupe de pédé ? gueula-t-il.

Sans répondre, Drajić fit un pas vers le lit.

— Bouge pas !

Devant l'arme qui s'agitait dangereusement, Drajić renonça.

— Quelle entourloupe ?

— Tu me prends pour un con !? J'arrive à la benne et après y a des flics qui débarquent et qui veulent m'arrêter ! Tu comptais te débarrasser de moi ?

— Non, pas du tout… Des flics débarquent ? À la benne ? Je comprends pas.

Drajić tentait de recouvrer son calme. Il avait été tellement sidéré par cette irruption de Rob l'arme à la main que sa première pensée avait été de prendre la sienne et de se défendre. Une mauvaise idée vu l'excitation de ce fou, il aurait été criblé de balles avant d'y parvenir.

— Ah, tu comprends pas ? Eh bien, moi, je comprends ! Tu lui as laissé son portable pour que dans la benne il appelle ses collègues et que je me fasse descendre !

Fronçant les sourcils, le Serbe cernait mal l'erreur qui s'était produite et qui expliquait la fureur de Rob, et comment les poulets avaient pu découvrir cet endroit. Même Bardon ne le connaissait pas.

— J'ai pris téléphone.

— J'te crois pas !

— Vérifie, il est là, sur commode.

De fait, sur le meuble, se trouvait la carcasse d'un téléphone brisé.

— Moi, j'ai détruit. Moi, ajouta le Serbe en posant l'index sur sa poitrine.

Le regard de Rob se porta sur le portable. Il y eut un court moment de flottement pendant lequel Drajić pensa qu'il pourrait rétablir la situation.

— Tu vois bien, dit-il d'une voix conciliante.

— Je vois rien du tout ! Ça peut être n'importe quoi ce portable ! De toute façon, t'es grillé, les flics vont débarquer chez toi avant le matin.

— J'ai autre planque. Je vais partir tout de suite.

Rob éclata de rire.

— Ben voyons ! Et tu crois qu'on est quittes comme ça ?

À l'énoncé de cette dernière phrase, une forte inquiétude envahit Drajić.

— Ne fais pas bêtises, dit-il.

— Ah ah ! la bêtise serait de te laisser la possibilité de donner mon nom aux flics. Même Grimm il a pas compris qui j'étais ! Et pour ce que je vais faire, je dois rester dans l'ombre. Toi, tu finiras par me donner !

— никад[1] ! s'écria Drajić, retrouvant dans la panique sa langue maternelle.

— Allonge-toi par terre. On va faire ça proprement. Et dépêche-toi, j'ai pas beaucoup de temps avant que les flics débarquent.

— Je m'allonge pas !

Drajić faisait face. Il avait été tellement confronté à la mort qu'il ne concevait pas d'être tué de cette manière. Comme s'il acceptait son sort.

En un éclair, tentant le tout pour le tout, il se rua vers son lit.

1. « Jamais », en serbe.

14

L'ambulance était arrivée la première. Sur place, le médecin et les infirmiers avaient prodigué à Ermeline les soins d'urgence nécessaires puis l'avaient allongée dans le véhicule reparti aussitôt vers le CHU de Rennes. Jarry l'avait soutenue jusqu'à son départ, la rassurant en permanence sur son état jusqu'à gêner les sauveteurs qui le lui firent remarquer, lui demandant de s'écarter. Si Grimm n'avait pas été enfermé dans son horrible prison, il aurait accompagné sa jeune collègue à l'hôpital, mais il tenait à assister à la libération de son supérieur.

À présent, le parking était éclairé par les gyrophares des voitures de police. La PTS se trouvait également sur les lieux, mais n'avait pu commencer son travail avant que Grimm ne fût délivré. Il avait fallu réveiller un artisan du village voisin pour couper le cadenas à la meuleuse.

Pendant que l'artisan pourtant dérangé en pleine nuit travaillait sans se plaindre, le commissaire divisionnaire, de très mauvaise humeur, trépignait d'impatience. Il prenait à témoin Bouexière de l'énormité de la situation, dont pourtant il ne connaissait ni les tenants ni les aboutissants. Le bilan lui apparaissait désastreux. Un commandant de la PJ séquestré dans une benne de chantier et une jeune lieutenante blessée par balle et évacuée en catastrophe à l'hôpital. Et à l'origine de ce fiasco, qui ? Grimm évidemment ! Encore et toujours lui !

Cette fois-ci, il ne voyait plus d'échappatoire possible. Grimm serait suspendu le temps de l'enquête administrative et très certainement révoqué de la police. Il n'y couperait pas, mais il l'avait bien cherché !

Quand Grimm émergea de la benne, avant même qu'il ait pu en sortir, il l'apostropha rudement :

— Bravo ! Bel exploit ! Félicitations pour ce gâchis !

Posant les pieds par terre, Grimm ne répondit pas. Il se sentait piteux, honteux, et surtout responsable de la blessure d'Ermeline dont il ne connaissait pas exactement la gravité. Jarry avait été rassurant sur ce point, mais était-ce pour le ménager ? Il était ankylosé, intact néanmoins, hormis ses poignets maculés de sang séché.

— Pour vous, Grimm, la PJ c'est fini ! Je vous avais averti ! enchaînait Babut qui ne décolérait pas.

Grimm hocha la tête comme s'il prenait acte de ce verdict. Sur le fond, il partageait le point de vue du commissaire. Il ne l'avait pas volé, ayant enfreint toutes les règles de la police en allant chez Drajić sans prévenir personne. Grave erreur, conséquence de sa conviction d'être le seul à pouvoir résoudre cette enquête. Il en avait fait une affaire personnelle qui lui avait fait perdre toute lucidité.

Pourtant, il tenait à s'expliquer. Et il avait appris tant de choses en si peu de temps que le moment était venu de tout déballer. Il ignorait si cela le sauverait, mais il avait au moins conscience d'avoir au final fait du bon boulot. Il aperçut soudain Bouexière qui buvait du petit-lait en écoutant les remontrances et les fulminations du divisionnaire. Cette vue provoqua en lui une rage telle qu'il décida de passer immédiatement à l'offensive.

— Monsieur le commissaire, est-ce que je peux vous parler ?

— Parlez ! répliqua Babut.

— Seul à seul.

— Seul à seul ? Je vous préviens, Grimm, cette fois-ci, vous ne parviendrez pas à m'embobiner !

— J'ai des révélations à vous faire. Votre voiture ?

— Dans ma voiture ? Comme vous voulez, mais ce sera bref !

Tournant les talons, Babut marchait à grands pas vers sa voiture et on l'entendait marmonner entre ses dents en secouant la tête : « Des révélations… des révélations… » Grimm le suivit.

Quand ils furent tous les deux installés à l'avant, Babut démarra au quart de tour :

— C'est surtout l'IGPN qui va vous écouter, parce que moi je n'en ai pas vraiment envie !

Avant tout, adopter un profil bas. Sur un ton conciliant, comme si l'affaire était entendue, Grimm répondit :

— Je me suis conduit comme un con, et je mérite la sanction appropriée.

— Voilà un acte de contrition qui ne m'intéresse pas ! Quoi d'autre ?

— J'ai merdé, c'est vrai, mais j'ai découvert beaucoup de choses.

— Quoi ? fit Babut qui, d'impatience, tambourinait sur le volant de ses gros doigts boudinés.

Grimm joua la carte de la vérité. C'était bien la dernière qu'il possédait. Par le menu, il raconta tout, depuis Bardon jusqu'à la benne. Il omit cependant de dire que l'information sur Bardon provenait d'Ermeline et qu'il avait un peu « bousculé » celui-ci pour le faire parler. Il eut la satisfaction de constater que Babut écoutait et que ses doigts cessèrent de s'agiter au bout d'un moment. Le commissaire se tourna même plusieurs fois vers son interlocuteur pour le fixer avec des yeux inexpressifs. Était-ce du scepticisme ou de l'étonnement, Grimm n'aurait su le dire, tout à son récit qu'il voulait le plus exact possible.

Quand il eut terminé, il fit une courte pause, puis reprit la parole pour enfoncer le clou.

— Je n'ai pas l'intention de contester mes torts et je n'aurais jamais dû me comporter de cette manière. Mais je voudrais seulement, monsieur le divisionnaire, signaler qu'en très peu de temps j'ai obtenu des résultats qui font faire un bond à l'enquête. Premièrement, j'ai identifié en la personne de Marc Bardon la taupe qui, depuis des années, nous empêche de coincer Drajić. Deuxièmement, j'ai découvert la planque de Drajić où nous n'avons plus qu'à aller le cueillir. Troisièmement, j'ai trouvé une horrible fosse commune où Drajić fait disparaître les femmes qui ne lui rapportent plus ou qui cherchent à échapper à leur calvaire. Quatrièmement, je sais maintenant que ce n'est pas Drajić qui me poursuit d'une vengeance sanguinaire, mais un certain Rob que je ne connais pas. Tout cela est apporté sur un plateau à Bouexière qui n'aura plus qu'à s'en glorifier.

Babut se passa la main dans les cheveux. Manifestement, il était ennuyé. Et choqué aussi d'apprendre qu'un ripou sévissait au sein de son service. C'était ce point qu'il avait le plus de mal à admettre et que, pour la forme sans doute et sans grande conviction, il tenta de contester.

— Pour Bardon, vous êtes sûr ?

— Demain matin, mettez-le en garde à vue et je vous garantis qu'il ne faudra pas longtemps pour le faire avouer. Surtout si je suis présent pour apporter les éléments dont il ne veut pas parler, à savoir sa fréquentation des putes de Drajić.

Le commissaire soupira.

— C'est indigne…

— Je ne vous le fais pas dire, monsieur le divisionnaire, mais c'est comme ça.

Il devenait très difficile, pour ne pas dire impossible, de ne pas reconnaître les progrès que les méthodes pourtant inadmissibles de Grimm avaient permis. Babut aurait voulu être ailleurs, par exemple dans son lit au côté de sa femme, plutôt que dans sa voiture, au milieu de la nuit, en compagnie de ce commandant qu'il venait de torpiller en public quelques minutes auparavant. Il songea à la retraite, qui se profilait, et au repos auquel il aspirait.

— Il faut que je réfléchisse, marmonna-t-il en bougonnant.

— Voulez-vous que je vous remette ma démission demain ?

— Il faut que je réfléchisse, vous dis-je ! Attendez un peu, bon Dieu !

Donnant tous les signes d'une extrême contrariété, Babut s'agitait, se grattant la tête, fixant ostensiblement l'attroupement de toute cette flicaille autour de la benne, puis se repassant la main dans les cheveux, se massant le menton ou se couvrant le visage, les deux paumes à plat, en frottant comme s'il se lavait.

— Il ne faut pas rester inactif en tout cas. La PTS est là et va analyser ces ossements. Je vais demander à Bouexière de foncer à la planque de Drajić et de l'arrêter. Cette fois-ci, je crois qu'on le tient ! Bardon, on le cuisine demain dès qu'il arrive.

Grimm n'aurait pas mieux fait et il se réjouissait de ces initiatives, néanmoins il préféra se taire pour ne pas exaspérer encore plus son patron. Pouvait-il être viré alors qu'il était l'auteur de toutes ces découvertes ? Il espérait le contraire, sans en être certain, car la blessure d'Ermeline provoquerait une enquête interne où son rôle et sa responsabilité seraient clairement mis en évidence.

Tournant son poignet d'un geste brusque, Babut regarda sa montre. 2 h 20 du matin. Il ouvrit sa portière.

— Je vous vois demain dans mon bureau.

Jarry proposa à Grimm de l'accompagner au CHU de Rennes pour prendre des nouvelles d'Ermeline. Il accepta aussitôt car son inquiétude pour sa jeune collègue devenait insupportable, renforcée par un fort sentiment de culpabilité à son égard. De toute façon, comme à son habitude, il était sans voiture.

Laissant Babut donner ses instructions à Bouexière, ils quittèrent les lieux sur-le-champ, au grand soulagement de Grimm que la simple vue de la benne faisait défaillir.

À l'hôpital, ils ne purent voir Ermeline. Celle-ci venait d'être opérée et se trouvait encore sous anesthésie générale. Cependant, le chirurgien – brièvement car il paraissait débordé – donna des nouvelles rassurantes. Certes, l'artère fémorale gauche avait été touchée par la balle, mais celle-ci avait atteint la cuisse sans abîmer le fémur, ce qui était un moindre mal. Elle avait transpercé la cuisse de part en part, poursuivant sa course sans destruction irréparable. Le médecin assura qu'il n'y aurait *a priori* aucune séquelle et que le rétablissement serait même assez rapide.

Il félicita Jarry pour sa réaction immédiate, une action énergique qui avait sauvé la vie de sa collègue.

— On m'a rapporté que vous aviez fait un point de compression avec la manche de votre blouson. Ce n'est pas bien orthodoxe et encore moins hygiénique, mais, dans ces cas-là, on pare au plus pressé et on fait avec ce qu'on a sous la main. Bravo !

En remontant dans la voiture, Jarry eut cette réflexion :

— Bravo… Pffff ! C'est quand même le b.a.-ba des notions de secourisme qu'on nous a apprises…

À quoi Grimm répondit :

— Merci, Corentin. Si elle était morte, je ne me le serais jamais pardonné.

Puis, alors qu'il prenait la route pour rentrer, il ajouta :

— La PTS va retrouver les balles sur le parking. On pourra les comparer à celles tirées dans mon plafond.

Quand ils furent enfin dans l'appartement de Jarry, la porte d'entrée fermée à double tour, ils se couchèrent aussitôt, exténués. Avant d'éteindre la lumière, Grimm consulta sa montre. Il était presque 4 heures.

* * *

Ils se levèrent tard. Grimm se sentait vaseux. Le manque de sommeil et les émotions de la veille l'avaient littéralement liquéfié. Il passa sous la douche comme un zombie et but son café sans prononcer une parole, les yeux dans le vague.

— Tu crois que tu vas être suspendu ? s'inquiéta Jarry.

— J'en ai peur. Et viré à la fin sans doute.

— C'est injuste. Sans toi, avec ce con de Bouexière, l'affaire en serait encore au point mort.

— C'est sûr. Et ça, je crois que Babut l'a compris. Espérons que cela jouera en ma faveur.

Ils débarquèrent dans l'open space peu avant midi. Blanchard était installé à son bureau et il se retourna vers eux avec une vivacité dont on ne l'aurait jamais cru capable.

— Je viens d'avoir l'hôpital. Ermeline s'est réveillée, elle va bien. On pourrait aller la voir après le déjeuner, si vous voulez ?

— Bonne idée, Éric ! s'exclama Grimm. Elle doit en chier, il faut la soutenir.

Blanchard paraissait attendre que son supérieur organise une réunion. Il était étonné de sa passivité alors que tant de choses s'étaient produites. Grimm remarqua qu'il le suivait des yeux et eut l'impression d'être au milieu d'un film dont il avait manqué une séquence.

— Qu'est-ce qu'il y a ? finit-il par demander.

— Vous n'êtes pas au courant ?

— De quoi ? On vient d'arriver.

— Ah ben merde ! Moi, je croyais que vous le saviez.

— Quoi ?! Qu'on savait quoi ? Oh, Éric !

Le regard de Blanchard allait alternativement de Jarry à Grimm. Il était tellement surpris d'être le seul à connaître l'information qu'il tardait à la donner.

— Bon, tu la craches, ta Valda, Éric ! gueula Grimm.

— Oui, pardon. Drajić a été assassiné.

— Quoi !?

Sous le choc, Grimm tira une chaise et s'effondra dessus.

— Raconte.

— Ben, cette nuit, quand Bouexière s'est pointé chez Drajić, il gisait sur son lit dans une mare de sang. Atteint par trois balles, la dernière tirée à bout portant dans la tête.

Jarry eut alors une de ces sorties dont il avait le secret.

— C'est une fin *Drajić*.

— Très drôle, Corentin. Mais je ne sais pas si j'ai envie de rigoler… Quoi d'autre, Éric ?

— Pas grand-chose pour l'instant. La PTS n'a pas encore eu le temps d'y aller puisqu'elle se trouvait encore sur le parking de la benne. Les analyses seront faites aujourd'hui.

— Hmm… Rob s'en est débarrassé. J'en ignore la raison exacte, mais ça ne fait aucun doute. Et Bardon, il a parlé ?

— Bardon ? Il est pas venu ce matin.

— Hein ?

— Non. Disparu ! Ils ont appelé chez lui, mais ça ne répond pas.

— Au moins, il a signé sa culpabilité. Je le croyais plus malin.

Le portable de Grimm vibra. La pensée ailleurs, il le sortit de sa poche et sursauta.

Partie remise mais ne t'impatiente pas.
En attendant, j'ai fait un peu de ménage

— Ça continue. Ce fou ne va pas me lâcher.

Il montra le SMS à ses équipiers. Ceux-ci hochèrent la tête. Sonné, Grimm se leva. Il se força à réagir.

— Tant que je ne suis pas suspendu, on peut continuer à travailler. En loucedé, bien sûr. Éric, je voudrais que tu te renseignes sur cet entrepôt où j'ai passé une partie de la nuit. Qui est le propriétaire ? C'est à l'évidence désaffecté, mais il y a peut-être un fil à remonter à partir de là.

— Ok, je m'en charge tout de suite.

— Bon, je vais voir le patron.

— Tu dis ça comme les bourgeois de Calais qui sont allés au roi d'Angleterre avec la corde au cou.

— C'est un peu ça, non ?

— Si ça peut te rassurer, ils ont finalement eu la vie sauve.

— Eh bien, j'en suis heureux pour eux…

*

* *

Face à Grimm qui, inquiet, attendait de connaître son sort, Babut ne disait rien. Entre ses gros doigts, il tripotait son stylo qu'il fixait comme s'il s'agissait d'une amulette censée l'aider dans sa décision. Son visage arborait tous les stigmates de l'embarras – sourcils froncés, moue dubitative, paupières baissées, rictus insondable au coin des lèvres – et l'immobilité de son buste en disait long sur son irrésolution.

Il se secoua tout à coup pour lâcher :

— Grimm, vous m'emmerdez. Vous m'avez toujours emmerdé. Mais, bon Dieu, qu'est-ce que je dois faire de vous ?

Adoptant une attitude contrite de parfaite soumission, Grimm gardait les yeux baissés et se taisait.

— Alors, bien sûr, je ne dis pas que vos initiatives se soldent toutes par un échec ! Non, je ne le dis pas ! Et vous avez eu le machiavélisme de me faire connaître l'ensemble de vos découvertes au moment où toutes les bornes étaient dépassées. Chapeau encore une fois pour votre fourberie !

— Fourberie, tout de même..., protesta Grimm à voix basse.

— Si, fourberie ! C'est le mot qui convient ! Vous me livrez Bardon ! Ok ! Et, en plus, il disparaît, ce qui semble confirmer votre témoignage. Bouexière va d'ailleurs aller chez lui en début d'après-midi pour voir s'il ne s'y cacherait pas sans répondre au téléphone.

— C'est ce que je ferais aussi.

— Ne me parlez pas de ce que vous feriez !! cria Babut. Vous avez le droit de rien faire, c'est tout ! Non mais, quel culot !

— Excusez-moi.

— Vous avez trouvé la planque de Drajić et cette horrible fosse commune où il jette ses victimes. Très bien ! J'avoue que c'est inattendu et à mettre à votre actif.

Brusquement, Babut bascula son buste en avant et se pencha vers son interlocuteur.

— Mais le reste, Grimm, le reste, c'est une catastrophe !

— Le reste ?

— Ben oui, le reste ! Si Drajić a été assassiné, c'est votre faute, non ?

— …

— Et si la jeune Gasquet a été blessée par balle, c'est aussi votre faute, non ?

— …

— Ah, vous ne dites plus rien ! Et si vos collègues dévoués, trop dévoués sans doute, n'étaient pas venus vous tirer de ce mauvais pas, vous seriez mort à l'heure qu'il est !

— …

Ouvrant avec brutalité l'un des tiroirs de son bureau, Babut en sortit une arme et la posa devant lui.

— Vous la reconnaissez ?

— Oui, c'est mon arme de service.

— Une arme de service de la PJ qu'on retrouve chez un truand assassiné ! Décidément, vous n'en ratez pas une ! Vous les accumulez ! Je la donne à qui, moi, maintenant, cette arme ? Aux bœuf-carottes ?

— Vaudrait mieux pas.

— Vous comptez me dicter ma conduite en plus ?

— Non, pas du tout, dit Grimm aussitôt.

— Encore heureux !

Se renversant dans son fauteuil, Babut fixa Grimm et, secouant la tête, il expira bruyamment.

— Bon, allez, foutez-moi le camp ! Sortez de mon bureau ! Je n'ai pas encore pris de décision à votre sujet mais, au point où en sont les choses, je n'ai pas l'impression d'avoir le choix !

Sans tenter de se défendre, Grimm se leva et se dirigea vers la porte. Au dernier moment, il se retourna et dit :

— Il faudrait arrêter Teh. Il est complice de toutes les exactions de Drajić.

— Dehors, Grimm ! hurla Babut en pointant un index rageur vers son subordonné.

*
* *

La tête basse, Grimm retourna dans l'open space. Il avait besoin de sentir l'amitié et la fraternité de ses adjoints. Être traité de la sorte, alors qu'il avait failli perdre la vie et réuni tant d'informations capitales, le démoralisait. Certes, Babut avait raison, il avait merdé, et s'entendre accuser d'être responsable de la mort de Drajić et de la blessure d'Ermeline lui avait fait mal. Il avait en outre le sentiment qu'aucune action ne serait portée à son crédit dans cette affaire.

— Alors ? demanda Jarry.

— Ça s'est mal passé.

— Tu es suspendu ?

— Pas encore, mais j'ai l'impression que cela ne saurait tarder. Il hésite, et la balance ne penche pas du bon côté.

Cette réponse fut accueillie par un grand silence. Blanchard et Jarry échangèrent un regard désolé.

— J'ai les renseignements sur les entrepôts, déclara Blanchard.

— Ah ? Dis toujours.

Apathique, Grimm saisit une chaise par le dossier et s'assit à califourchon.

— Ces hangars ont fonctionné jusqu'en 2014. Avant livraison, on y stockait des outils et des machines de chantier construites à l'étranger. En Roumanie. L'activité a cessé parce qu'une gestion par flux tendu a rendu le lieu inutile. Il a été vendu en 2015.

— À qui ?

— C'est là que ça devient intéressant. À un Serbe de la ville de Novi Sad qui est située dans la province de Voïvodine.

— Voïvodine, comme le nom du bar de Drajić.

— Exactement !

— Et c'est Drajić qui l'a acheté ?

— Non. Un certain Mirko Marković. Ce type habiterait toujours en Serbie. Il n'est pas venu en France pour l'achat, qui a été signé chez le notaire avec des procurations.

— Ok, je comprends. Le mec est à l'amont de la traite des femmes gérée par Drajić et Teh à Rennes.

— Plus que probable. En tout cas, ces entrepôts sont un lieu privé où personne n'a le droit en principe de pénétrer. On peut y faire transiter des femmes avant de les mettre au boulot et on peut aussi les trucider en toute quiétude et les jeter dans cette grosse benne condamnée par un gros cadenas.

— Mouais… Quelle horreur.

— Voilà, conclut Blanchard.

— Du bon boulot, Éric.

Grimm fit deux fois le tour de la pièce les mains dans les poches. Puis, il s'arrêta, croisant les bras face à Blanchard.

— Tu sais ce que tu vas faire ?

— Non.

— Tu vas aller donner toutes ces informations au patron.

— Ah bon ?

— Oui. Désormais, on donne tout à Babut au fur et à mesure. Il faut qu'il prenne conscience à quel point Bouexière est nul et que c'est vraiment con de se priver de nos services.

— Comme tu veux.

— Tu y vas maintenant.

— Si tu y tiens, répondit Blanchard en dépliant son immense carcasse.

Jarry hochait la tête et affirma avec le plus grand sérieux :

— C'est un sacré changement tout de même de tout révéler au patron à mesure de nos découvertes. Comme le gueulait l'adjudant du régiment : « À partir de désormais et jusqu'à dorénavant, ce sera comme d'habitude. »

15

Ermeline était allongée sur son lit d'hôpital. Elle avait des cernes sous les yeux, les traits tirés, un gros pansement sur la cuisse, mais parvenait à sourire à Grimm, Blanchard et Jarry, assis en cercle autour d'elle.

Avant de se rendre au CHU, Grimm avait demandé que la voiture fasse un détour et passe devant le Voïvodine.

— Pourquoi ? avait questionné Blanchard.

— Pour vérifier quelque chose dont je suis à peu près certain, avait répondu Grimm sans plus d'explications.

Ses deux subordonnés n'avaient pas insisté et Jarry, qui conduisait sa propre voiture, avait obtempéré. Après un parcours sinueux dans les petites rues du centre-ville, il avait roulé au ralenti devant le café de Drajić.

— Et voilà, fermé ! s'était écrié Grimm.

De fait, le rideau était baissé et aucune lumière n'éclairait l'intérieur.

— Teh nous a filé entre les doigts, ainsi que la racaille impliquée dans cette filière de l'horreur. Ce QG est bouclé jusqu'à nouvel ordre et il n'est pas près de rouvrir. Ce sera duraille de retrouver toute la bande ! avait poursuivi Grimm non sans amertume.

Arrêter Teh, même si le bonhomme était coriace et n'aurait pas parlé facilement, demeurait le meilleur moyen de découvrir l'endroit où les prostituées étaient parquées. Mais Grimm avait aussi une arrière-pensée. Il ignorait si Rob était partie prenante dans le trafic d'êtres humains du Serbe – il en doutait –, cependant il estimait à juste titre que mettre la main sur Teh permettrait de découvrir l'identité de celui qui le poursuivait de sa vindicte meurtrière. Cette possibilité avait disparu et il se reprochait, par son intervention irréfléchie chez Drajić, d'en être le responsable.

Il avait voulu jouer au justicier qui réglait seul ses comptes et il avait au final tout fait foirer. Les conséquences n'avaient pas fini de s'empiler l'une sur l'autre.

Se fermant comme une huître, il n'avait plus prononcé un mot jusqu'au CHU et il regardait à présent Ermeline, parasité par le remords d'être la cause de son hospitalisation.

— Tu as mal ? demanda Jarry.

— Pas trop, parce qu'on m'a donné des antidouleurs. C'est surtout quand je bouge la jambe que ça chatouille dur…

— Les docteurs sont rassurants. Ils disent que tu seras sur pied très vite.

— J'espère bien ! Je n'ai pas l'intention de vous laisser seuls très longtemps !

Parce qu'elle ne les connaissait pas, il fallut lui raconter en détail tous les événements de la nuit précédente, depuis les aveux de Bardon jusqu'à l'enfermement dans la benne en passant par la visite désastreuse chez Drajić. Mal à l'aise, Grimm s'en chargea. Elle ne fit aucun commentaire. Il acheva son récit par les nouvelles du jour : l'assassinat de Drajić et la disparition de Teh.

— Eh ben…, dit-elle, pensive.

— Je regrette ce qui t'est arrivé, Ermeline, c'est ma faute, conclut Grimm les yeux baissés.

— Non, dis pas ça, c'est pas ta faute ! C'est le métier. On sait qu'il est dangereux et si on ne l'acceptait pas, on en changerait.

— C'est gentil de dire ça. Merci. En plus, hélas, ce salaud est un bon tireur.

— Pas du tout, il a surtout eu de la chance ! s'écria Jarry. Dans la pénombre, à vingt mètres de distance, on ne voyait pratiquement rien ! Quand j'ai crié, il a tiré immédiatement dans notre direction, sans réfléchir, au jugé. Non, il a eu vachement de chance. Et Ermeline vachement de malchance !

— Oui…

— C'est un mec qui sort son flingue plus vite que tu ne sors ton briquet, c'est dire !

Encore une fois, malgré les circonstances, Jarry réussit à faire rire Grimm.

— Amusante comparaison…

Le portable d'Ermeline qui se trouvait posé sur la petite table à côté de son lit vibra tout à coup. Comme elle ne parvenait pas à l'atteindre, Grimm se leva et le lui donna. Elle consulta l'écran, lut le SMS et se mordit les lèvres.

Après quelques secondes d'hésitation, elle demanda sur un ton d'excuses :

— Euh… Quelqu'un passe me voir. C'est vraiment très gentil de votre part d'être venus aujourd'hui, ça m'a fait du bien. Mais, je… enfin… je préférerais être seule pour la prochaine visite.

— Pas de problème, répliqua Jarry en bondissant de sa chaise. On te laisse.

Le regard d'Ermeline croisa celui de Grimm. Elle rougit soudain comme une première communiante tandis qu'il lui souriait gentiment d'un air entendu.

*
* *

Dès qu'ils pénétrèrent à l'étage de la PJ, ils comprirent que quelque chose de grave s'était produit. C'était une effervescence triste et nerveuse. Les hommes de Bouexière rôdaient dans les couloirs, se parlant à voix basse d'une manière catastrophée.

— Qu'est-ce qui se passe ? demanda Jarry.

— Marc a été assassiné chez lui, lui fut-il répondu.

— Quoi !?

— On l'a retrouvé mort.

— Mais… Comment a-t-il été tué ?

— À coups de couteau.

— Nom de Dieu…

Bardon assassiné. Grimm crut défaillir. Le matin, il pressentait que le désastre dont il était responsable n'avait pas encore donné toute sa mesure. Il venait d'en avoir la confirmation.

— Je ne me sens pas très bien, dit-il à Jarry.

— Viens. On va se mettre à l'écart de tout ça.

Blanchard et Jarry l'entraînèrent dans l'open space. Il était pâle et ses mains tremblaient légèrement. Il bascula sur une chaise.

— Putain de merde…

— À coups de couteau ? Le meurtre est signé. C'est Teh.

— Aucun doute.

— Pourquoi il l'a tué ?

— C'est simple à comprendre. Bardon a trahi en me donnant la planque de Drajić. Il fallait l'éliminer. Tout m'a échappé dès que j'ai pris la décision d'aller seul chez Drajić. Je suis responsable de deux morts, dont un collègue.

— Un collègue pourri.

— Peut-être, mais ça ne mérite pas la peine de mort.

Un lourd silence envahit l'espace pendant plusieurs minutes.

— Tu vas avoir du mal à t'en sortir, lâcha Jarry avec une lucidité désolée.

Il était difficile de savoir s'il parlait du sentiment de culpabilité qui paralysait son supérieur ou de l'enquête de l'IGPN qui allait suivre. Les deux sans doute.

— Je vais aller à la pêche aux infos, dit-il au bout d'un moment, impuissant à réconforter son chef.

Grimm hocha la tête, se leva et s'enferma dans son bureau. Il se prit la figure entre les mains.

— Quel con… Que je suis con… J'ai failli y passer, Ermeline aussi, Drajić et Bardon sont morts… Comment je vais surnager après tout ça.

Il se sentait si désespéré qu'il songea à aller remettre sa démission à Babut. C'était la seule solution. Son caractère si particulier, indépendant jusqu'à l'extrême, si rétif à l'obéissance, était un lourd handicap à la PJ, où la discipline devait être acceptée comme une règle indéfectible. Méritait-il d'appartenir à la police ? Les événements cruels qui s'enchaînaient depuis vingt-quatre heures semblaient répondre à sa place.

Une autre pensée s'imposa. Son fils Louis le jugerait un jour. Et ce ne serait pas à son avantage. Il en ressentait une immense tristesse. Il aurait tant aimé être un père qu'on admire et qu'on imite. Finalement, il n'était qu'une merde.

Il en était à ce constat mortifère quand on frappa à la porte, laquelle s'ouvrit sans qu'il ait eu le temps de réagir, laissant passer le commissaire divisionnaire. Celui-ci tenait au bout de son bras ballant un objet dissimulé dans un grand chiffon. Après avoir soigneusement refermé la porte, il s'assit de lui-même sur la chaise des visiteurs, celle située face à Grimm de l'autre côté de sa table de travail, et parla sans attendre.

— Nous sommes tous bouleversés par la mort de Bardon.

— C'est Teh.

— Oui, bien sûr, c'est Teh. Nous sommes à sa recherche.

Grimm allait ajouter quelque chose, mais Babut le coupa en levant la main.

— S'il vous plaît, taisez-vous. Encore une fois, vous n'êtes pas chargé de cette enquête. Bouexière s'en occupe. En plus, c'était un de ses hommes... Non, voilà, je voulais vous dire... tout ce qui se passe est un vrai désastre pour mon service. Un vrai désastre. C'est le bordel complet, avec la blessure d'Ermeline Gasquet, la mort de Bardon, Drajić assassiné par un fou dont nous ignorons l'identité et qui vous menace, et l'autre fanatique du couteau évanoui dans la nature. L'IGPN va se jeter là-dessus comme la vérole sur le bas clergé. Ils vont nous exploser...

L'esprit de Grimm se mit en éveil. L'accumulation des catastrophes risquait non seulement de le faire virer de la police, mais aussi d'éclabousser gravement le service tout entier. Celui du commissaire divisionnaire Babut. Un problème nouveau avait surgi pour ce dernier. En tant que patron du service, il allait être mis en cause dans la gestion de ses hommes. Dans cette crainte résidait la raison de cette visite inopinée, surprenante à tout point de vue, qui cachait une décision que Babut avait dû prendre. À regret sans aucun doute, mais contraint par les événements.

— Nous exploser, vous comprenez ? poursuivit Babut. Ils concluront que c'est ma faute tout ça, que je ne sais pas diriger des équipes, que tout part à vau-l'eau, qu'il est temps de reprendre en main les rênes, que je suis bon pour la retraite, que j'ai fait mon temps…

Grimm considérait Babut avec un étonnement croissant. Il déprimait soudain, le patron. Se voir couvert d'opprobre au terme d'une carrière qu'il avait menée avec habileté, il accusait le coup. Grimm trouva cette réaction plutôt minable par rapport à la véritable et sincère culpabilité qui l'étreignait. Cependant, une petite lumière s'alluma dans son cerveau. Il eut tout à coup la certitude que Babut était venu négocier dans le but d'atténuer la portée de l'enquête de l'IGPN.

— La seule solution, c'est d'être unis, poursuivait Babut. Unis, on peut toujours s'en sortir… Se serrer les coudes dans la tempête, voilà ce que nous avons toujours fait. Cependant, je n'ai pas le choix et j'ai averti l'IGPN. De toute façon, elle l'aurait vite su. Il vaut mieux prendre les devants. Donc, il y aura une enquête, nous n'y couperons pas. Mais, par ailleurs, je suis conscient que vous êtes en danger et j'en suis soucieux.

En danger, bien. Grimm attendait la suite.

— C'est pourquoi je pense qu'il serait très inopportun en ces circonstances de vous priver du moyen de vous défendre.

Babut posa sur le bureau l'objet enveloppé dans un chiffon et enleva celui-ci. Les yeux de Grimm tombèrent sur son pistolet.

— Je vous ai rapporté votre arme de service. Il vaut mieux que vous l'ayez sur vous en permanence. Reprenez-la.

Sans un mot, Grimm saisit le pistolet, ouvrit un tiroir et l'y déposa.

— Voilà une bonne chose de faite pour votre sécurité. Personne, surtout pas moi, ne voudrait avoir votre mort sur la conscience.

— Merci.

À présent, Babut hésitait. Il serra ses grosses mains l'une contre l'autre et fit claquer les jointures.

— Ce qu'il faudrait, c'est que la vérité vraie soit établie.

La *vérité vraie* ? Voilà bien une curieuse formule qui laissait Grimm perplexe.

— Vous voyez ce que je veux dire ?

— Non.

— Mais si, mais si… Dans la voiture sur ce maudit parking, vous m'avez raconté une histoire très décousue et vous étiez bouleversé, avec sans doute les idées pas très claires.

Décousue… Cette nuit-là, Grimm avait fourni un récit si précis et circonstancié qu'il aurait ri de ce mot sans les contorsions de Babut.

— Je suis sûr que les événements ne se sont pas déroulés de cette manière confuse dont je ne me souviens plus, d'ailleurs. Vous pourriez la reprendre en y réfléchissant bien ?

Une autre version, qui serait acceptable et effacerait les graves entorses de Grimm aux règles de la PJ. Grimm avait compris. Il baissa la tête, demeura longtemps silencieux, puis se redressant adressa à son supérieur un regard aigu.

— Pour autant que je me souvienne, je vous ai raconté l'exacte vérité. Si vous ne vous en souvenez pas, je peux recommencer.

— C'est cela, c'est cela, recommencez, s'il vous plaît.

— Donc, j'ai réussi à faire parler Bardon.

— Mais comment avez-vous su que Bardon était l'informateur de Drajić ?

— Euh… C'est une source qui risque gros et que je ne peux pas révéler sans mettre sa vie en danger.

— Admettons.

— Donc, je prends le portable de Bardon pour éviter qu'il téléphone à Drajić.

— Oui, oui, je sais…

— Et je me rends dans la rue de Drajić. L'idée était de l'empêcher éventuellement de disparaître. Je me mets en planque à la porte de l'immeuble. Je n'ai jamais eu l'intention de monter seul pour le surprendre.

— Très bien, très bien…

— J'allais sortir mon téléphone pour appeler Jarry, Blanchard et Gasquet afin qu'ils viennent m'aider à l'alpaguer. Mon but était d'attendre leur venue pour que nous montions tous ensemble.

— Parfait…

— Mais je n'en ai pas eu le temps. J'ai senti le canon d'un pistolet dans mon dos. C'était Drajić, que je n'avais pas vu venir, et qui rentrait chez lui. Sous la menace de son arme, il m'a obligé à monter les étages jusqu'à son logement. J'étais fait.

— Eh oui, un coup du sort qui peut arriver à n'importe lequel d'entre nous, même le meilleur.

— Absolument. Dans l'appartement, il a exigé que je lui remette mon portable. Un vrai coup de chance. Je lui ai donné celui de Bardon, il n'y a vu que du feu.

— Bravo ! Portable de Bardon que l'on a retrouvé détruit chez Drajić. Tout cela est limpide.

— La suite, vous la connaissez.

— Oui, oui, je la connais, je la connais… Voilà qui m'éclaire. C'est beaucoup moins confus que ce que vous m'avez raconté cette nuit-là. Personnellement, je ne vois aucune faute professionnelle. Les aléas du métier tout au plus. Je suppose que l'IGPN verra les choses de la même manière.

— Espérons.

Babut se leva. Il avait l'air satisfait.

— Ce qui explique aussi, ajouta-t-il, que l'on retrouve votre arme de service chez Drajić. Arme que je vous ai rendue parce que je n'ai aucune raison de la confisquer.

— Bien évidemment.

Le commissaire ouvrit la porte, puis, se ravisant, il la referma.

— Naturellement, il faudrait que ce récit soit confirmé par vos trois adjoints.

— Naturellement.

— Vous croyez cela possible ?

— J'en suis certain. Pourquoi cacheraient-ils la *vérité vraie* ?

— Ben oui, pourquoi ?

Sur ce, après un dernier regard appuyé vers Grimm, Babut quitta le bureau.

*

* *

Sitôt la porte refermée, Grimm se renversa sur le dossier de son fauteuil et, soulevant les jambes, posa les pieds sur le bureau dans une position qu'il affectionnait. Il alluma une cigarette et, la bouche ouverte, fit quelques ronds de fumée qui montèrent en s'évasant vers le plafond.

Fumer dans son bureau. Encore une incartade qu'il était le seul à se permettre dans tout le bâtiment. Dieu sait si Babut le lui avait déjà reproché avec virulence et il avait le souvenir de quelques engueulades mémorables à ce sujet. Néanmoins, il continuait, tout à fait imperméable à cette contrainte, estimant qu'il était dans son bureau et qu'il avait le droit d'y faire ce qu'il voulait…

En cherchant à préserver sa réputation de commissaire divisionnaire, Babut lui sauvait la mise. Grimm en prenait acte et acceptait cette main tendue. C'était une offre *gagnant-gagnant* selon l'expression devenue classique. Malgré cela, il ne se sentait en aucun cas déchargé de sa responsabilité et des conséquences tragiques de ses malheureuses initiatives.

Il avait la pénible impression qu'il traînerait cette culpabilité comme un nouveau fardeau durant le reste de son existence. Et il ne voyait aucun moyen de s'en débarrasser. Ce qui est fait est fait, le passé est le passé, et on ne peut jamais revenir en arrière. Tragique conclusion qui contribuait à assombrir son humeur.

La seule issue était de ne plus y penser, ou du moins de ne pas trop y penser, et pour cela il fallait se jeter à corps perdu dans l'activité, n'importe quelle activité, vivre dans le présent et agir comme si rien de moche ne s'était produit. Bref, se mentir à soi-même...

Rageusement, il écrasa son mégot dans le cendrier et, apercevant à travers la cloison vitrée Blanchard et Jarry qui discutaient, il leur fit signe de le rejoindre.

— Fermez la porte, s'il vous plaît.

La plus grande discrétion était requise et ni Blanchard ni Jarry, comprenant à la mine de leur supérieur qu'un secret allait leur être dévoilé, ne prononcèrent la moindre parole. Grimm raconta la venue du commissaire et l'accord qui avait été scellé.

— J'aurais pas cru ça de Babut, commenta Jarry.

— Moi non plus, compléta Blanchard.

Avec un petit sourire amusé, Grimm haussa les épaules.

— Corroborez-vous mon témoignage ?

— Absolument ! affirma aussitôt Jarry. C'est la *vérité vraie*. La seule chose qu'on sait, c'est que tu nous as appelés quand tu étais dans la benne. Pour le reste, on n'était pas là. Je ne peux absolument rien dire de plus. En l'occurrence, tu ne nous demandes même pas de mentir.

— Non, mais de couvrir un mensonge.

— Je n'en sais rien, moi, si tu mens !

— Et toi, Éric ?

— Moi ? Je pense comme Corentin. En plus, je n'étais même pas sur ce parking.

— Merci, les gars. Et Ermeline, à votre avis ?

— On ira la voir demain matin à l'hôpital, je te téléphonerai sa réaction. Sois sans crainte, je la connais bien, Ermeline, elle ne te fera pas ce coup-là !

Grimm remercia de nouveau ses subordonnés en hochant la tête avec gravité. Lui qui avait toujours flirté avec les lignes rouges, il se sentait très mal à l'aise et avait fortement envie de passer à autre chose.

— Bien. Corentin, tu as obtenu des infos sur le meurtre de Bardon ?

— Oui. Il a été assassiné ce matin, dans son garage, alors qu'il se trouvait au volant de sa voiture. Un seul coup de couteau, la gorge tranchée. Il est mort vite.

— Mais sa femme, où était-elle ?

— Elle part au boulot avant lui parce qu'elle dépose les enfants à l'école.

Mon Dieu ! Ce type avait des enfants… Orphelins désormais. Grimm blêmit. C'était comme s'il venait de recevoir une nouvelle baffe en pleine poire.

— Je vois, dit-il d'une voix qui s'étranglait.

— Il semblerait que Teh, si c'est Teh, mais ça ne peut être que lui, l'attendait soit dans la bagnole, soit caché quelque part dans le garage. Bardon aurait été attaqué par surprise avant de déclencher l'ouverture du portail électrique et sans avoir le temps de dégainer son arme. Propre et sans bavure, silencieux. Le cadavre est resté à sa place jusqu'à ce qu'on le découvre.

Grimm se leva lentement. Il lui fallait absolument faire quelque chose. Surtout, ne pas demeurer immobile à broyer du noir.

— Je vais rendre une petite visite au docteur Pointcarré. Histoire d'en apprendre davantage sur l'autopsie de Drajić et de Bardon.

— Tu crois qu'elle va accepter de te parler alors que nous sommes depuis le début écartés de l'enquête ?

— Hélène ? J'en suis sûr !

16

Grimm appréciait beaucoup le docteur Hélène Pointcarré. Femme énergique, grande et forte sans être grosse, non dénuée d'humour malgré sa profession de médecin légiste, elle avait la particularité d'être toujours munie d'une plaquette de chocolat noir qu'elle grignotait à chaque occasion, sans oublier d'en proposer à ses interlocuteurs. Grimm, en raison de ses convictions collapsologistes – il affirmait que la fabrication du chocolat consommait une quantité d'eau ahurissante alors que la planète manquait déjà de cette précieuse ressource –, refusait toujours, par principe. Mais la constance de Pointcarré à lui mettre la plaquette sous le nez avait fini par l'amuser.

À chaque affaire, leur collaboration avait été fructueuse et marquée par un grand respect mutuel. Grimm appréciait la compétence et la précision de la légiste. De son côté, le docteur Pointcarré avait à l'évidence une forte estime pour ce flic atypique qui la réjouissait par ses sorties écolo-détonnantes frisant souvent l'obsession.

Du reste, ces obsessions, grâce au patient travail de la psychiatre, le docteur Lipsky, que Grimm avait régulièrement consultée à son arrivée à Rennes, s'étaient grandement atténuées. Cependant, il en gardait des séquelles, comme une vieille maladie dont il ne parviendrait jamais à se débarrasser totalement. Il restait convaincu que l'humanité courait à sa perte et il fulminait contre l'inaction coupable des gouvernements qui condamnait les futures générations à vivre dans le malheur d'une nature détruite.

Grimm ne lui téléphona pas. Refusant de devoir s'expliquer sur sa visite, il décida d'aller frapper à l'improviste à la porte de cet antre épouvantable où le docteur Pointcarré officiait journellement.

L'institut médico-légal se trouvant au CHU de Rennes, il prit le métro et descendit à la station Pontchaillou. En un sens, la volonté affichée de Rob de le faire mourir à petit feu, lentement et dans la pire des souffrances, était un élément rassurant. De fait, il ne risquait pas une balle dans le dos en pleine rue. Il faudrait le neutraliser et l'emmener dans un lieu adéquat, ce qui représentait une tâche ardue à effectuer au milieu des passants.

La forte voix du docteur Pointcarré se fit entendre dès qu'il frappa à la porte.

— Entrez !

Une scie circulaire à la main, occupée à découper un corps allongé sur la table, elle interrompit son travail et manifesta son étonnement.

— Oh, Hubert ! Quelle surprise ! Qu'est-ce qui me vaut l'honneur de cette visite ?

— Une visite très officieuse, chère amie…

— Aaaah… officieuse ? Que se passe-t-il donc ? Après des années d'abstinence, tu as eu soudain une envie irrésistible de croquer un morceau de chocolat ?

— Pas vraiment.

— Je m'en doutais, tu es irrécupérable.

— Je le crains. Et plus encore que tu ne le penses…

— Qu'en sais-tu ?

Grimm évita de regarder le corps, la vue des cadavres le dégoûtant toujours un peu. Surtout dans l'état où le docteur Pointcarré les mettait. L'odeur, en revanche, il ne pouvait guère s'y soustraire.

— J'aurais voulu avoir des indications sur la manière dont Drajić a été tué.

— Drajić, c'est ce Serbe que j'ai autopsié ce matin ?

— Lui-même.

— Et pourquoi me demandes-tu ça ? J'ai cru comprendre que c'était le commandant Bouexière qui s'en occupait. En tout cas, c'est lui qui était présent sur les lieux.

— C'est bien lui qui s'en occupe. Mais voilà, je suis partie prenante dans cette affaire, car le gars qui a assassiné Drajić cherche à me tuer.

— Non !?

— Hélas, si.

Portant la main à sa bouche en un geste réflexe, Hélène Pointcarré regarda Grimm avec stupéfaction.

— Je comprends. Mais tu sais que je ne suis pas autorisée à te donner le résultat de l'autopsie.

— Je ne cherche pas à avoir le rapport d'autopsie. Je veux juste un résumé oral. Personne n'en saura rien.

— Dans notre univers interconnecté, personne, c'est un peu tout le monde.

— Hélène… Je vis une passe difficile. Et notre divisionnaire me contraint à l'inaction. C'est intenable. Avec ce tueur au cul, je suis à deux doigts de craquer.

La légiste baissa la tête. Puis, elle se retourna et, de dos, se mit à parler en fixant le mur face à elle.

— Je ne te vois pas, donc tu n'es pas là. Drajić a été trouvé affalé sur son lit. Mon examen révèle qu'il a pris deux balles mal ajustées, l'une à l'aine et la seconde dans l'épaule. La troisième a été tirée à bout portant en pleine tête. Si je reconstitue le meurtre, il semble que Drajić se soit précipité vers son lit et que l'assassin ait tiré deux balles pour le stopper alors que le Serbe était de profil. Puis, Drajić étant tombé sur le lit, le tueur s'est déplacé pour l'achever proprement – si je puis dire... – en lui explosant la boîte crânienne. C'est tout ce que je peux conclure de mon examen.

— Très bien. Merci, Hélène.

Le docteur Pointcarré fit volte-face et mima la surprise.

— Ah, tu es là ? Je ne t'avais pas entendu entrer.

— C'est que je suis très silencieux... Hélène, j'aimerais savoir aussi comment Bardon est mort.

Secouant la tête comme si elle avait affaire à un enfant capricieux qui en réclame toujours plus, elle se résolut à se retourner une fois de plus.

— Bardon, je n'ai pas eu le temps de faire l'autopsie. Mais, à ce que j'ai vu, ce sera vite fait. Apparemment, il a été tué en un seul geste d'une précision d'anatomiste. Le tueur connaît son affaire et n'a pas la main qui tremble. Bardon était assis à l'avant de sa voiture, ce qui laisse supposer que l'assassin était à l'arrière. Il devait l'attendre.

— Oui, il l'attendait.

— C'est le même que celui qui veut te trucider ?

— Non, c'est un autre.

Tournant les talons pour la dernière fois, la légiste soupira.

— Triste nature humaine.

Après l'avoir de nouveau remerciée, Grimm fit un pas vers la porte.

— Attends, s'écria la légiste. Tu ne vas pas partir comme ça !

— Non merci, Hélène, je ne veux pas de chocolat.

*

* *

Dans le métro qui le ramenait à l'hôtel de police, Grimm s'interrogeait sur Teh. L'exécution de Bardon avait certainement été programmée en accord avec Drajić. Teh maintenant se cachait. Il avait tout à redouter de Rob, qui devait le chercher pour s'en débarrasser.

Mais nul doute que Teh devait aussi rendre Grimm responsable de la mort de son associé. Et l'homme au couteau était du genre à agir sans prévenir, n'importe où, au coin d'une rue éventuellement. Bref, s'il ne craignait pas une attaque de Rob en plein jour, Grimm devait à l'inverse se tenir constamment sur ses gardes pour éviter d'être lardé de coups de couteau par ce type. Un être mystérieux, silencieux et sanguinaire. Extrêmement dangereux pour tout dire. Et ce n'était pas réjouissant d'avoir un ennemi supplémentaire de cet acabit en ces circonstances.

Se trouvant au CHU, il avait hésité à rendre une visite à Ermeline pour prendre des nouvelles de son état. Tout en le regrettant, il y avait renoncé. Ce n'était pas par désintérêt, loin de là. Mais il ne se sentait pas le courage de lui demander de mentir à l'IGPN sur cette terrible soirée, alors qu'il était le responsable de sa blessure. Un fort sentiment de honte l'avait bloqué et c'est la mort dans l'âme qu'il avait repris le chemin de l'hôtel de police.

En sortant de la rame de métro, il avait appelé Amandine. Là encore, la situation était délicate. La crainte d'affoler la maman de Louis en lui racontant la vérité l'obligeait à tenir un discours neutre, faussement rassurant, qui n'était pas dans sa véritable nature.

De fait, il se trouvait noyé dans un maelstrom angoissant où tourbillonnaient pêle-mêle les menaces sur sa vie, la culpabilité vis-à-vis de ses proches et la peur. Cerné par toute cette adversité, il avait l'impression de ne plus rien maîtriser et de dériver au gré des événements. Les informations données par la légiste ne lui avaient permis aucune avancée significative, ne lui avaient fourni aucune piste à saisir, ne lui offraient aucune perspective de recherche.

Amandine décrocha alors qu'il débouchait à l'air libre.

— Hubert ?

— Oui, Amandine, c'est moi. Excuse-moi, je n'ai pas donné beaucoup de mes nouvelles ces derniers temps, mais j'ai été très pris.

— Tu as toujours... ce type qui t'envoie des messages... il continue ?

— Oui. Mais nous avons bon espoir de l'attraper. Il ne faut pas t'inquiéter.

Un silence sceptique accueillit ces paroles.

— Comment va Louis ?

— Bien. À cet âge-là, on progresse vite. Il fait des petites phrases, essaye de parler, et c'est assez drôle ! Il court de plus en plus vite, ce qui a pour résultat quelques belles gamelles ! Tu viens le voir ce week-end ?

C'était bien la première fois qu'Amandine le priait à mots couverts de venir à Montpellier. Il eut un pincement au cœur. Depuis des mois, il espérait qu'elle sorte de cette léthargie, de cette passivité qui signait sa dépression, et au moment où elle allait mieux, qu'elle le manifestait, il ne pouvait pas répondre à son attente. Trop risqué. Rob était embusqué. Il fallait impérativement éviter d'amener ce fou à Montpellier et le maintenir à Rennes. Se sachant la cible, il ne devait pas bouger.

Il s'embrouilla.

— C'est-à-dire... comment dire... Je ne pourrai pas... En fait, on a une piste... Il faut l'exploiter rapidement... Tu comprends, tout retard dans ce genre d'affaire...

Elle le coupa soudain.

— Tu as peur de nous mettre en danger en venant ?

Ah, elle était trop fine pour que Grimm puisse mentir sans qu'elle s'en rende compte. Du reste, c'était lui qui avait donné cette explication en fuyant littéralement Montpellier lors de sa dernière visite.

— Oui, avoua-t-il sur un ton désespéré. Mais je te le répète, il ne faut pas que tu t'inquiètes. Nous maîtrisons la situation.

Après un nouveau blanc, elle lâcha sur un ton d'une atroce lucidité :

— Comment veux-tu que je te croie ?

— Non, Amandine, s'il te plaît, je te dis…

— Je ne te crois pas. Tu veux me rassurer, mais j'entends à ta voix que tu ne vas pas bien.

Inutile d'insister, malgré la distance téléphonique, elle était trop perspicace.

— C'est vrai, tu as raison, je ne vais pas très bien.

— Qu'est-ce que je peux faire ?

Les larmes affluèrent à ses paupières. Alors qu'elle avait vécu des événements atroces, que la dépression l'avait entraînée au bord du gouffre et qu'elle peinait à s'en remettre, elle proposait son aide. D'un revers de main précipité, Grimm effaça une larme qui coulait sur sa joue. Il tenta de raffermir sa voix.

— Rien. Hélas, rien. Qu'est-ce que tu pourrais faire ? Mais je te remercie…

— Tiens-moi au courant, Hubert, ne me laisse pas sans nouvelles.

— Je te le promets.

Elle raccrocha.

⋆

⋆ ⋆

Ses adjoints, sachant qu'il revenait du CHU, eurent la discrétion ou l'élégance de ne pas lui demander s'il avait vu Ermeline. Il leur en sut gré. En quelques mots, il exposa ce qu'il avait appris de la bouche du docteur Pointcarré.

— Il semblerait que Drajić ait tenté le tout pour le tout, conclut Jarry.

— Certes, cependant, désarmé, il n'avait aucune chance.

— En tout cas, ce Rob, c'est le genre de mec qui ne laisse pas un blessé derrière lui. Il l'achève sans états d'âme, affirma Blanchard.

— Qu'est-ce que tu vas faire ? questionna Jarry.

— Je ne sais pas.

— Tu vas continuer à dormir chez moi en tout cas, hein ? Ce ne serait pas raisonnable de rentrer chez toi.

— Non, pas très raisonnable. J'ai Rob et Teh sur le râble, c'est trop pour moi.

— Teh ?

— Je suis convaincu qu'il voudra venger Drajić.

— Dans ce cas, c'est plutôt Rob qu'il doit tuer.

— Les deux à mon avis.

En dehors de ce nouveau danger, il était rageant d'être privé des informations que la police scientifique avait pu récolter sur le parking, chez Drajić et dans le garage de Bardon.

— Il va falloir d'une manière ou d'une autre qu'on sache si la PTS a découvert des indices pouvant faire avancer l'enquête.

— C'est pas Bouexière qui va nous le dire…

— Non…

Au point mort. Bloqué. Peut-être le chef de la PTS, un type aussi grand que Blanchard mais fin comme un peuplier d'Italie, accepterait-il de livrer quelques informations ? Malheureusement, si les rapports avec celui-ci avaient toujours été cordiaux, la relation amicale n'était pas aussi forte que celle entretenue avec Hélène Pointcarré. Des rapports professionnels, simples et clairs, sans plus. Grimm ne se voyait pas le contacter pour obtenir des renseignements qu'il n'avait pas le droit de connaître.

Il se retira dans son bureau. Finalement, malgré les événements dramatiques de la nuit précédente, il n'en savait pas beaucoup plus qu'au premier jour. Un inconnu le poursuivait d'une haine féroce et avait décidé de le tuer salement, en le faisant souffrir le plus longtemps possible. Seul le surnom de Rob avait émergé, sans que cela apporte le moindre éclairage à cette macabre situation.

Le mystère demeurait entier. Il était accusé d'un fait dont il ignorait tout mais qui, paradoxe, le remuait au plus profond de lui-même comme si, effectivement, il avait commis une action gravissime.

Machinalement, l'esprit dans le vague, il tripota son portable et se rendit compte qu'il avait reçu un message. Il ne s'en était pas aperçu. Celui-ci était probablement arrivé pendant qu'il téléphonait à Amandine.

Il pressentit que le SMS avait été envoyé par Rob, qui poursuivait son harcèlement dans l'intention de le faire craquer. Pour cette raison, il hésita à le regarder et c'est les dents serrées qu'il finit par l'afficher sur l'écran.

Petit con

Va au cimetière d'Illkirch-Graffenstaden

Tu comprendras qui je suis.

Illkirch-Graffenstaden ! Grimm eut aussitôt un malaise. Ses jambes en coton ne le soutenaient plus, et il tituba jusqu'au bureau où, accroché au rebord, il s'effondra jusqu'à tomber à genoux. Il avait une suée chaude qui poissait sa chemise, le rythme cardiaque ralenti, les membres tremblants et la vue brouillée.

17

Grimm avait fini par s'asseoir sur le sol, le dos calé contre le pied de sa table de travail. Avec un mouchoir en papier, il s'était épongé le front, trempé de sueur, et avait attendu de recouvrer quelques forces.

Son regard erra dans la pièce et il aperçut son portable qui traînait par terre à l'endroit où il l'avait lâché. Il ne s'en souvenait pas. Il rampa pour le ramasser et finit par se relever pour se laisser tomber dans son fauteuil. Il se renversa en arrière et fixa le plafond.

Le malaise s'estompait. Mais le coup porté était d'une telle violence que ses sens restaient paralysés. Illkirch-Graffenstaden, la ville de son enfance. C'était donc dans ce lointain passé que se trouvait la clé du mystère. Et de ce sentiment de culpabilité qui, depuis toujours, l'étreignait à intervalle régulier sans qu'il puisse ni le définir ni l'expliquer.

Rob était lié à cette époque reculée, occultée, niée et rejetée. Grimm était né en Alsace, il y avait passé douze années avant que sa vie ne bascule définitivement et qu'il soit envoyé en région parisienne. Un traumatisme quasi oublié, qui l'avait marqué au fer rouge, et dont il s'était remis par un déni patient et entretenu.

Il pleura. Des larmes chaudes, douloureuses, qui le secouaient par vagues successives, et qu'il n'essayait pas d'essuyer.

Le cimetière d'Illkirch-Graffenstaden ? Il ne comprenait pas ce qu'il pourrait y découvrir, mais il avait aussi peur de s'y rendre que d'affronter la vengeance de Rob.

On frappa à la porte de son bureau. Incapable de répondre, il vit Jarry passer prudemment la tête dans l'entrebâillement.

— Excuse-moi, Hubert, j'ai cru voir que tu n'allais pas bien…

— J'ai eu un malaise. Rien de grave. Ne t'inquiète pas.

Les bras ballants, un peu gauche, Jarry hésitait.

— Si, si, je t'assure, c'est passé, ça va bien.

— Bon, Ok.

Jarry se retira aussi doucement qu'il était entré. Grimm respira à plusieurs reprises et fit quelques mouvements du buste et des bras pour s'assurer qu'il avait récupéré physiquement. Mais son ventre était aspiré par l'angoisse et se creusait comme si une force maléfique tentait de le vider de sa substance.

Avait-il le choix ? Il aurait voulu rejeter cette injonction de retourner dans sa bourgade natale, lieu de malheur et de dévastation. Pourtant, il avait compris qu'il n'y avait pas d'autres possibilités. Tel un destin longtemps ignoré, une fatalité à laquelle il ne pouvait échapper, c'était là-bas, sur ce terrain chaotique et terrifiant, qu'il affronterait ses démons. Réveillés, ceux-ci ne lui laisseraient plus aucun répit.

Pour gagner du temps, il fuma une cigarette qui le calma. Il avait quarante-deux ans, exerçait un métier dangereux qu'il accomplissait avec courage, menait une existence qui l'avait endurci et, au fil des années, s'était construit une carapace rugueuse qui, malgré des aléas, des hauts et des bas, avait résisté aux épreuves du temps. Quoi qu'il en coûte, il se devait de faire face à son enfance. Pour lui. Pour son fils aussi. Sa paternité récente le poussait à assumer ses responsabilités.

Il se leva. On était jeudi. Sa décision était prise. Sortant de son bureau et passant sans un mot devant ses subordonnés qui le regardèrent, inquiets, il alla directement à la porte du bureau du commissaire divisionnaire et frappa.

Babut fut d'abord étonné de le voir entrer. Il crut comprendre.

— Votre équipe est d'accord avec le déroulement de la soirée d'hier ?

— Jarry et Blanchard, oui. Ermeline sera mise au parfum demain matin. Elle acceptera la version officielle, soyez sans crainte.

— Très bien. Qui du reste refuserait de dire la *vérité vraie* ? ajouta Babut avec un clin d'œil complice.

Pauvre Babut. Il ne pensait qu'à cette inspection de l'IGPN. Que cette enquête paraissait futile à Grimm ! Il s'assit face au divisionnaire.

— Comme tout le monde ici, j'ai des tonnes de RTT que je n'ai jamais pris.

Babut haussa les sourcils.

— Oui ?

— Cette histoire m'a épuisé. J'ai besoin de repos, sinon je crois que je vais craquer.

— Vous ?

— Ne me croyez pas plus fort que je le suis, monsieur le divisionnaire. Parfois, on voit s'effondrer comme un château de cartes celui que l'on pensait le plus solide, le mieux armé pour résister à la dépression.

Le mot était lâché et Babut fronça derechef les sourcils. L'inquiétude se lut sur son visage. Grimm enchaîna :

— Pour mon équipe, le service tout entier, il vaut mieux que je lève le pied une semaine.

— Une semaine !?
— Ça vous paraît long ?
— Euh, non... Je ne sais pas. Avec nos effectifs...
— Une semaine à partir de demain matin.
— Dès demain ?
— Oui, ou dès ce soir, si vous préférez, proposa Grimm.

Merde, Grimm devait vraiment aller très mal pour dire une telle connerie sans s'en rendre compte. Cette précision absurde embrouilla Babut. Il eut un moment l'impression que Grimm avançait la date de son congé...

— Ce soir ou demain matin, c'est pareil, affirma-t-il pour montrer qu'il maîtrisait la situation.
— Oui, vous avez raison, c'est vrai, c'est pareil.

Babut se grattait la tête en s'interrogeant sur la santé mentale de son commandant.

— Voulez-vous un certificat médical à la place et que ce soit plutôt un arrêt maladie ? proposa Grimm.
— Mais, enfin, vous n'êtes pas malade ?
— Pas encore.

Babut fit plusieurs mouvements avec les mains, paumes ouvertes, comme s'il rabattait de la fumée.

— Écoutez, le mieux est effectivement de prendre une petite semaine de congé. Évidemment, c'est très embêtant, avec l'absence d'Ermeline... Mais, bon, c'est peut-être souhaitable pour vous et pour la bonne marche du service si vous ne vous sentez pas bien.
— Je le pense, monsieur le divisionnaire. Et je vous en suis infiniment reconnaissant.

En quittant Babut, Grimm songeait qu'il n'avait pas eu à se forcer pour donner l'impression d'être au bord de la dépression. Il avait encore un peu de marge, mais son humeur était si sombre qu'il la voyait pointer le bout de son nez. Il serra les dents en murmurant dans le couloir : « Ce n'est pas le moment, bordel ! » Il avait le sentiment qu'en de telles circonstances il ne pouvait pas se le permettre. Il devait agir, vite et avec détermination.

Dès qu'il fut dans l'open space, il annonça devant ses équipiers médusés :

— J'ai pris une semaine de congé. Le temps de remplir la paperasse et je me tire.

— Où ça ? demanda Jarry spontanément.

— Je me mets au vert. Informez-moi si l'enquête avance.

Il les planta sans un mot supplémentaire pour aller dans son bureau, les laissant perplexes et désemparés. Il s'occupa en premier lieu de faire sa demande de congé qu'il envoya par mail à Babut. Par téléphone, il loua ensuite une voiture pour le soir même. Enfin, il réserva un hôtel à Illkirch.

Quand il repassa devant ses adjoints, il fit une courte pause face à Blanchard et Jarry.

— Faites la bise pour moi à Ermeline demain matin. Dites-lui que je pense beaucoup à elle et que je m'en veux.

— Voyons, Hubert…

— Vous le lui direz ?

— Si tu y tiens.

— Oui, j'y tiens.

— Bon.

Grimm s'apprêtait à partir quand Jarry tenta de le retenir.

— Tu ne veux pas nous dire où tu vas ?

— À Strasbourg.

— Strasbourg !? Pourquoi ?

— C'est mon affaire. J'ai des choses à régler là-bas.

C'était assené avec une telle fermeté que Jarry n'insista pas. Mais il eut l'impression de recevoir un coup à l'estomac quand Grimm ajouta :

— Si je ne vous revois pas, sachez que j'ai beaucoup aimé travailler avec vous. Vous êtes des mecs fiables et sympa. Je n'aurais pas pu tomber mieux en débarquant à Rennes.

Stupéfaits par ce qui ressemblait à un adieu, ils n'eurent pas le temps de répondre que Grimm avait déjà disparu.

★
★ ★

Il quitta Rennes en fin de journée. Encore une fois, comme pour ses courts séjours à Montpellier, il roula une partie de la nuit. Le trajet était certes moins long, mais pas tant qu'il l'aurait supposé, puisque le GPS indiquait au départ huit cent quatorze kilomètres et un peu plus de sept heures de route. Il fallait prendre son mal en patience et ce n'était pas le plus aisé. Les pensées qui, à son corps défendant, s'immisçaient dans sa tête n'étaient pas de celles qui suscitent l'apaisement.

Parfois, il regrettait même d'être parti, comme s'il s'était laissé influencer par Rob. Après tout, rien ne l'obligeait à se replonger dans cette horrible période dont il avait méthodiquement cautérisé les plaies. Jamais il n'avait remis les pieds en Alsace depuis son départ forcé, à l'âge de douze ans, et la distance qu'il s'était imposée avec sa région natale lui avait toujours paru salutaire.

Le risque était que sa construction personnelle, patiemment élaborée et fondée sur l'amnésie volontaire, vole en éclats. Qu'elle explose soudain comme un bâton de dynamite et disperse son psychisme comme un puzzle, sans espoir de reconstitution. Il n'avait pas tout oublié, loin de là, mais ces lointains souvenirs étaient absents de son univers mental quotidien. Il était devenu un autre que cet enfant qui, pour lui, n'existait plus. C'était du moins ce qu'il croyait jusqu'au dernier message de Rob.

Illkirch-Graffenstaden est une bourgade d'environ vingt-six mille habitants et qui touche au sud la ville de Strasbourg. Ayant perdu toute mémoire des lieux, Grimm se fia à son GPS et se laissa guider à l'approche de la capitale alsacienne. Il franchit le panneau d'Illkirch peu après une heure du matin, alla directement à l'hôtel et s'enferma dans sa chambre. Malgré son épuisement, il ne parvenait pas à s'endormir.

Le cimetière. Il ne savait pas, mais il devinait. Et c'était peut-être pire encore de devoir, le lendemain, vérifier ce qu'il avait tant peur de découvrir.

Vers 4 heures, il sombra dans un sommeil agité et haché, hanté par des rêves étranges, proches du cauchemar, dégageant une atmosphère lugubre et angoissante qui le fit se réveiller plusieurs fois en sursaut et se dresser sur son séant, le dos trempé de sueur.

Levé tardivement, vers 9 h 30, il prit d'abord une douche avant de descendre pour le petit déjeuner. Il avait l'impression d'agir comme un automate, programmé pour une action inévitable, où la volonté ne jouait aucun rôle. Un peu aussi comme un condamné qui monte à l'échafaud parce que la sentence a été prononcée et qu'il ne peut s'y soustraire. Une boule dure et douloureuse au creux du ventre, il mâcha sans plaisir un croissant et eut même du mal à le terminer.

À 10 h 15, il était prêt. Il fixa son arme de service à la ceinture et la dissimula sous son blouson. Sur le fond, il ne pensait pas que Rob interviendrait, ni que celui-ci avait fait le déplacement. Sans doute attendait-il son retour à Rennes, se réjouissant de l'effet dévastateur que cette visite au cimetière allait engendrer chez Grimm, et certain de profiter de son affaiblissement mental qui en résulterait.

Grimm avait choisi un hôtel non loin du cimetière dans l'idée de s'y rendre à pied. Cette approche lui permettait d'inspecter les alentours et d'évaluer les risques potentiels. Entourées d'une vieille grille en fer forgé, les tombes étaient regroupées en de vastes carrés séparés par des allées proprettes, bien organisées, et il faut le dire, assez désertes. L'endroit était peu fréquenté, d'un calme presque attirant, ce qui est souvent le cas des nécropoles.

Il en fit d'abord le tour. Ce n'était pas un petit cimetière, au contraire, la superficie était importante et, lorgnant par les barreaux de la grille, il constata que les caveaux étaient serrés. Il y en avait du monde qui dormait là du sommeil du juste sans déranger personne…

Une entrée se situait avenue André-Malraux. Les mains dans les poches, il passa d'abord une première fois sans s'arrêter puis, vingt mètres plus loin, revint sur ses pas avant de décider de pénétrer à l'intérieur.

Dès lors se posa un nouveau problème. Où aller ? Il se trouvait au début d'une large allée qui partait sur sa droite et sur sa gauche pour former un grand cercle. Deux autres allées en croix s'inscrivaient à l'intérieur du cercle. Il pouvait donc partir d'un côté ou de l'autre ou encore aller tout droit. Cette croix solaire ne concernait d'ailleurs qu'un petit tiers du cimetière lui-même, lequel se prolongeait au-delà dans un quadrillage parfait d'allées de terre délimitant des rectangles où étaient regroupés d'autres tombes et tombeaux. Au jugé, Grimm estima la longueur totale du cimetière à plus de deux cents mètres et sans doute plus de cent de large.

Sans raison particulière, il tourna à gauche, marcha jusqu'aux premières tombes et commença à lire les noms inscrits sur les sépultures. Il avait terriblement peur de ce qu'il allait découvrir, car il ne pouvait nier, malgré son déni obstiné, l'avoir compris. Il lisait les inscriptions avec une oppression grandissante dans la poitrine.

Après avoir inspecté une quarantaine de concessions, il quitta les bandes de graviers qui isolaient chaque tombe, et retourna sur l'allée principale pour faire une pause. Allumant une cigarette, il observa les rares personnes présentes, majoritairement des femmes âgées marchant à petits pas et munies de bouquets de fleurs.

L'endroit était d'une solitude triste, témoin de la brièveté du passage sur terre et de la vanité des êtres humains dont certains avaient cru bon, par-delà leur mort, d'exhiber encore leur richesse en faisant ériger des tombeaux plus imposants que ceux de leurs voisins. Dérisoire arrogance…

Il eut envie de quitter les lieux, de s'enfuir en courant, mais la honte fut la plus forte. Il aurait dû depuis tout ce temps, par devoir ou par acceptation de son passé, chercher l'endroit de l'enterrement. Il avait préféré ne pas savoir, comme un chien à l'attache ignore la corde qui l'entrave.

Écrasant sa cigarette sur l'allée, il reprit ses recherches. Le cimetière était si grand qu'il y consacrerait peut-être la journée entière, sans compter le risque de passer, par fatigue ou par inattention, à côté de la tombe qu'il cherchait. Il finit par déambuler de sépulture en sépulture, systématiquement, misérablement, scrutant chaque inscription, tel un archéologue en quête de la pièce unique qui va bouleverser sa vie.

Deux heures plus tard, il avait sans succès achevé d'inspecter toute la partie gauche du cimetière. Découragé, épuisé aussi, il s'assit faute de banc sur un caveau surélevé et fuma une nouvelle cigarette.

18

Il ne tarda pas à reprendre ses déambulations, commençant cependant à douter de la pertinence de ses investigations. Se trompait-il du tout au tout ? Après tout, rien de décisif ne permettait d'affirmer que la tombe se trouvait dans ce cimetière. Ce n'était que le message de Rob qui le lui avait fait penser et le lien avec sa ville natale était peut-être fortuit. Une fausse corrélation, le résultat de son malaise, une mauvaise déduction dans la tourmente des événements récents.

Sur les plaques commémoratives, les noms à consonance germanique dominaient très largement et Grimm se surprenait à les déchiffrer sans difficulté. N'avait-il pas appris l'alsacien dans sa prime jeunesse ? Croyait-il donc l'avoir oublié parce qu'il ne le parlait plus depuis une trentaine d'années ?

Face à un caveau qui déployait tout le faste d'une vieille famille fortunée, il resta un moment à lire les noms qui s'empilaient comme des lits superposés. Toute une dynastie… En reculant, il marcha sur une pierre plate sans s'en rendre compte et se retira précipitamment quand il s'aperçut qu'il s'agissait d'une tombe modeste, celle d'une personne à l'évidence sans le sou.

Gêné d'avoir piétiné un mort de cette manière, il se détourna et s'apprêtait à poursuivre ses pérégrinations quand il eut un choc. Ce fut violent, lui donnant l'impression que son cœur allait exploser. Le souffle coupé, il porta la main à sa poitrine.

Il crut d'abord que ce trouble était dû à la fatigue accumulée. Mais son cerveau avait bien enregistré un nom qui avait tardé à clignoter et à alerter sa conscience. Il se retourna et se pencha sur la pierre couchée à même la terre sur laquelle il avait marché. Le nom était le sien et le texte était d'une brièveté pathétique.

Émilie Grimm
1964 – 1992

Le temps s'arrêta. Grimm fixait l'inscription, l'esprit vide. La date, 1992, était celle du basculement, du grand malheur et de son départ précipité d'Alsace. Aucun doute n'était permis. C'était la tombe de sa mère.

Le prénom ne lui évoquait rien, mais ne l'avait-il pas toujours appelé « maman » ? La date de naissance aussi lui était inconnue. Elle avait vingt-huit ans au moment de sa mort. Jamais il ne l'aurait imaginée si jeune.

Des souvenirs atroces affluèrent. Il fut pris de spasmes et, tombant à genoux, se rejeta brusquement sur le côté en vomissant, les deux mains à plat sur le gravier. Son ventre se soulevait et lui tordait les boyaux tandis que l'abject liquide jaillissait de sa bouche, brûlant sa gorge et son larynx.

Cinq minutes furent nécessaires avant qu'il ne reprenne ses esprits. Alors, il se releva d'un bond et courut à travers les tombes, au hasard, jusqu'au mur d'enceinte où il s'effondra.

Adossé contre la pierre froide, les jambes repliées dans la position du fœtus, la tête entre les genoux, il pleurait sans discontinuer.

La terreur

1

Du plus loin que remontait sa mémoire, il s'agissait de son premier vrai souvenir. Quel âge avait-il ? Trois ans ? Quatre ? C'était un flash, embrumé par le temps, déformé peut-être, mais si marquant qu'il en était resté misérablement imprégné.

Il y avait sa mère qui s'affairait dans la minuscule cuisine de leur maisonnette. Une vieille bicoque, insalubre, sans chauffage, qui ne comptait que deux pièces. La porte donnait directement sur la rue. À droite, la cuisine dans laquelle on pénétrait de plain-pied, à gauche la chambre. Pas d'étage.

Dans la chambre, le lit de sa mère lui apparaissait gigantesque et son petit matelas, poussé dans l'angle, était posé sur un vieux sommier à ressorts qui s'enfonçait et craquait quand il se retournait. Le matin, au lavabo de la cuisine, elle le lavait avec un gant de toilette et de l'eau à peine chaude.

L'absence de chauffage était palliée par une cheminée. Sa mère l'asseyait par terre face au feu pour éviter qu'il ne prenne froid. Cette sensation de froid glacial, en particulier dans la chambre, il se la rappelait parfaitement. Sauf près de l'âtre, où, fasciné, il regardait les flammes et le cœur du foyer aux murs noircis.

Il n'avait guère de jouets. Quelques Playmobil dépareillés qu'il disposait un peu au hasard et faisait avancer en les poussant du doigt.

Ce soir-là, sa mère préparait le repas, jetant fréquemment un œil sur lui car elle craignait toujours que, par inexpérience, il ne s'approche trop près de l'âtre et qu'une étincelle ne l'atteigne quand le bois était sec. Mais les bûches étaient presque toujours humides.

Les enfants sentent l'inquiétude de leurs parents. Une sorte d'instinct, une perception inconsciente des ondes négatives qui flottent dans l'air et qui les imprègnent à leur insu. Était-ce la raison pour laquelle le jeune Hubert ressentait une douleur au ventre qu'il taisait ? Hubert, de toute façon, parlait peu. Il observait, surtout. Et sa mère, par deux fois, avait fait tomber par terre un ustensile de cuisine.

Ce fut aussi inattendu qu'effrayant. La porte de la maisonnette s'ouvrit avec une brutalité inouïe et le froid pénétra comme une vague puissante, rasant le sol et enveloppant l'enfant qui frissonna et ramena les bras contre son corps pour se protéger d'un danger imminent. Les flammes, stimulées par cet appel d'air, dansèrent furieusement dans l'âtre.

La porte fut refermée tout aussi violemment d'un geste sec. De l'homme qui venait d'entrer, Hubert ne voyait que les chaussures, qui lui paraissaient d'une largeur et d'une longueur démesurées, et le bas du pantalon dont il se rappelait encore la couleur.

Faisant face, sa mère recula d'un pas et heurta la cuisinière. Mais elle ne prononça aucune parole. Pendant quelques secondes, la scène fut comme figée et c'était peut-être cet instant dont Hubert se souvenait le mieux. L'homme à l'extrémité de la pièce, les bras ballants et les jambes écartées, symbole d'une obscure menace, sa mère coincée dans l'endroit le plus éloigné, recroquevillée sur elle-même, et lui, près de la cheminée, assis, le regard fixé sur ses Playmobil, incapable de lever les yeux vers l'intrus.

Furieuse sans raison, la voix s'éleva, impérieuse, et fit exploser le petit univers de la cuisine.

— J'ai envie de baiser ! Vire-moi ce crétin de môme !

Hubert comprit qu'il était visé. Il tenta de se mettre sur ses jambes, mais avant qu'il n'ait pu s'exécuter il reçut un coup de pied. Du talon, comme si l'individu avait voulu l'écraser. Il se rappelait non la percussion, faible sans doute, mais la semelle qui s'était rabattue sur son buste, le faisant basculer en arrière. Cette semelle immense, barrée de rides transversales épaisses, dégoulinantes encore de la pluie du dehors.

Sa mère cria.

Il se sentit soudain soulevé de terre, emporté dans les bras de sa mère qui courut jusque dans la chambre le déposer sur son lit.

— Ne bouge pas, murmura-t-elle à son oreille, le serrant contre elle.

Puis la porte se referma et Hubert resta seul, hébété, torturé par la peur. En provenance de la cuisine, il entendait un chahut inquiétant, la voix de sa mère qui protestait, puis celle de l'homme qui la couvrit. Il y eut ensuite un tumulte incompréhensible, peut-être le raclement d'un meuble sur le sol, une agitation ponctuée de grognements rauques – ceux de l'homme – qui se terminèrent par un rugissement plus fort.

Un instant plus tard, la porte claqua de nouveau. Il s'ensuivit un silence insupportable. Sa mère ne venait pas. Il demeurait sur le lit, comme abandonné et, au bout d'un long moment, il se mit à pleurer sans bruit.

2

Cette irruption brutale se produisit à plusieurs reprises, à intervalles irréguliers, et la mémoire d'Hubert resta surtout imprégnée par cette première fois, comme si les suivantes avaient pris la forme d'une affreuse accoutumance, une perturbation inévitable dans le cours de sa brève existence.

Désormais, sa mère se précipitait et le prenait dans ses bras dès l'arrivée de l'homme, pour le soustraire à cette violence et le déposer dans la chambre, où il attendait, muré dans un silence d'angoisse. Il ne pleurait plus. Il n'avait plus jamais pleuré.

Un soir, car c'était toujours le soir, il se rappelait avoir entendu sa mère hurler :

— Tu ne touches pas au petit !

Et, en retour, cette phrase qui avait provoqué en lui un choc irréductible :

— Cet idiot est mon fils ! J'en fais c'que j'veux !

Son père ! Ce type était son père. Il ne l'avait compris que ce jour-là. Sa mère n'en parlait jamais, ne l'évoquait à aucun moment, comme si éviter d'en faire état l'effaçait de sa vie, alors qu'il surgissait pourtant si souvent pour répandre la terreur.

Il se souvenait aussi d'un autre incident marquant. Avait-il sept ou huit ans ? Il n'aurait su le dire. Dans la rue, sa mère le tenait par la main. Ils allaient à l'école. Tout simplement. Un chemin quotidien avant que sa mère n'aille faire des ménages. C'est ce qu'il avait compris de son travail. « Je vais faire des ménages », disait-elle, même s'il ne comprenait pas exactement ce que cela signifiait. « Je ne rentrerai pas tard », ajoutait-elle quand il restait seul à la maison, le mercredi en particulier.

Sur le trottoir, il y avait des passants. C'était un élément rassurant. Il se sentait en sécurité quand il y avait du monde autour d'eux. Car les endroits isolés et déserts l'effrayaient, synonymes d'une sourde menace qui pouvait à tout moment se concrétiser.

Sa mère s'était immobilisée. Son père était face à eux. Pour la première fois, Hubert leva les yeux et découvrit son visage. Il eut peur, instantanément. La dureté de son regard, son air mauvais, son attitude agressive figuraient un univers de violence, sans pitié et sans humanité.

Ce fut un échange de paroles, bref, qu'il ne comprit pas ou oublia par la suite, mais qui fut ponctué par l'impensable. Son père gifla sa mère, avec une telle force qu'elle fut bousculée sur le côté et faillit tomber. Aucune aide ne vint des passants. Ceux-ci continuèrent leur marche, détournant le visage, comme si rien ne s'était produit.

Un seul mot resta gravé dans sa tête, hurlé par son père alors que sa mère, sonnée par le choc, semblait ne plus savoir où elle était.

— Salope !

Il disparut aussi soudainement qu'il était apparu, et sa mère resta longtemps prostrée, absente, aussi lointaine qu'une inconnue. Puis, mécaniquement, sans rien dire, elle reprit la main de l'enfant et se remit à avancer d'un pas incertain.

Hubert l'observait à la dérobée. Il avait toujours observé, en cachette, dans une attitude honteuse dont il ne parviendrait que très tard à se débarrasser. Il la vit à plusieurs reprises passer furtivement la main sur ses joues pour en effacer des larmes.

★

★ ★

L'existence du jeune Hubert fut ponctuée par ces accès de violence, ces agressions terrorisantes, et il en vint à guetter chaque bruit dans la rue, sursautant pour un rien, redoutant à tout moment l'irruption de cet être brutal, de ce père dont il ne connaissait rien sinon le déchaînement destructeur.

À mesure qu'il grandissait, il notait que sa mère lui parlait de moins en moins, que ses gestes devenaient contraints, que la lassitude envahissait son visage au point de l'amaigrir et de l'allonger en une représentation tragique d'une tristesse permanente. Lui-même ne parvenait plus à jouer près de la cheminée, la concentration et le refuge dans l'imaginaire venaient à lui manquer et il se renfermait sur lui-même. Des cauchemars agitaient ses nuits, sans que le réveil lui apporte un quelconque soulagement, car les peurs de la journée se révélaient plus terrifiantes que celles des nuits.

Il y eut encore un incident affreux dont il crut qu'il constituait le paroxysme de ce qu'il était condamné à supporter. Un soir encore, comme tant d'autres.

Ouvrant la porte comme s'il cherchait à la fracasser, le père surgit de nouveau, hors de lui, plein d'une haine incompréhensible et injustifiée, et sans attendre qu'Hubert file dans la chambre il se précipita sur sa mère et, la saisissant par les cheveux, il la tira avec une brutalité incroyable. Elle hurla de douleur, ploya sur ses jambes, et tomba en arrière, retenue par cette poigne de fer qui la maintenait par le cuir chevelu, presque suspendue dans les airs.

Et son père éructa avec une fureur de dément.

— Toi, je t'ai vue ce matin parler à ce mec ! Tu m'appartiens ! Tu n'es qu'à moi ! Tu entends, tu n'es qu'à moi ! Personne d'autre ! Je te l'interdis !

Sa mère se tordait au bout du bras monstrueux, incapable de s'échapper, des larmes de souffrance roulant sur ses joues.

— Répète ! Tu n'es qu'à moi ! Dis-le, salope ! Dis-le !

D'une voix si faible qu'Hubert en fut ravagé, il entendit sa mère balbutier :

— Je ne suis qu'à toi...

— PLUS FORT !

— Je ne suis qu'à toi...

— ENCORE !

— Je ne suis qu'à toi...

— ENCORE, PLUS FORT !

— Je ne suis qu'à toi, je ne suis qu'à toi, je ne suis qu'à toi, je ne suis qu'à toi, je ne suis qu'à toi...

Sa mère ne s'arrêtait plus. Elle répétait inlassablement la phrase qui seule paraissait en mesure de mettre fin à cette torture. Et, le plus incroyable, c'est qu'elle la prononçait de plus en plus fort, au point qu'elle finit par la hurler, les yeux exorbités, alors que son père la promenait dans la pièce en la traînant par les chevaux.

Et soudain :

— Tais-toi, connasse !

Elle se tut aussitôt. Hubert vit son père s'arrêter au niveau de la table de la cuisine et rabattre brutalement son bras, percutant le visage de sa mère contre le plateau en bois. Il y eut un bruit sourd, mais le père répéta l'opération, avant de lâcher enfin. Elle s'effondra sur le côté, recroquevillée sur elle-même, la tête entre les bras.

Hubert voyait sur le sol des gouttes de sang qui tombaient de son nez. Il était paralysé par l'horreur, pétrifié, mort.

— Je crois que t'as compris, lâcha son père. Et je te préviens, si tu recommences, ce sera pire !

Il se tut et regarda autour de lui, satisfait. Son regard tomba sur son fils, debout et immobile dans un recoin de la pièce.

— T'as vu la correction ? lui lança-t-il.

Face à son fils mutique, il poursuivit :

— C'était bien mérité !

Et, pointant son index vers Hubert :

— Et toi, si tu m'emmerdes, t'en auras une aussi ! Dégage !

Hubert amorçait un repli vers la chambre quand il entendit encore son père, donnant un petit coup de pied à sa mère qui ne bougeait plus :

— J'te baiserai un autre jour, t'es pas en état, tu m'dégoûtes.

Et il sortit en laissant la porte de la rue grande ouverte.

3

Un midi, ils mangeaient tous les deux face à face sur l'étroite table de la cuisine. Des pommes de terre à l'eau, il s'en souvenait très bien. Et, pour la première fois, sa mère lui parla. Était-ce parce qu'il avait grandi ? qu'il allait avoir onze ans et qu'elle jugea qu'il devait en savoir plus ? Il ne se posa pas la question et écouta.

— J'étais très jeune. Il m'a forcée.

Et parce que le mot lui-même pouvait ne pas être compris – de fait, Hubert ne l'avait pas compris –, elle ajouta :

— Forcée, tu comprends ?

Hubert resta muet.

— C'était un soir de juin. Il m'avait fait boire. Mais à cette époque, je le croyais bon. Il était grand et fort, le même âge que moi. Il me rassurait. Mon père, ton grand-père, était brutal avec moi, et il m'avait...

Elle se tut, n'osant aller plus loin. Puis, elle reprit :

— J'ai cru... comment peut-on être aussi conne... qu'il allait me sortir d'où j'étais... que j'allais enfin pouvoir m'échapper... Et...

Elle leva les yeux vers son fils.

— Et je suis tombée enceinte. Du premier coup. De toi... Je n'ai pas réalisé... Je pensais à une famille, avec toi, avec ton père... C'est après que j'ai compris qui il était, qui il fréquentait, ce qu'il faisait pour gagner des sous... Ton père, c'est un... un... un...

Elle ne trouvait pas le bon qualificatif et finit par dire :

— C'est un malhonnête... Il fait des trucs que la loi interdit. J'ai honte pour toi. Je ne voulais pas que tu aies un père comme ça... Il faut me croire... Je ne voulais pas... Mais c'est arrivé... Je ne peux rien faire...

Tout à coup, elle lui saisit le bras alors que depuis le début, immobile, il avait la fourchette à la main. La pomme de terre retomba dans l'assiette.

— Il faudra l'oublier... Tu comprends ce que je te dis ? Il faudra l'oublier. Partir loin. Tu partiras... C'est tout ce que je peux t'offrir.

Hubert s'entendit dire à voix basse :

— Et toi ?

— Moi, non. Si je pars, il me retrouvera et il me tuera. Toi, tu partiras, pas moi. Il te cherchera pas... Il en a rien à foutre de toi.

Elle se reprit aussitôt, prenant conscience de la monstruosité qu'elle venait de prononcer :

— Non ! Je ne sais pas ! Je ne sais pas ce qu'il pense de toi !

Hubert avait parfaitement compris et ces dénégations maladroites n'y changeaient rien. De toute façon, il le savait.

Puis, fatiguée d'avoir tant parlé, elle se mit à manger avec lenteur. Hubert non plus n'ajouta rien, et le repas s'acheva dans un silence de cathédrale.

C'était quelques mois avant la catastrophe.

4

Il pleuvait depuis le matin. C'était une de ces tristes journées d'hiver où l'on ne met pas le nez dehors, parce qu'il vente, qu'il fait froid, que la luminosité est faible et que la pluie frappe les carreaux sans discontinuer.

Un sombre dimanche. Selon son habitude, Hubert l'avait passé assis par terre devant la cheminée, à ne rien faire, incapable de s'en écarter, sauf pour le repas du midi, tant l'atmosphère glaciale vous saisissait dès qu'on s'éloignait de l'âtre où deux bûches seulement se consumaient, à l'économie, car le bois allait manquer.

Sa mère avait posé une chaise à côté de lui et reprisait des chaussettes trouées aux talons. Elle s'appliquait, le visage penché sur l'ouvrage, mais elle tendait ses bras régulièrement vers le feu pour réchauffer ses doigts gourds.

On aurait dit que le temps s'était arrêté. Au cours de cette interminable journée, ils n'avaient échangé que très peu de paroles. Sa mère lui avait demandé des nouvelles de l'école où Hubert faisait de son mieux pour être dans la moyenne. Il travaillait et il avait du mérite, étant donné les conditions. La réussite n'était pas toujours au rendez-vous, certaines notes étaient médiocres, mais il parvenait à satisfaire son institutrice par sa bonne volonté et son désir de bien faire.

Il était environ 19 heures et sa mère devait songer au repas qu'il fallait bientôt préparer. Elle y pensait tout en tirant sur l'aiguille. Ce serait simple, il y avait un chou-fleur et il était grand temps de le cuire.

Hubert n'avait jamais songé à comparer son existence à celle de ses camarades. Ceux-ci évoquaient continuellement des choses qu'il ne connaissait pas, regardées à la télévision et dont ils paraissaient raffoler. Étranger aux conversations qu'il écoutait néanmoins, il n'avait pas fait le lien entre la pauvreté de sa mère, qui l'élevait seule, et l'absence de biens matériels dont tous ses camarades, sans exception, disposaient chez eux. C'était dans sa nature d'être dénué d'envie et de jalousie. Cependant, sa tendance au secret, au repliement sur soi, au refus instinctif de participer au groupe, procédait sans doute d'une volonté inconsciente de cacher sa différence.

La soirée aurait pu s'achever comme tant d'autres. Sa mère aurait cuit le chou-fleur, ils l'auraient mangé avec un gros morceau de beurre, puis auraient avalé une pomme pour conclure et ils se seraient couchés rapidement, Hubert se pelotonnant sous la couverture et l'édredon pour se réchauffer grâce à sa chaleur corporelle.

Rien ne se passa comme prévu et tout bascula dans l'horreur.

À un moment, sa mère se leva et remplit la casserole d'eau en lui demandant de lui apporter le chou-fleur. Dans un recoin de la pièce, il y avait un placard assez profond, avec des étagères et un rideau qui le dissimulait. C'est là que les légumes étaient entreposés ainsi que divers ustensiles de cuisine.

Hubert souleva le rideau et disparut derrière. Il mettait la main sur le chou-fleur quand il entendit la porte s'ouvrir et les pas lourds de son père, reconnaissables entre tous. Il se figea, dissimulé derrière le rideau tandis que son père traversait la cuisine à vive allure.

Il y eut d'abord un rugissement épouvantable.

— Cette fois-ci, salope, tu vas l'avoir ta correction !

Suivi d'un cri d'effroi de sa mère. Elle se mit aussitôt à crier de douleur et Hubert pencha la tête pour regarder par le mince interstice entre le mur et le rideau vertical. Il vit son père qui tordait le bras de sa mère et celle-ci pliait sur place comme une branche de saule.

Puis, avec une brutalité sans nom, renversant sa mère sur la table de la cuisine, son père retroussa la jupe et tira sur la culotte. Il la brandit comme un trophée et la jeta au feu où elle dégagea en s'enflammant une odeur âcre de textile bon marché.

Hubert ferma les yeux quand son père abaissa son pantalon et, le sexe dressé, se rua sur sa mère en la pénétrant avec un cri de triomphe. Le bruit de la table, déplacée par les coups de boutoir jusqu'à se bloquer contre la gazinière, emplit l'espace en une cadence qui s'accéléra au moment du râle de jouissance de son père.

Il se retira aussitôt et, après avoir remonté son pantalon, il se mit à gifler sa mère à toute volée. Toujours allongée sur la table, cuisses ouvertes, les jambes nues pendant lamentablement, la tête désarticulée partant à droite et à gauche comme celle d'un pantin.

— Ça aussi, ça te fait jouir ? hurlait-il en cognant de plus en plus fort et en fermant les poings.

Puis :

— Sale pute, tu crois que tu vas t'en tirer avec une bonne baise ?

Il cessa de frapper et Hubert rouvrit les yeux. Les lèvres et l'arcade sourcilière éclatées, sa mère saignait abondamment. Elle geignait. Alors son père saisit la pince à feu et farfouilla dans l'âtre, écartant les bûches.

Quand il se redressa, une grosse braise incandescente était coincée à l'extrémité de la pince.

La voix de son père prit alors une sonorité atroce, métallique, démente.

— T'as le feu au cul ? Eh bien, on va soigner le mal par le mal !

Hubert crut qu'il s'asphyxiait, l'air lui manqua. Brandissant le tison rougeoyant, son père l'abaissa vers les cuisses de sa mère et l'enfonça d'un seul coup dans son sexe.

Elle fut même incapable de crier. Se cambrant en une série de spasmes convulsifs, les yeux exorbités, elle ouvrait la bouche et émettait une sorte de gargouillis rauque, sinistre, comme un évier qu'on débouche. Soudain, perdant connaissance, elle s'effondra sur le côté.

Une horrible odeur de chair brûlée imprégnait les lieux. Son père retira la pince et la balança dans le feu. Il dit d'une voix étonnamment calme :

— Et voilà, la fête est finie.

Lentement, il pivota sur lui-même et Hubert se rejeta en arrière. Trop tard. Il perçut le pas lourd de son père qui s'approchait et son cœur se mit à cogner dans sa poitrine, à lui faire mal. Le rideau fut tiré d'un seul coup. Terrifié, ses jambes ne le portant plus, il tomba à genoux, les yeux fixant les monstrueuses chaussures aux semelles épaisses, des boots avec de gros lacets noirs qui recouvraient les chevilles.

— Ah, t'étais là, toi, petit con.

Il y eut ensuite un silence épouvantable. Hubert pensait mourir, mais au lieu de se révolter, il se sentait mou, incapable du moindre mouvement.

Son père s'accroupit et avec son énorme pogne le saisit à la gorge.

— Regarde-moi.

Hubert leva des yeux terrifiés et croisa ceux de son père, d'une dureté de bronze, insondables de cruauté. Il crut s'évanouir.

— Écoute-moi bien, petit con. Tu n'as rien vu. Tu ne sais rien. Si tu dis quoi que ce soit à qui que ce soit, j'te tue.

Hubert se mit à trembler et son père le serra un peu plus, jusqu'à ce qu'il suffoque.

— C'est compris ?

D'un mouvement de tête, Hubert acquiesça et le père desserra son étreinte. Il se releva.

— Je vois que nous sommes d'accord.

Il fit un pas vers la porte, puis s'arrêta et, brusquement, revenant en arrière, il saisit Hubert par le col de sa chemise et tira de toutes ses forces, le projetant au milieu de la pièce. L'enfant valdingua et atterrit à l'angle de la table de la cuisine où il heurta les jambes pendantes de sa mère immobile.

— Vous faites une belle paire tous les deux, tiens ! Et dire qu'il a fallu que je tombe un jour sur cette salope et qu'elle me ponde ce crétin de fils !

Il acheva en crachant par terre. Avant de partir, il lança encore d'une voix effrayante :

— T'es mort si tu parles.

*

* *

Hubert ne sut jamais combien de temps il resta allongé, prostré, dans un état de totale sidération. Mort, il aurait peut-être préféré l'être car, au-dessus de sa tête, l'encadrant comme deux fines branches d'arbuste, pendaient les jambes nues de sa mère.

Au départ de son père, elle n'avait pas bougé. Elle ne s'était pas relevée pour le prendre dans ses bras, le serrer et le réconforter. Hubert n'entendait même pas un murmure, pas un râle, rien. Elle gisait sur la table, les bras en croix, et Hubert eut l'affreux pressentiment qu'elle l'avait quitté pour toujours.

Il eut comme un déclic. D'un seul coup, il se releva comme un possédé et, sans la regarder, il se rua vers la porte, sortit, et se mit à courir au hasard dans la nuit, sous une pluie battante.

Ce qu'il fit exactement, il ne put jamais se le rappeler. Sans doute courut-il chercher du secours quelque part, chez des voisins ? Mais la suite se perdit dans l'horreur.

Sa mère était morte.

5

Hubert fut interrogé par la police, mais celle-ci ne put rien en tirer. Il se taisait obstinément. Pressé de questions, il finit par inventer une histoire. Il était absent, chez un copain dont il refusa de donner le nom – et pour cause – et avait découvert sa mère en rentrant. Il ne savait rien d'autre, ne pouvait fournir aucune explication, ni aucune piste, et se fermait si résolument que la police renonça à le questionner.

Dans la famille de sa mère, personne ne le prit en charge. Son grand-père avait rejeté sa fille, le bâtard qu'elle avait engendré, et sa grand-mère, soumise à l'autorité de son mari, n'eut pas voix au chapitre. La sœur aînée de sa mère, déjà chargée de cinq enfants, était trop pauvre pour l'accueillir. Elle manifesta cependant le désir de l'élever – ce qu'Hubert ne sut jamais –, mais les services sociaux refusèrent. Quant aux deux frères de sa mère, ils avaient encore moins le profil pour s'en occuper, l'un célibataire, l'autre alcoolique, et tous deux au RMI.

Placé en famille d'accueil par le juge des enfants, il se révéla ingérable. Muré dans sa souffrance, refusant de communiquer, il n'obéissait à personne et devint le souffre-douleur des deux enfants du couple, si bien que sa référente ASE[1] décida bientôt de le retirer pour le placer dans un foyer.

Endurant le pire malgré l'aide compréhensive d'une éducatrice bienveillante, il fut en butte à la tyrannie des plus grands qui, sentant la faille, le martyrisèrent. Pour se défendre, il développa une agressivité inquiétante, loin de sa nature profonde. Le calvaire dura une année entière.

Jusqu'au jour où il craqua et décida d'accepter de mourir, convaincu que ce serait mieux. C'est ainsi qu'il voyait les choses quand il s'isola dans une pièce avec un stylo et une feuille déchirée d'un de ses cahiers.

N'ayant aucune idée sur la manière de procéder, il avait choisi ce moyen qui évitait d'avoir à parler et surtout d'être contraint à raconter. S'appliquant du mieux qu'il put, tentant de gommer son écriture enfantine, il traça des lettres petites, saccadées, presque informes :

Monsieur le juge
Je sais qui a tué ma maman.
Hubert Grimm

Ensuite, il chercha une enveloppe, en vola une dans le bureau de la secrétaire du foyer, cacheta et écrivit dessus :

à monsieur le juge
Strasbourg

Il guetta le moment opportun, s'échappa dans la rue, et jeta l'enveloppe sans la timbrer dans une boîte aux lettres. Il avait accepté d'être tué par son père, qui certainement l'apprendrait et mettrait sa menace à exécution.

1. ASE : Aide sociale à l'enfance.

Il n'avait aucun doute sur l'issue de sa révolte et s'y était résigné.

Le plus incroyable est que la missive parvint au destinataire approprié. Est-ce un facteur consciencieux, ou bien farceur, ou encore distrait, qui la déposa au tribunal ? Quoi qu'il en soit, elle fut ouverte au secrétariat général, puis, remontant la voie hiérarchique, termina sur le bureau d'un juge compétent en affaires criminelles.

Le meurtre de la jeune femme avait été classé depuis plusieurs mois. Le viol et le crime affreux n'ayant pas été résolus, il avait été attribué à un rôdeur. La pauvreté et l'insignifiance de la victime n'avaient pas incité la police à effectuer des investigations poussées, au-delà d'une brève enquête de voisinage et auprès de la famille, qui n'avait rien donné.

En particulier, l'interrogatoire du père de l'enfant, qui prétendit avoir rompu avec Émilie Grimm depuis la naissance de son fils qu'il n'avait d'ailleurs pas reconnu, s'avéra improductif. Et cela malgré le témoignage contradictoire de la sœur d'Émilie qui assura que celle-ci lui avait confié à plusieurs reprises que l'homme était violent, qu'à son corps défendant elle le voyait toujours, quoique rarement, et qu'il la battait. Son alibi fut décisif, deux amis affirmant avoir passé la journée avec lui à jouer aux cartes.

Mais le juge qui lut la lettre d'Hubert se souvenait parfaitement de cette sordide affaire, traitée par un collègue et ami, et lui transmit l'étrange missive. Si bien que cinq jours plus tard, alors qu'Hubert s'attendait à voir surgir son père dans l'enceinte du foyer, des policiers débarquèrent et l'emmenèrent à l'hôtel de police pour l'interroger.

On le confia à une femme qui sut le mettre en confiance et eut la patience de lui arracher un à un les mots de la bouche. Pour Hubert, ce fut un nouveau calvaire. Il dut, en pleurant, raconter l'indicible.

L'homme, qui se nommait Robert Kirwiller, fut mis aussitôt en garde à vue. Il n'avoua jamais son crime, mais l'enquête fut rouverte à la demande du parquet, de nouvelles investigations furent menées qui mirent au jour d'autres affaires.

Deux prostituées l'accusèrent du meurtre d'un certain Hans Muller, crime non élucidé une année auparavant, et les détails donnés par les deux femmes permirent de le confondre. Rival au sein du milieu strasbourgeois, Kirwiller l'avait éliminé en lui tirant une balle dans la tête. Un ami de Muller, proxénète repenti, corrobora les affirmations des deux prostituées.

Il fut aussi soupçonné du meurtre d'une femme découverte sur les bords d'un canal, violée puis battue à mort. Ses amies confirmèrent qu'elle fréquentait depuis peu un homme surnommé Rob. À l'époque, elles n'avaient pu en dire plus et l'homme n'avait pas été retrouvé. Le fait que Robert Kirwiller se faisait appeler Rob fut déterminant, même si aucune preuve directe du meurtre ne put être mise en évidence.

Et, cerise pourrie au sommet du gâteau, il fut démasqué comme le chef d'un réseau de dealers opérant dans toute la communauté de communes.

Kirwiller nia tout en bloc, mais la messe était dite, et il fut mis en examen par le juge d'instruction, puis jugé par la cour d'assise de Strasbourg.

En raison de l'atrocité du meurtre d'Émilie Grimm, le procès connut un certain retentissement et fut même médiatisé au niveau national. L'accusé refusa de répondre aux questions des magistrats, mais les preuves accumulées pesèrent lourdement dans la balance.

Le moment le plus dur des débats, qui bouleversa le public, fut le témoignage du fils de la victime. Le président du tribunal, après un entretien avec plusieurs psychologues, avait décidé qu'il ne paraîtrait pas en personne. Pour éviter un « nouveau traumatisme », selon les termes d'un des spécialistes qui avait convaincu le président d'user d'une autre procédure permise par la législation. Seule son audition fut diffusée au procès.

On aurait pu croire que cet enregistrement produirait sur l'accusé une réaction humaine. Il n'en fut rien. Alors que certains jurés retenaient leurs larmes, on le vit d'abord adopter une posture d'agacement et de mépris, puis une franche exaspération qui culmina avec des regards de haine lancés en direction du public, comme s'il cherchait à repérer son fils au milieu de l'assemblée.

Au bout d'une délibération qui dura sept heures, le jury le condamna à trente ans de réclusion criminelle assortis d'une peine de sûreté de vingt-six ans.

Certains journaux et chaînes de télévision s'étonnèrent que Kirwiller ne soit pas condamné à la perpétuité, mais d'autres experts arguèrent que la préméditation n'avait probablement pas été retenue dans le cas du crime d'Émilie Grimm. Quant aux deux autres meurtres, les détails manquaient pour savoir si Muller avait été tué à la suite d'une altercation qui avait mal tourné, ce qui de nouveau ne permettait pas de mettre en évidence la préméditation, et aucune véritable preuve de la culpabilité de l'accusé dans le meurtre de « la femme du canal », comme la presse la désignait, n'avait été apportée.

6

Hubert poursuivit au foyer une triste existence. Les détails du procès auquel il n'avait pas assisté lui furent cachés, tout juste apprit-il par une bienveillante éducatrice que son père se trouvait désormais en prison. « Pour si longtemps », avait-elle affirmé « que tu n'es pas près de le revoir ». Il en ressentit un certain soulagement, car la peur ne l'avait pas quitté depuis sa lettre au juge qui avait déclenché la procédure policière.

Par ailleurs, un an auparavant, les éducateurs avaient décidé qu'il n'assisterait pas à l'enterrement de sa mère. En effet, ce matin-là, redoutant la cérémonie, Hubert avait été pris de malaise et de vomissements et il avait passé la journée à l'infirmerie. Si bien qu'il ignorait le lieu où sa mère avait été mise en terre.

Sa vie aurait peut-être pris un tour plus « normal » s'il n'avait pas été victime de graves sévices. Un garçon de quinze ans débarqua un jour au foyer. Il repéra Hubert dès les premiers instants et commença à le harceler. Cet adolescent au regard vicieux, beaucoup plus grand et fort que le jeune Hubert, ne cessa pendant une semaine de le toucher à la moindre occasion. Caressant ses cheveux ou passant une main appuyée dans son dos, se prétendant son ami, il l'incitait à se détendre.

Chaque fois, Hubert se rétractait et accélérait le pas pour s'éloigner ou rejoindre le groupe. Il sentait une sourde menace et évitait de se trouver seul en sa présence. Jusqu'au jour où le garçon le coinça dans le dortoir désert et, baissant son pantalon, le saisit par les cheveux et, à genoux, le força à le sucer. Ayant obtenu satisfaction, il affirma qu'Hubert était désormais sa chose et qu'il avait constaté que celui-ci y avait pris du plaisir. Surtout, il le menaça du pire s'il disait quoi que ce soit aux éducateurs.

— À présent, toi et moi, ajouta-t-il, on est à la vie et à la mort.

Pendant une dizaine de jours, Hubert s'enferma dans un mutisme effrayant. Il ne parlait plus à personne. Ce changement ne fut pas perçu par les éducateurs, ceux-ci ayant depuis longtemps catalogué Hubert comme un enfant renfermé, introverti et secret. Ce que, de fait, il était.

Le viol se reproduisit trois fois. Le dégoût de lui-même envahit Hubert qui, de plus, avait vécu les menaces de l'adolescent comme une insupportable et terrifiante répétition de celles lancées par son père après le meurtre de sa mère.

Un jour, dans l'atelier de menuiserie, il se procura une planche qu'il dissimula sous son lit. Quand la lumière fut éteinte, après avoir attendu en tremblant que les autres pensionnaires dorment, il se releva et empoigna la planche. Il ne savait plus trop ce qu'il faisait, seulement convaincu que c'était la seule solution possible.

S'approchant du lit de son tortionnaire, il leva la planche et, à deux mains, la rabattit de toutes ses forces sur la tête de celui-ci. Le choc fut d'une extrême violence et le coup particulièrement bien ajusté. Le garçon ne poussa pas même un cri. Hubert frappa une seconde fois, puis lâcha la planche et se précipita dans son lit.

Le dortoir s'agita, des murmures s'élevèrent, de plus en plus forts, et la lumière centrale s'alluma d'un coup. La tête en sang, l'adolescent geignait sur son lit. L'éducateur qui avait surgi, furieux, commença d'abord à engueuler les jeunes pour ce tapage nocturne avant de découvrir le blessé, ce qui eut pour premier effet d'accroître sa colère.

Puis, constatant la gravité de la blessure, butant dans la planche abandonnée sur le sol, il comprit qu'un incident sérieux venait de se produire. Le front de l'adolescent était largement entaillé, son nez paraissait brisé, et son état inspirait toutes les craintes. Le forçant à se lever, il l'entraîna titubant à l'infirmerie où l'inadéquation du maigre matériel contraignit le directeur, averti par son équipe, à appeler une ambulance. L'adolescent fut conduit à l'hôpital.

Le coupable fut rapidement démasqué. Réveillé en sursaut, l'enfant qui dormait sur le lit jouxtant celui de l'adolescent dénonça Hubert qu'il avait reconnu au moment où ce dernier regagnait précipitamment son lit.

Dans le bureau du directeur, il s'ensuivit un long et pénible interrogatoire pendant lequel Hubert refusa d'expliquer son geste. L'incompréhension dominait jusqu'à ce que l'hôpital téléphone pour annoncer que l'adolescent était dans le coma. Ce fut la stupeur.

Désarmé face au mutisme d'Hubert, s'alarmant du trouble grave de comportement que constituait son acte de violence délibéré, le directeur contacta la référente ASE du garçon qui prit l'affaire en main.

Compétente et expérimentée, à l'instar de la policière qui avait réussi à le faire parler sur le meurtre de sa mère, elle l'interrogea de nouveau et finit par comprendre la raison de la souffrance innommable de l'enfant et les sévices sexuels dont il avait été victime.

La procédure fut longue, mais amena le juge des enfants à recommander l'éloignement d'Hubert de la région et son placement en famille d'accueil. En attendant la mise en œuvre de cette conclusion, Hubert vécut temporairement dans un SAU[1]. Il ne sut jamais que l'adolescent était tombé dans le coma ni qu'il en était sorti quatre jours après et s'était rétabli sans séquelles.

*

* *

Par le travail conjoint de sa référente et d'une nouvelle référente dans le département choisi, l'ASE se chargea de trouver la famille d'accueil. Et, pour la première fois de sa vie, Hubert eut une véritable chance. Il fut transféré en région parisienne. Le couple qui l'accueillit n'avait pas d'enfant, ce qui était une condition posée par les services sociaux, craignant une plus grande difficulté d'intégration si Hubert devait composer avec une progéniture déjà existante.

La femme avait suivi avec succès la formation qualifiante du conseil départemental. Toutes les conditions matérielles de confort étaient réunies et, autre bonne fortune, le niveau socioprofessionnel du couple allait permettre à Hubert de quitter la misère sociale.

Une maison en banlieue, une chambre pour l'enfant, et même un petit jardin. L'homme était professeur d'histoire dans un lycée. La femme avait été assistante psychologue mais, désormais au chômage, elle avait décidé de devenir assistante familiale. La raison profonde (et dissimulée aux services sociaux) de cette réorientation était son désir d'avoir un enfant à son domicile. Une sorte de compensation à la stérilité de son mari. Son enfant, enfin… L'idée d'adopter un nourrisson s'était imposée trop tardivement au couple et on leur avait notifié qu'en

1. SAU : Service d'accueil d'urgence.

raison de leur âge – elle avait quarante-six ans et lui quarante-neuf – un bébé ne leur serait jamais confié.

Pour ce couple, c'était un pari risqué. Le besoin impérieux de sentir la présence d'un enfant dynamiser et revitaliser leur existence pouvait se retourner contre eux. Et contre Hubert si celui-ci ne parvenait pas à y trouver son compte. Mais l'avantage était qu'ils regorgeaient tous deux d'un amour inassouvi, longtemps contenu, qui emporta tout sur son passage.

Dès son arrivée, Hubert, âgé désormais de douze ans, vécut le fait d'avoir sa propre chambre comme une magnifique opportunité. Enfant secret et solitaire, il appréciait de posséder un lieu où il pouvait rêvasser en toute tranquillité, dans le calme et la sécurité. La chaleur aussi joua un rôle. Il n'avait plus froid. Cette sensation permanente, épuisante en hiver, avait disparu.

Enfin, l'éloignement géographique de sa région natale fut une rupture salutaire, synonyme d'un recommencement, d'un nouveau départ inespéré.

Le contact avec le couple fut assez lent à s'établir. Mais il se fit, parce que rien ne fut forcé, que tout s'effectua dans le respect de sa différence, et que la patience fut mise au centre de la relation. La femme était aimante et si elle ne pouvait véritablement remplacer sa mère, il s'attacha à elle, peu à peu, et elle devint après quelques semaines une sorte de seconde maman.

Hubert resta plus longtemps méfiant vis-à-vis du mari. Les souvenirs atroces de son père avaient déformé sa vision des hommes, auxquels il attribuait une brutalité congénitale. Pourtant, celui-ci était doux, posé, réfléchi, et Hubert l'observait avec un mélange de surprise et de suspicion.

Sa résistance fut finalement vaincue. Il ne s'aperçut même pas, après quelques mois de doute, qu'il s'était mis progressivement à rechercher sa présence, à attendre son retour du travail, à écouter ses paroles avec une attention soutenue. Bref, à l'aimer aussi.

Ses résultats à l'école s'améliorèrent. S'il demeura profondément solitaire, il se fit quelques camarades de classe, qu'il tria sur le volet, qui venaient à la maison, et avec lesquels il fit son apprentissage de la sociabilité.

Un soir, il venait d'avoir quinze ans, l'homme qu'il considérait désormais comme son père lui demanda s'il avait une idée de ce qu'il voulait faire plus tard. À vrai dire, celui-ci n'attendait pas de réponse précise, mais de vagues idées incomplètes. Il fut surpris par le ton décidé, presque inflexible, de l'adolescent.

— Plus tard, je serai officier de la police judiciaire.

Passé le premier étonnement, l'homme le relança :

— Pourquoi ?

— Parce qu'il y a des criminels qui font du mal et qu'il faut arrêter.

Sans rien ajouter, avec un sourire compréhensif, l'homme hocha simplement la tête.

Le châtiment

1

Grimm ne pleurait plus. Le mur du cimetière supportant son dos, il avait toujours la tête enfouie entre les genoux, les jambes repliées contre son buste. Tous ses souvenirs enterrés, patiemment écartés de sa conscience depuis tant d'années, avaient reflué brusquement et l'avaient littéralement asphyxié.

Que d'efforts, quasi insurmontables, n'avait-il pas accomplis pour oublier cette jeunesse maudite ? Voir la tombe de sa mère avait fait exploser en une seconde ce fragile édifice mental. Tout ce qu'il avait construit, élaboré avec tant de ruses, pour ne plus être l'enfant qui avait assisté au meurtre atroce de sa maman, victime d'un bourreau impitoyable, était désormais réduit en poudre.

Il n'était plus – l'avait-il jamais été ? – le produit d'une existence apaisée, loin de l'Alsace, dans la région parisienne, entouré d'un couple aimant, qui lui avait redonné confiance et permis de tenir ses démons à distance. Il était Hubert Grimm, le fils du monstre.

Plongé dans l'abîme de sa mémoire, il flottait hors du temps, immobile et absent, incapable d'émerger et de revenir dans le périlleux présent qu'il allait devoir affronter.

Soudain, tout son corps sursauta et vibra comme une cloche qui vient d'être frappée par son battant en acier. Un coup de feu avait claqué.

Dans un mouvement réflexe, presque en dehors de sa conscience, il se jeta sur le côté et roula sur le sol. Un second coup de feu déchira le calme du cimetière.

Déjà, il avait son pistolet à la main, prêt à riposter. Mais au troisième coup de feu, il comprit qu'il n'était pas visé et que ces détonations provenaient du cœur du cimetière. Qui tirait ainsi ? Sur qui et pourquoi ?

Au quatrième coup de feu, il s'orienta au bruit. Aucun doute possible, le son provenait de l'endroit où sa mère était enterrée. Il se releva et, tout à la fois protégé et dissimulé derrière un caveau, il attendit une longue minute. Plus rien. Quatre détonations presque coup sur coup et, de nouveau, le silence, plus inquiétant que jamais.

C'était fini. Cherchait-on à l'attirer vers la tombe de sa mère pour l'abattre ? Il hésitait.

Puis, prudemment, pistolet en main, il se glissa de sépulture en sépulture, se rapprochant de celle de sa mère. Quand il parvint à proximité, il s'arrêta pour observer.

Personne.

Alors, il fit encore quelques pas et son regard tomba sur la pierre plate sous laquelle sa mère reposait. Il tressaillit. Quatre balles avaient percuté le granite. Deux d'entre elles avaient atteint le É et le M d'Émilie et les deux autres avaient ricoché sur le G et le R de Grimm.

Quelqu'un avait tiré sur la tombe, visant le nom et le prénom, entaillant quatre lettres, devenues presque illisibles. Grimm eut un trouble affreux, une sensation de vertige, et il recula, épouvanté.

Seul son père pouvait être l'auteur de cette profanation. Loin de regretter son crime, nourri par une haine implacable, sachant son fils dans les parages, *il avait tué sa mère une seconde fois*. Presque sous ses yeux, telle une horrible répétition du passé.

2

Submergé par une rage d'une violence inouïe, Grimm se précipita vers l'entrée du cimetière. Il courut à perdre haleine, le pistolet pointé en avant, déterminé à en finir ici même. Il espérait que son père n'avait pas eu le temps de se sauver après son forfait. Qu'il le trouverait au portail, ou dans la rue, et qu'il n'hésiterait pas. Car dans la confusion de ses émotions, il s'agissait bien de tirer, sans sommation, quelles qu'en soient les conséquences.

Franchissant la grille, il se rua sur la chaussée et, scrutant de tous les côtés, il chercha son père. Quelques passants reculèrent avec des regards épouvantés. Il devait avoir l'air d'un dément avec son flingue à la main et son visage halluciné.

Parmi les rares personnes présentes, aucune ne pouvait être son père. Il comprit que celui-ci avait disparu. Du reste, l'aurait-il reconnu ? Ses souvenirs étaient si lointains que les traits de son géniteur ne lui revenaient que très imparfaitement, sans compter la trentaine d'années qui s'étaient écoulées depuis le drame.

Marchant à grands pas, il prit la direction de l'hôtel. Rentrer. Il fallait rentrer à Rennes le plus vite possible. Il n'avait rien à faire à Illkirch-Graffenstaden. Le but de son père avait été de le déstabiliser, de lui faire perdre pied, et il avait pleinement réussi. S'éloigner de cet endroit maudit était la seule manière de reprendre le contrôle de lui-même.

À l'hôtel, il fit précipitamment sa valise et paya la chambre, prêt à affronter la longue route du retour, malgré son épuisement psychique et sa fébrilité.

Il roula sans s'arrêter, l'esprit brouillé, hanté par la vision de la tombe de sa mère dégradée par l'impact des balles de ce salaud. Il arriva à Rennes dans la nuit, se réfugia dans son appartement, s'enferma à double tour, et se coucha, exténué et abattu.

*

* *

Il se leva tard. Mou et faible, il traîna dans le salon, une tasse de café noir à la main, fumant plusieurs cigarettes d'affilée, soulevant parfois le rideau de la porte-fenêtre pour scruter le trottoir. Tout était calme, et il enviait les piétons qui cheminaient tranquillement, sans souci apparent, alors que sa vie s'était transformée en un chaos de sentiments et que planait au-dessus de lui un danger mortel.

Vers 10 h 30, il sortit et ramena la voiture au loueur. Puis il prit d'abord le bus, le tram ensuite, et débarqua à l'hôtel de police à 11 h 45. Ce fut pour ses adjoints une véritable surprise.

Jarry fut le premier à réagir.

— Qu'est-ce que tu fais là ?

— Oui, je suis là, répondit Grimm un peu hors de propos.

Il se tut et s'assit sur une chaise, face à Jarry et Blanchard qui le fixaient avec étonnement.

— Comment va Ermeline ?

— Bien. Elle doit quitter l'hôpital dans quelques jours.

— Tant mieux, tant mieux…

Grimm avait sorti son paquet de clopes et le tripotait, le regard baissé. Il avait pris une décision, inévitable à vrai dire, mais la mettre à exécution n'était pas aussi facile qu'il l'avait pensé.

— Bon… Je sais tout.

— Quoi tout ?

— Je sais qui cherche à me tuer.

— Ah bon ! Qui c'est ?

— C'est mon père.

— Quoi !?

— Oui, mon père.

Cette révélation fut suivie d'un silence pendant lequel Jarry et Blanchard échangèrent un long regard de stupéfaction. Jarry en bafouilla.

— Mais… euh… ton père… ton père… Pourquoi ton père voudrait-il t'assassiner ?

— Mon père est un criminel.

De nouveau un silence, plus compact que le précédent. Jarry n'osait plus prendre la parole.

— Quand j'avais onze ans, mon père a tué ma mère.

— Ton père a tué ta mère !?

— Et d'une manière que je préfère ne pas vous raconter. Mais il l'a tuée. Et c'est moi qui l'ai dénoncé. C'est à cause de moi qu'il a été jugé et mis en taule. Il ne l'a pas pardonné et fera tout pour me le faire payer.

— Tu veux dire qu'il est libre ?

— Apparemment oui, faut croire.

Grimm se releva et marcha jusqu'à la fenêtre d'un pas mécanique.

— C'est ce que j'ai besoin de savoir ! cria-t-il tout à coup en se retournant. Ce salaud s'est évadé ou il a été libéré. Éric, tu vas te renseigner. Je ne connais pas son nom puisqu'il ne m'a pas reconnu à ma naissance. Mais ma mère s'appelait Émilie Grimm et le procès a forcément eu lieu à Strasbourg en 1992. Ou 93, je ne sais pas. Et je ne sais pas non plus de quelle peine il a écopé. De longues années de prison sûrement, mais combien ? Combien exactement qui font que trente ans plus tard il réapparaît.

Blanchard n'osait pas lever le nez de son clavier et il fut presque soulagé qu'on lui confiât une mission qui lui permettait d'être actif face aux confidences incroyables de son chef.

— Ok, on s'y met, dit-il comme s'il s'agissait d'une affaire banale.

— C'est bien, Éric. Bon, je vais voir le patron maintenant.

Quand il eut disparu, Jarry écarquilla les yeux en haussant les sourcils et se tourna vers Blanchard.

— T'as entendu ? C'est dingue ! Putain la vache ! Son père a tué sa mère ! Tu y crois, toi, à ça ?

— Ben oui, s'il le dit.

— Et ça te fait rien ?

— Si ! Mais qu'est-ce que tu veux que je te dise ? Son père a tué sa mère… je sais pas… j'ai pas de mots…

*

* *

Babut fut abasourdi. La bouche entrouverte, il considéra Grimm d'un air bovin.

— Votre père a…

— Oui ! Comme je viens de vous le dire. C'est de l'histoire ancienne, on va pas s'appesantir, on va pas sortir les mouchoirs. Moi, ça ne me fait plus rien depuis longtemps !

— Ah ? Tant mieux…

— Et ce qu'on doit faire, c'est coincer ce salopard !

— Bien sûr, bien sûr, on va vite mettre la main dessus.

— Vite mettre la main dessus ? Alors là, permettez-moi d'en douter, monsieur le commissaire.

— Quand même, avec les moyens qu'on a…

— Je vois que vous ne le connaissez pas. Remarquez, moi non plus, en un certain sens. Enfin, si, je sais de quoi il est capable, et ce n'est pas le plus rassurant.

— Donc, ce type s'appelle Grimm.

— Non. Je ne sais pas son nom, mais Blanchard le trouvera très vite.

— Ah bon, vous ne portez pas le même nom ?

— Grimm est le nom de ma mère. Et je suis bien heureux de ne pas porter le sien.

— Je comprends…

Ne cherchant pas à épiloguer, Grimm se rapprocha de la porte. Babut l'arrêta.

— Vous êtes en congé, mais, en fait, vous vous êtes occupé de l'affaire, c'est ça ?

Grimm tenait le battant dans la main. Il le rabattit de moitié puis l'ouvrit de nouveau.

— Pas vraiment. C'est l'affaire qui s'est occupée de moi.

Et il s'éclipsa tandis que Babut lui criait :

— Régularisez votre situation en interrompant vos congés !

Quand Grimm retourna auprès de ses équipiers, Blanchard massacrait son clavier d'ordinateur avec ses grosses paluches tandis que Jarry semblait rêvasser.

— Tu fais quoi ? lui lança Grimm avec une pointe d'agressivité.

— Rien, comme tu vois.

— Et pourquoi ?

— Je… je réfléchissais à ce que tu nous as raconté.

— Et qu'est-ce que je vous ai raconté ? rétorqua Grimm sur la défensive.

— Ben… euh… l'histoire de ton père…

— Non, je vous ai pas raconté l'histoire de mon père ! Je vous ai raconté l'histoire d'un criminel dangereux qu'il faut coffrer le plus rapidement possible !

Et sur ces paroles assenées comme une hache, Grimm se réfugia dans son bureau. Il souleva un paquet de dossiers et le rejeta avec brusquerie sur le côté. L'un d'eux glissa et tomba par terre.

— Et merde !

Il fit l'effort de le ramasser et de le replacer au sommet de la pile. Puis, il s'assit et, les deux coudes sur la table, il se prit la tête entre les mains. Il murmurait entre ses dents :

— Hubert, reste calme... ne pas se laisser gagner par l'émotion... Faire face... oui, faire face... Enfin, faire front plutôt... tu dois faire front, Hubert... Ne pas te laisser avoir par ce salaud qui t'a entraîné là-bas... Sinon, il en profitera.

Il releva la tête, lança un regard par la baie vitrée et aperçut ses deux adjoints au travail.

— De toute façon, tout le monde va le savoir... Bouexière et tout l'hôtel de police... le père de Grimm a tué sa mère... Ah ! je vais en voir des regards compatissants de tous ces cons ! Faut pas y penser et se concentrer sur le danger... Tu es en danger, Hubert, en danger de mort, et il n'y a que ça qui compte en ce moment.

Son portable vibra dans sa poche et il l'extirpa sans se lever en se tortillant sur son siège.

— Encore un SMS de merde ! Les gens ne pourraient-ils pas me foutre la paix, nom de Dieu !

Il alluma l'écran et eut l'impression qu'un souffle d'air glacé venait de l'envelopper. Comme s'il tenait une fiole de poison violent, cessant de respirer, il écarta le téléphone de son visage et le posa à plat sur le sous-main du bureau.

Petit
Moi aussi je suis allé me recueillir
sur la tombe de ta mère,
C'était très émouvant.

Immobile, effaré, Grimm fixait l'écran. Tout à coup, il se leva d'un bond, empoigna le portable et amorça le geste de le jeter de toutes ses forces contre le mur. Il se retint à temps et ne fit que le balancer sur la table.

Saisissant son paquet de cigarettes, il en tira une si nerveusement que plusieurs d'entre elles tombèrent sur le sol. Avec son briquet, il faillit se brûler le menton, dévia la flamme au dernier moment, embrasa presque la moitié de la cigarette, l'écrasa aussitôt dans le cendrier, en ramassa une par terre et parvint enfin à l'allumer proprement.

Il aspira de longues bouffées qui pénétrèrent profondément dans ses poumons. Face à la fenêtre, la mâchoire contractée à l'extrême, il eut l'envie absurde de donner un violent coup de boule dans la vitre pour la briser.

— Dégueulasse ! hurla-t-il au risque d'alarmer ses adjoints.

Puis, plus doucement :

— Un monstre, y a pas d'autres mots.

Enfin, comme dans un songe, il affirma sur un ton étrange qu'il ne se connaissait pas :

— Maman, je te jure que je le tuerai de mes propres mains.

Et une larme coula sur sa joue.

*

* *

Derrière lui, une voix le fit sursauter. C'était Jarry.

— Hubert, Éric a trouvé beaucoup d'infos. Tu viens voir ça ?

De dos, toujours près de la fenêtre, Grimm essuya furtivement la larme et parvint à répondre d'une manière qui mimait le détachement.

— J'arrive.

Blanchard s'était renversé sur le dossier de son fauteuil et attendait les bras croisés. Grimm ne savait plus s'il avait envie d'entendre les informations que son adjoint avait réunies. Il se sentait nauséeux, fatigué, et, attrapant une chaise par le dossier, il s'assit dessus à califourchon.

— Je t'écoute.

Blanchard saisit plusieurs documents qui se trouvaient devant lui et posa les yeux dessus sans regarder Grimm.

— Robert Kirwiller est né à Strasbourg le 21 mars 1962. Il a donc soixante ans et mesure un mètre quatre-vingt-deux.

— Comme moi, dit Grimm à voix basse.

Blanchard s'interrompant, il regretta aussitôt cette intervention.

— Continue.

— Il pesait quatre-vingt-onze kilos à sa sortie de prison.

Là, je m'incline..., pensa Grimm, mais, se reprenant dans l'instant, il s'écria :

— Il a donc été libéré !

— Oui, je vais y revenir.

— Comme tu veux.

— Mineur, il a eu une existence chaotique ponctuée de divers larcins qui l'ont souvent conduit au poste. Tu veux la liste ?

— Non.

— Ensuite, il est devenu plus discret, mais le procès a démontré qu'il avait intégré la pègre locale dès l'âge de dix-huit ans. Proxénétisme, cambriolages, violences aggravées, recel, deal, etc. Je suppose que tu ne veux pas la liste de ses méfaits ?

— Pas plus.

Grimm perçut une hésitation chez Blanchard qui tardait à poursuivre.

— Allez, vas-y, bordel ! lança Grimm.

Blanchard reprit en chuchotant presque.

— Il a probablement rencontré Émilie Grimm en 1980 et elle est… elle est…

— Oui ! Tombée enceinte aussitôt cette année-là ! Et c'est ainsi, messieurs, que je me trouve maintenant devant vous.

Le ton acide de cette intervention déstabilisa Blanchard. Il se tut.

— Ok, dit Grimm. Je vais la fermer et seulement ouvrir mes grandes oreilles.

Jarry ne disait rien, mais Grimm sentait qu'il lui jetait des regards à la dérobée. Comme s'il avait un chat dans la gorge, Blanchard s'éclaircit les cordes vocales et reprit :

— Au procès, il y a eu de nombreux témoignages sur les violences qu'Émilie Grimm a subies de la part de Kirwiller au cours des huit années de vie commune. Je passe parce que ce n'est pas intéressant.

Si, ça l'est…, pensa Grimm, *mais vaut mieux pas que j'entende ça.*

— Quand je dis « vie commune », en fait, ils ne vivaient pas ensemble.

— Je sais.

— Jusqu'au moment où, en 1992, il l'a tuée dans des conditions particulièrement… particulièrement…

— Atroces, lâcha Grimm.

— Oui, atroces. Il n'a pas été arrêté tout de suite et c'est son… comment dire… son…

— Son fils, oui !

— C'est ça. Son fils qui l'a… enfin… le mot est sans doute impropre… qui l'a…

— Dénoncé, oui, c'est bien le mot.

L'ambiance était si lourde que Blanchard aurait préféré ne pas avoir à traiter ce dossier. À mesure qu'il avançait, il sentait une boule au niveau du ventre.

— Et on l'a arrêté. L'enquête a mis au jour le meurtre d'un rival au sein du milieu et aussi, bien qu'aucune véritable preuve n'ait pu être apportée, d'une femme qu'il aurait violée et tabassée à mort sur le canal.

— Très joli canal par ailleurs, affirma Grimm dans un silence de plomb.

Blanchard avait l'impression de partir à la dérive. Jamais il n'avait vu son chef autant à cran et il ne savait plus à quel saint se vouer.

— Donc… au procès, il a été condamné à trente ans de prison avec une peine incompressible de vingt-six ans.

— C'est pas cher payé…

— Oui, c'est vrai, mais à l'époque les féminicides étaient encore vus sous l'angle du drame passionnel…

— Drame passionnel, mon cul, oui !

— Quant au meurtre d'un malfrat, ça paraissait moins grave que de tuer des honnêtes gens.

— Oui, je vois, c'est même du positif, ça en fait toujours un de moins…

Après avoir jeté un regard désespéré à Jarry, muet, Blanchard se pencha de nouveau sur ses notes.

— Après trente ans sous les barreaux y compris la préventive, il a été libéré cette année.

— Et depuis, il n'a qu'une obsession, tuer le commandant Hubert Grimm de la police judiciaire.

— On dirait, oui.

Grimm soupira bruyamment.

— Et alors, il y a des moyens de le coincer ?

— C'est là que ça se complique. Depuis qu'il a quitté la prison de Strasbourg, personne ne sait où il est, il n'a aucune adresse connue, doit utiliser un téléphone crypté ou prépayé, et n'a pas de compte en banque.

— Bref, il paye tout avec du cash, ce qui veut dire qu'il a repris ses activités illégales.

— Certainement.

Se massant le menton, Grimm songea qu'il devrait se raser car une barbe naissante commençait à lui dévorer le visage. À la surprise générale, vu son mutisme jusque-là, Jarry intervint :

— En tout cas, j'ai compris quelque chose.

— Et qu'est-ce que tu as compris ?

— La connexion entre Kirwiller et Drajić.

— Explique.

— Éric nous a dit que Drajić avait passé un moment en taule à Strasbourg de 2014 à 2017.

— Putain, quelle mémoire !

— Merci. À la prison de Strasbourg, les deux hommes se sont sûrement côtoyés et ont dû se découvrir des atomes crochus.

— Ouais, très crochus, les atomes… Acérés, même, comme des lames de rasoir…

— Et quand Kirwiller est sorti de prison, il a filé direct à Rennes pour travailler avec Drajić et Teh.

L'hypothèse était séduisante et Grimm fut aussitôt convaincu. D'autant que Jarry poursuivait :

— Et quand il a voulu savoir ce qu'était devenu son fils, la recherche s'en est trouvée merveilleusement facilitée.

— Oui, c'est ça ! Le crétin de fils, il était là, sur place, et en plus il était devenu flic ! Un comble…

Pour la première fois, un mince sourire ironique étira les lèvres de Grimm. On pouvait en rire, de sa situation, si elle n'était pas si tragique.

— À propos, Teh, vous avez des nouvelles ?

— Aucune, répondit Blanchard. Il s'est totalement évaporé dans la nature.

— À mon avis, on va un jour retrouver son cadavre quelque part. Kirwiller a dû prendre la tête du trafic de femmes.

— Enfin, retrouver…, précisa Jarry, il y a des cadavres qu'on ne retrouve jamais.

— C'est juste. C'est même fréquent. Et l'analyse des squelettes de la benne – en disant cela Grimm eut un haut-le-cœur –, c'est Pointcarré qui s'en charge ?

— Oui. On devrait connaître les résultats demain.

3

Grimm retourna dans son bureau. Il regrettait déjà certaines de ses interventions. « Très joli canal par ailleurs », singea-t-il en s'imitant. Quel con ! Il fallait absolument prendre du recul, sinon il allait dérailler. C'était très difficile. Son humeur se révélait très instable depuis sa visite au cimetière et il ne savait guère comment la juguler et faire retomber cette tension qui l'épuisait.

Il eut une envie irrépressible. Il empoigna son téléphone, afficha le carnet d'adresses et, après une dernière hésitation avec son pouce, il appuya.

— Hubert ?

— Oui, c'est moi, Amandine.

— Je suis contente que tu m'appelles. J'étais inquiète, tu sais…

— Excuse-moi. J'ai été très pris. Je suis même allé à Strasbourg.

— À Strasbourg !? Pourquoi ?

De sa main libre, il se massa le visage et son regard fit le tour de la pièce.

— C'est… C'est une longue histoire… Nous savons qui me menace.

— Vous allez l'arrêter ?

— Oui, bien sûr.

— Et c'est qui ?

Question boomerang. Normal. Il l'avait suscitée et à présent elle lui faisait peur. Il se tut.

— Eh bien, Hubert, c'est qui ? relança Amandine.

— Une longue histoire, je te dis... Difficile à expliquer par téléphone... Ce serait mieux qu'on se voie...

— Je ne comprends pas.

Elle avait haussé le ton et, dans sa voix, avait percé une véritable inquiétude. Elle insista.

— Qu'est-ce que tu me caches ?

— Rien, je t'assure.

— Hubert, ne me prends pas pour une idiote. Je vois très bien que tu ne veux pas me le dire.

— Mais si...

— Non ! Alors, je te pose une autre question : tu estimes que je n'ai pas à le savoir ?

— Si..., répondit-il faiblement.

— Alors, dis-le-moi !

Grimm se sentit acculé comme du gibier. Il prit une longue inspiration et lâcha :

— C'est mon père.

— Ton père !? Tu ne m'en as jamais parlé, de ton père. Et pourquoi te menace-t-il ?

Le Rubicon était franchi. Sans doute était-ce mieux ainsi. Il l'avait décidé en l'appelant et il fallait désormais abattre ses ultimes résistances. Il prononça la phrase en apnée, incapable d'en deviner l'effet.

— Quand j'avais onze ans, mon père a tué ma mère.

— Quoi !?

— Voilà, ajouta Grimm. C'est tout.

— C'est affreux...

— Oui, c'est affreux, mais... bon... c'est comme ça...

Il constatait qu'Amandine avait des difficultés à se remettre de cette révélation. Chargée d'émotion, sa voix s'était altérée.

— Tu aurais dû me dire que tu avais vécu un tel drame.

— Sûrement… Mais, tu sais, j'ai tout fait pour l'oublier. Je croyais même y être parvenu…

— On ne peut pas oublier une chose pareille, Hubert.

— Non, on ne peut pas.

Sur ce triste constat, Grimm sentait de nouveau que les larmes lui montaient aux yeux.

— Je ne comprends toujours pas… Pourquoi te menace-t-il ?

— Parce que c'est moi qui l'ai dénoncé.

— Oh, mon pauvre Hubert… Et tu vis avec ça depuis si longtemps ?

— Oui.

— Viens me voir à Montpellier, s'il te plaît. On en parlera. C'est mieux de parler. Vous, les hommes, souvent, je ne veux pas caricaturer, vous gardez tout pour vous et ce n'est pas bon.

— Non, ce n'est pas bon…

Grimm cédait. Enveloppé d'une affection sincère et attentive, il était prêt à acquiescer à tout ce qu'elle dirait.

— Louis a besoin de te voir, viens à Montpellier.

— Je viendrai dès que possible, je te le promets, j'ai hâte de vous serrer tous les deux dans mes bras, mais il faut d'abord le coffrer. Tu comprends ? En terminer avec cette histoire.

— Je comprends.

— Je t'embrasse.

— Moi aussi, Hubert. Je… Je… Je t'embrasse.

Elle raccrocha.

Ce bafouillement final, ce « Je… Je… », Grimm l'avait aussitôt interprété. Il ne pouvait pas l'affirmer, mais c'est « Je t'aime » qu'elle avait failli prononcer. Certes, elle s'était reprise, une ultime pudeur, l'impression peut-être que ce n'était pas le bon moment, mais elle avait voulu lui témoigner son affection en lui disant qu'elle l'aimait.

Il regrettait qu'elle ne l'ait pas fait. Pour lui, c'eût été le bon moment.

*
* *

Il tenta de se remettre au travail, mais son esprit était traversé par tant d'émotions contradictoires que la concentration lui manquait. Penché sur sa table, il faisait semblant, parvenant par intermittence à s'intéresser à d'autres affaires en cours, mais brièvement, sans continuité, étant sans cesse parasité par des pensées qui le ramenaient au triste destin de sa mère et à l'oppressante présence de son père. Parfois, submergé par des bouffées de haine, il cessait toute activité pour fumer une cigarette.

Le soir, Jarry passa la tête par l'entrebâillement de la porte.

— Tu dors chez moi ce soir.

— Tu crois ?

— J'en suis sûr.

Du bon sens. Une sécurité indispensable. Grimm acquiesça.

Peu avant 19 heures, ils quittèrent l'hôtel de police et s'installèrent dans la voiture de Jarry. Celui-ci roulait doucement, sans prononcer une parole. Le visage fermé, Grimm regardait par la vitre. Il faisait déjà nuit et la circulation était dense.

— Si je peux me permettre de dire quelque chose..., fit soudain Jarry, sans poursuivre.

— Dire quoi ?

— Je comprends parfaitement que cette histoire te torture et que ton comportement avec nous, un peu...

comment l'exprimer sans te vexer… ton comportement, qui est parfois agressif, est tout à fait normal.

Grimm ne répondit pas. Jarry reprit.

— Et si ça te fait du bien, tu peux même nous engueuler.

Étonné, Grimm tourna la tête vers son adjoint.

— Je ne vous engueule pas.

— Non, c'est vrai. Mais si ça libère tes énergies négatives, on est prêts à encaisser. C'est peut-être nécessaire, après tout. Qu'est-ce que tu en penses ?

— Tu veux que je t'engueule ?

— Que si tu en ressens le besoin.

— Là, ça va, glissa Grimm en souriant.

Et il comprit que Jarry, par une subtile et bizarre dialectique, avait réussi à le détendre. Et même à le faire sourire. Bel exploit. Décidément, ce Jarry était un être étrange, d'une délicate intelligence, capable de se muer sans effort apparent en médecin de l'âme.

Tout à coup il le vit se redresser et jeter de fréquents regards dans le rétroviseur.

— Qu'est-ce qu'il y a ?

— Je crois qu'on nous suit.

Grimm fit volte-face.

— La petite Clio bleue ?

— Oui. Je n'en suis pas sûr, mais il y avait une Clio juste derrière nous après qu'on a quitté le parking et la revoilà.

— C'est peut-être pas la même.

— Peut-être pas.

— Des Clio bleues, il y en a plein les rues.

— Certes, mais c'est une impression.

De nouveau, Grimm fixa la voiture. Il ne parvenait pas à distinguer le visage du conducteur en raison des reflets sur le pare-brise et de la luminosité insuffisante de l'éclairage électrique.

— Tu peux lire le numéro de la plaque ? demanda Jarry.

— Appuie un tout petit peu sur le champignon, mais pas trop.

Jarry accéléra sans que la Clio réagisse et Grimm nota le numéro.

— AD 315 TH.

— C'est déjà ça, affirma Jarry. Mais ça m'embête d'aller jusqu'à chez moi si ce véhicule ne nous lâche pas.

— Évident…

Ils roulèrent sans prononcer une parole pendant plus de deux minutes.

— Voilà ce qu'on va faire, déclara Grimm. Tu vas sortir du boulevard sans aller vite, en mettant ton clignotant, et tu vas ensuite prendre la première à gauche, puis la première à droite, puis encore la première à gauche. On verra ce qui se passe.

— Ok.

Quand Jarry mit son clignotant, la Clio fit de même. Comme Grimm le lui avait demandé, il tourna tranquillement à gauche, puis à droite, puis à gauche. La Clio restait à distance, mais ne les quittait pas.

— C'est bien lui ! affirma Grimm.

Son rythme cardiaque s'était accéléré et instinctivement il avait posé la main sur la crosse de son pistolet.

— Du calme, Hubert, on ne va pas déclencher une fusillade en pleine ville. Il faut le coincer, mais pour ça il nous faut de l'aide. Téléphone à Babut et dis-lui d'envoyer des renforts. Au moins deux voitures de police, hein !

Grimm sortit son portable de la poche et appela. En quelques mots il exposa la situation et lança à Jarry :

— Où on est ?

— Écoute, on va s'arrêter dans un parking que je connais qui est à un kilomètre de chez moi. Là, on attendra les renforts.

Il donna l'adresse du parking que Grimm transmit au divisionnaire. Il raccrocha.

— Ils vont venir. Bordel, il va pas se laisser prendre comme ça ! Il va y avoir du grabuge !

— Y a des chances, répondit Jarry, fataliste.

Quand ils s'engagèrent sur le parking, Grimm sortit son pistolet, enleva la sûreté et le posa sur ses genoux.

— Ne fais surtout pas de conneries, Hubert. Nous, on attend les autres dans la voiture. On est bien d'accord ?

— Oui.

Le parking était vaste, en bordure d'immeubles récents et d'un centre commercial. La Clio avait emprunté une autre allée et, très lentement, s'était garée à une distance respectable de la voiture de Jarry. Les phares s'étaient éteints.

— Il attend, dit Grimm dans un souffle.

— Tu sais ce que je pense ? dit Jarry qui avait également tiré son pistolet et se tenait prêt à toutes les éventualités.

— Non ?

— Il a compris que je t'hébergeais, mais il ne sait pas où j'habite. Et c'est ce qu'il cherche à découvrir.

Grimm eut un petit rire ironique.

— Eh oui, Bardon n'est plus là pour le tuyauter.

— Effectivement. Et il doit croire que j'habite dans un de ces immeubles.

— Mais, voilà, on ne sort pas de la bagnole. Et si les autres n'arrivent pas rapidement…

— Il va comprendre et se tirer.

De rage, Grimm cria :

— Mais qu'est-ce qu'ils foutent, bon Dieu !

— T'énerve pas, on peut rien faire de toute façon.

Rongeant son frein, Grimm ne cessait de consulter sa montre.

— Ça fait cinq minutes qu'on est là ! Quelle bande de glandeurs ! Faut y aller nous-mêmes !

— Non !

Le refus avait fusé avec une telle force que Grimm se tut. Au même instant, ils entendirent les bruyantes sirènes des voitures de police.

— Ah, les cons ! hurla Grimm.

La Clio déboîta aussitôt, roula à toute allure vers la sortie et s'engagea dans un crissement de pneus sur la route.

— Démarre, Corentin ! Faut le suivre !

À contrecœur, Jarry remit le contact et fila vers la sortie. Alors qu'ils l'atteignaient, deux voitures de police obstruèrent le passage et les bloquèrent.

Hors de lui, de toutes ses forces, du poing Grimm frappa le tableau de bord.

— Putain, mais c'est pas vrai ! Plus couillon qu'un flic, tu meurs !

⋆

⋆ ⋆

Dans l'appartement de Jarry, Grimm ne décolérait pas. Il ne cessait de couvrir d'insultes les policiers qui, par incompréhension de la situation, les avaient empêchés de se lancer à la poursuite de la Clio.

— Comment peut-on débarquer toutes sirènes hurlantes pour appréhender un criminel ? Des crétins ! Des gogols ! Des buses ! Des décérébrés ! En plus, ils nous bloquent ! Jamais vu une connerie pareille ! À mettre dans le bêtisier des écoles de police !

Jarry n'essayait pas de le calmer. S'il évitait de faire chorus, il reconnaissait que l'intervention des renforts avait viré au fiasco et même au ridicule.

Tandis que Grimm tournait en rond en fumant plusieurs cigarettes d'affilée, il prépara un repas sommaire, mit le couvert sur la petite table de la cuisine et déboucha une bouteille de vin.

— T'aurais pas plutôt une bière ? demanda Grimm.

— Non, désolé.

— Bon, c'est pas grave, dit Grimm en se servant un verre plein.

À table, son exaspération retomba d'un coup et il cessa de parler. Jarry en profita pour tenter de tirer des éléments positifs de la soirée.

— On sait qu'il se balade en Clio bleue.

— Tu sais combien il y a de Clio bleues en France ?

— Une multitude, mais on a l'immatriculation du véhicule.

— Mouais... ça ne mènera à rien. Il est trop malin pour ne pas avoir volé une voiture qui doit déjà être abandonnée dans une rue.

— On verra. De toute façon, il faut faire cette recherche. Je téléphone à Blanchard.

— Tu vas l'emmerder chez lui avec sa femme et ses enfants ? Laisse-le donc tranquille, il fera ça demain matin.

Jarry reposa son téléphone.

— Ok, c'était juste pour avoir une longueur d'avance sur Bouexière. Mais, de fait, tu as raison, Éric ne peut pas s'y mettre avant demain.

— Tu sais, vu la situation, je m'en fous que Bouexière ait une longueur d'avance. Après tout, si ce con est capable de coincer Kirwiller, qu'il le fasse. Je ne souhaite rien de plus. Je suis à bout et il faut que ça s'arrête. Cette épée de Damoclès, en permanence au-dessus de ma tête, ça me tue...

— Je comprends, approuva Jarry.

Se levant pour débarrasser, il ajouta sur un ton qui se voulait rassurant :

— On va l'avoir, j'en suis sûr.

Alors Grimm, lugubre :

— Espérons… Autrement, c'est lui qui m'aura. C'est une guerre dont l'un de nous deux ne sortira pas vivant.

4

Dès le lendemain matin, Blanchard se mit au travail pour retrouver le propriétaire de la Clio. Une demi-heure plus tard, il appela Grimm pour lui donner le résultat de ses recherches.

— La plaque d'immatriculation est celle d'une Mercedes qui appartenait à un certain M. Trancardier. La voiture est de 2013 et elle a été mise hors d'usage après un accident l'année dernière. J'ai téléphoné au propriétaire de la casse à qui j'ai demandé d'aller jeter un coup d'œil sur la voiture. Les deux plaques ont été volées. Il ne s'en était pas aperçu et n'a aucune idée de la date du vol. Voilà, chou blanc.

— C'était couru d'avance, répondit Grimm qui ne s'était même pas assis pour écouter son collègue.

Il retourna dans son bureau avec le sentiment que son père maîtrisait totalement la situation, le narguait, le baladait à droite et à gauche, à sa guise, jusqu'à l'emmener au cimetière où était enterrée sa mère, jouant avec lui comme un torero avec le taureau avant de porter l'estocade finale. Une terrible impression d'impuissance lui tordait le ventre.

Ce fut Jarry qui le tira de cette obsession morbide en surgissant sans prévenir dans le bureau.

— Bouexière a le rapport de Pointcarré sur les cadavres de la benne.

— Comment le sais-tu ?

— Ils causent trop, les gugusses de l'autre groupe. Ils parlent fort, dans les couloirs, dans les chiottes, partout... Il suffit d'ouvrir grand ses écoutilles et on sait tout ce qui se passe chez Bouexière.

— J'appelle Pointcarré.

— Je ne peux pas t'en empêcher..., dit Jarry suavement.

Le risque était grand que la légiste refuse de lui répondre. Le téléphone collé à l'oreille, il y songeait et comptait sur l'amitié qui les liait et sa force de persuasion. Il n'eut pas le temps de se présenter qu'elle le prenait de court.

— Et voilà, c'est Hubert ! Qui vient me tirer les vers du nez ! Ce sont ces pauvres squelettes qui cherchent à te tuer cette fois-ci ?

Décontenancé par cette entrée en matière, Grimm flotta quelques secondes.

— Non, ils ne me veulent aucun mal, mais c'est la même enquête. Ces cadavres sont les victimes de Drajić et peut-être aussi, pour une période plus récente, de l'homme qui veut me descendre. Il est important que je sache ce qu'il en est. Je joue ma vie, Hélène, et je sais que je peux compter sur toi dans les moments difficiles.

Un argument qui s'assimilait à une tentative pour forcer la porte. Rien dans l'amitié, surtout professionnelle, ne permet d'affirmer que la personne va vous aider en cas de coup dur. Il y a des règlements, une hiérarchie, des sanctions possibles, et il faut un sacré caractère pour choisir de les ignorer. Il sentit que Pointcarré pesait le pour et le contre.

— Hélène, je t'en supplie...

— Arrête, Hubert ! Pas de pleurnicheries, s'il te plaît, j'ai horreur de ça !

— Excuse-moi…

— T'as de la chance que je t'aime bien. Qu'est-ce que tu veux savoir ?

— Merci, Hélène.

— Bon, bon, on va pas s'attendrir… Droit au but !

— Ces cadavres, ce sont des femmes, non ?

— Oui, presque toutes.

— Ah, il y a des hommes aussi ?

— Deux.

— Leur âge ?

— La quarantaine.

— Mais les femmes sont jeunes, n'est-ce pas ?

— Oui, et même très jeunes pour certaines. La vingtaine, voire moins. Mais il y en a aussi de plus vieilles. L'une par exemple me paraît avoir entre cinquante et soixante ans.

— Comment ont-elles été tuées ?

— Toutes de la même manière. Une balle dans la tête.

— Rien d'autre ?

— Des traces de coups violents sur plusieurs d'entre elles.

— Combien y en a-t-il au total ?

— Neuf.

— Et la mort remonte à quand ?

— De quelques mois à quelques années.

— Tu vois d'autres choses importantes à me dire ?

— Non.

— Hélène, je t'embrasse. Je te revaudrai ça !

— Je n'en crois rien d'un type qui refuse qu'on lui offre un carré de chocolat.

Et, sur cette parole débitée le plus sérieusement du monde, elle raccrocha. Grimm releva la tête et fixa Jarry qui n'avait pas bougé.

— Et voilà, on sait tout. Elle est super, Hélène ! Appelle Éric.

Blanchard venait rarement dans le bureau de Grimm. Sa haute stature apparut dans le cadre de la porte dont il touchait presque le montant supérieur et, les mains dans les poches, il regarda autour de lui comme un visiteur

— Oui ?

— Entre, on sera mieux ici tous les trois.

— Ah ?

— J'ai eu Hélène Pointcarré qui m'a donné toutes les infos sur les cadavres de la benne. Neuf femmes, deux hommes. Ça confirme notre hypothèse sur les crimes de Drajić. Quand une femme se rebelle et veut arrêter la prostitution, si la battre ne suffit pas à la soumettre, elle est tuée d'une balle dans la tête et jetée dans la benne. Neuf d'entre elles ont fini ainsi.

— L'horreur..., murmura Jarry.

— Et les deux hommes ? demanda Blanchard.

— Probablement des règlements de comptes dans le milieu. Les concurrents sont éliminés. C'est peut-être les fosses communes de Srebrenica qui ont donné à Drajić l'idée d'entasser les cadavres dans cette benne, laquelle se trouve dans un endroit désert sur le parking d'une usine désaffectée. On pouvait chercher longtemps.

Les sourcils légèrement froncés, Jarry s'assit et considéra alternativement Grimm et Blanchard.

— C'est bien de savoir tout cela, mais en quoi ça nous aide pour coincer Kirwiller ?

— *A priori,* en rien, reprit Grimm. Mais je suis convaincu qu'après avoir éliminé Drajić et Teh il a repris le trafic de femmes. Il est du genre à s'imposer aux plus récalcitrants.

— Peut-être, mais c'est pas sûr. Tu sais ce que je pense ?

— Non.

— En ce moment, il est beaucoup trop occupé par son obsession.

— Qui est ?

— Te faire payer ses trente ans de taule.

⋆

⋆ ⋆

Les jours suivants, Grimm continua à dormir chez Jarry. Jamais, le soir, en retournant à l'appartement, ils ne revirent la Clio, ni aucune autre voiture suspecte derrière la leur.

Pourtant, Grimm avait le pressentiment d'une catastrophe imminente. Son père ne pouvait avoir abandonné sa vengeance et cette accalmie ne présageait rien de bon. Car Jarry avait parfaitement qualifié l'état d'esprit de Kirwiller vis-à-vis de son fils : une obsession. Une obsession maladive qui ne connaissait probablement aucun répit et ne pourrait cesser qu'avec la mort de Grimm. Il le lui avait promis, et cette mort serait précédée des pires tortures.

C'est au cours de ces quelques jours que Grimm comprit la raison de ce sentiment inexplicable de culpabilité qui le hantait depuis son enfance. Il avait dénoncé son père. Certes, il ne le regrettait pas, pour l'horreur du crime et l'honneur de sa mère. Cependant, par cette décision d'un extrême courage, transgressive, inouïe pour un enfant de onze ans, il avait rompu définitivement les liens du sang qui le rattachaient malgré lui à son géniteur.

Bien des choses lui apparaissaient plus clairement désormais. Son caractère rebelle à toute autorité – laquelle était toujours plus ou moins assimilée au père –, sa solitude intrinsèque et son repliement instinctif sur lui-même qui dérivaient de cette lointaine et traumatisante expérience de l'Autre – le père, encore –, et enfin sa tendresse pour les femmes, dont il se sentait proche – n'avait-il pas partagé la terreur de la première d'entre elles, sa mère ?

Un après-midi, il ressentit le violent désir d'appeler Ermeline et de lui parler. Le standard de l'hôpital lui passa le poste de sa chambre.

— Ermeline, c'est Hubert.

— Ah, Hubert ! C'est sympa de m'appeler.

— Oui... Euh... Je voulais m'excuser...

— De quoi ?

C'était désarçonnant, cette indulgence à son égard.

— C'est ma faute. J'ai fait une grosse connerie et tu as failli mourir à cause de moi.

— Voyons, Hubert, je ne suis pas morte.

— Je sais, mais tu aurais pu y passer. Je ne me le serais jamais pardonné. Jamais.

— Moi non plus, je ne te l'aurais pas pardonné si j'étais morte ! s'exclama-t-elle en riant. Mais tout va bien. Je marche déjà, je fais le tour de ma chambre en béquilles. Et, attention, gare à toi, je vais revenir bientôt !

Il rit aussi et en avait presque les larmes aux yeux.

— Vous avancez dans l'affaire ? demanda-t-elle.

Grimm comprit aussitôt que ni Jarry ni Blanchard ne l'avaient mise au parfum pour son père et le meurtre de sa mère.

— Euh, oui... On avance. C'est le moins qu'on puisse dire.

Finalement, ce n'était pas plus mal de préparer le terrain. Il enchaîna :

— L'homme qui veut me tuer est mon père. Il a assassiné ma mère quand j'étais gosse et c'est moi qui l'ai dénoncé. Il a pris trente ans de taule, il a purgé sa peine et maintenant il veut se venger.

Il avait débité cela à toute vitesse, comme des informations sur une affaire banale qui ne le concernait pas. Le silence se prolongeait, mais il attendait, conscient du choc que cette histoire provoquait chez ses interlocuteurs.

— Hubert, je sais pas quoi dire…

— Il n'y a rien à dire, Ermeline. Chacun a ses blessures et ses drames perso et tu dois en avoir aussi, je suppose.

— Oui… enfin… pas à ce point-là…

— Disons que ma barque a été un peu plus chargée que pour d'autres, mais elle n'a pas coulé.

— Ça doit être dur quand même.

— Oui, parfois, c'est dur.

S'il lui était reconnaissant de ce qu'elle venait de dire, il ne voulait surtout pas que quelqu'un s'apitoie sur son sort.

— Je te laisse, Ermeline. On a beaucoup de boulot.

— Merci de m'avoir appelée.

— Je t'embrasse.

Et il raccrocha. Un instant pensif, assis à son bureau, il ressentait du soulagement et même de l'apaisement d'avoir passé ce coup de fil. C'était chez les femmes qu'il rencontrait le plus de réconfort et d'écoute – Amandine d'abord, Ermeline maintenant –, et il n'en était pas étonné.

Il se secoua.

— Bon, c'est quoi la suite à présent ?

À ce moment, son téléphone vibra. Un SMS. L'affreux pressentiment d'une catastrophe imminente le reprit. Il afficha le message.

Ta poule est au parc avec mon petit-fils
Dans moins de cinq minutes,
je vais le lui arracher.
Appelle-LA,
qu'elle ne prévienne pas la police
Sinon on retrouvera le gamin décapité
dans une poubelle de la ville.
Instructions suivront.

5

Grimm s'éjecta de son siège, mais une fois debout, il ressentit comme un vertige, la tête lui tournait, et il dut se rasseoir pour ne pas tomber. La main tremblante, il repoussa le portable loin de lui.

C'était une catastrophe de ce genre qu'il redoutait depuis plusieurs jours. Renonçant à aller à Montpellier, il avait tout fait pour qu'Amandine et Louis n'attirent pas l'attention, pour les garder à distance de ce prédateur barbare et les préserver de ses actes.

Cette stratégie venait de se fracasser sur son inconséquence. Ne connaissant pas l'adresse de Jarry ou comprenant qu'il serait difficile d'attraper son fils s'il se trouvait continuellement en compagnie d'un de ses collègues, son père avait frappé au niveau du maillon le plus faible. Enlever le petit-fils pour mettre le fils à sa merci.

Agir ! Vite ! Faire quelque chose ! Mais quoi ? Son esprit bouillonnait sans prendre de décision, s'échappait dans tous les sens sans se fixer, paralysé par la monstruosité du SMS. Décapité dans une poubelle. Il l'en savait capable. Peut-être même éprouverait-il de la jouissance d'atteindre ainsi son fils dans sa chair.

Avait-il le choix ? Aucun ! Il composa le numéro d'Amandine.

— Hubert ?

— Où es-tu, Amandine, où es-tu ? hurla-t-il.

— Au parc, pourquoi, qu'est-ce qui se passe ?

Sur l'instant, il ne comprit pas. Elle avait une voix normale, calme, surprise par cet appel et le ton affolé de Grimm.

— Il va l'enlever, Amandine ! Il va l'enlever ! Tire-toi ! Rentre chez toi ! s'époumona-t-il comme si elle ne pouvait pas l'entendre.

— Qui va enlever qui ? demanda-t-elle, inquiète.

Puis elle cria. Des cris terribles, horribles. Il perçut « Lâchez-le ! lâchez-le ! » lancé par Amandine, d'une voix qui s'étranglait. Des bruits terrifiants, telle une lutte sauvage qui fut brève, et puis un coup, définitif, une sorte de claque violente. Enfin, un grand silence.

— Amandine ! Amandine ! s'égosillait-il, totalement désespéré.

Une voix faible, atone, ponctuée de sanglots, lui répondit.

— Hubert… Il a kidnappé Louis… Là, tout de suite, il me l'a arraché, il m'a frappée, et il est parti en courant…

Elle pleurait.

— Écoute-moi, Amandine ! Écoute-moi ! Louis ne risque rien. C'est moi qu'il veut ! Moi seul ! Il ne lui fera pas de mal. Il veut que je me livre en échange.

— Il faut prévenir la police…

— Non ! Surtout pas ! Si nous prévenons la police, il le tuera.

— …

— Je pars à l'instant pour Montpellier. Ce soir, je serai avec toi. Surtout, promets-moi, ne préviens personne ! Personne, tu m'entends ? Louis doit vivre. Pense à Louis ! Si tu parles, il est mort ! Mort, tu comprends ?

— Oui…

— Rentre chez toi et attends-moi. Tu vas faire ça ?

— Oui…

— Je ne le laisserai pas faire ! On va s'en sortir ! Il faut que tu me croies !

— Je te crois…

Le ton démentait la phrase, mais Grimm fut convaincu qu'elle ferait néanmoins ce qu'il lui demandait.

— Tiens le coup, Amandine ! Tiens le coup ! Pour Louis ! Pour Louis, je t'en supplie ! Je t'embrasse ! À ce soir !

Il appuya si violemment sur la touche pour terminer la conversation qu'une marque s'imprima sur son pouce.

Machiavélique. Le plan de son père avait été machiavélique. Il lui avait envoyé le SMS afin qu'Amadine soit en contact avec lui au moment de l'enlèvement. Il devait attendre tranquillement ce coup de fil avant d'intervenir. Ce synchronisme était primordial pour que Grimm empêche Amandine de prévenir la police. Le moindre délai entre le kidnapping et l'appel de Grimm aurait pu permettre à Amandine de courir au commissariat le plus proche. Il s'était fait avoir comme un bleu.

Il essaya de se lever, mais n'y parvenant pas, il murmura :

— Cette fois-ci, c'est la fin, Hubert… La fin…

*

* *

Pâle comme un linceul, sans un mot, Grimm traversa l'open space.

— Où vas-tu comme ça ? lui demanda Jarry.

— Acheter des clopes.

— Ah…

Descendant l'escalier à vive allure, il se rua dans la rue et monta dans le premier bus. Il lui fallait aller au plus vite chez le loueur de voitures. Pas le temps de passer chez lui et de prendre une valise. Chaque minute comptait dans l'angoissante course de vitesse qui s'engageait.

Sur le fond, il ne doutait pas qu'Amandine s'abstiendrait de prévenir la police. Il avait été si catégorique sur le sort qui serait réservé à Louis dans ce cas de figure qu'elle avait parfaitement compris que la vie de son fils était en jeu.

Impatient et irrité face à la lenteur de la secrétaire qui s'occupait des paperasses pour louer le véhicule, il tournait en rond dans le bureau, répétant à plusieurs reprises, mais sans résultat, qu'il était extrêmement pressé.

Quand il put enfin quitter les lieux au volant de la voiture, il appuya aussitôt sur l'accélérateur, dépassant les vitesses autorisées au risque de provoquer un accident. Il lui fallait sortir de la ville et prendre la quatre-voies en direction du Mans, puis l'autoroute vers le sud, passer Tours, Bourges et Clermont-Ferrand, traverser le Massif central pour descendre ensuite dans la plaine du Languedoc au niveau de Lodève avant d'atteindre enfin Montpellier.

En roulant presque continuellement sur la file de gauche, une pensée l'obsédait. Celle d'être responsable, coupable peut-être, de la situation et d'avoir mis la vie de son fils en danger. Car elle l'était, il ne pouvait se dissimuler cette évidence. Deux ans, encore un bébé, même s'il marchait et commençait à parler, aux mains de ce monstre qui devait le traiter comme un chien, reportant sur son petit-fils toute la haine accumulée contre lui. Et il ne parvenait pas non plus à échapper à cette autre pensée, insidieuse et dévastatrice : Louis était déjà mort et balancé dans une poubelle de la ville, décapité, selon les termes utilisés dans le SMS

Renonçant à faire des pauses, freinant brutalement à l'approche des radars avant de poursuivre à vive allure sans se soucier des limitations, il gara la voiture devant la maison d'Amandine peu avant 11 heures du soir.

Les paumes sur le volant, il demeura cinq minutes sans bouger, reprenant son souffle comme s'il venait de nager en apnée. Son regard se tourna vers le portillon du petit jardin. De la lumière au rez-de-chaussée. Amandine l'attendait.

Sur le trottoir, le calme régnait. Non sans raison, il se persuada qu'il ne risquait rien à ce stade. Son père avait enlevé Louis pour s'en servir comme monnaie d'échange. Il devait cesser d'imaginer le pire. « Instructions suivront », avait-il écrit, et il fallait donc attendre ces directives qui ne tarderaient pas.

Il monta les trois marches du perron et sonna. Étant donné les circonstances, c'était un peu absurde de se comporter comme un visiteur, mais il ne se voyait pas pénétrer brusquement chez Amandine tel un voleur.

La porte s'entrebâilla et le visage d'Amandine apparut. Elle ne pleurait pas, mais ses yeux étaient rougis, de profonds cernes les soulignaient et des traces de larmes séchées persistaient sur ses joues.

Ils tombèrent dans les bras l'un de l'autre. Amandine s'accrochait à Grimm, le serrant de toutes ses forces et, dans un sanglot, elle murmura :

— C'est affreux, Hubert…

Ils s'assirent sur le divan et Amandine posa sa tête contre la poitrine de Grimm.

— Qu'est-ce qui va se passer maintenant ? dit-elle d'une voix brisée.

— Il va me contacter. Si nous faisons exactement ce qu'il exige, Louis aura la vie sauve.

— Et toi ?

— Moi ? On verra.

Phrase si peu engageante, si lourde de sens, qu'Amandine en conclut le pire des scénarios.

— Il va te tuer.

— C'est son but.

— C'est toi ou Louis ?

— J'ai déjà choisi.

— Je ne veux pas que tu meures. On pourra peut-être le surprendre ?

Grimm caressa longtemps les cheveux d'Amandine. Il ne voulait pas qu'elle perde tout espoir, et alors qu'il en avait si peu – doux euphémisme –, il abonda dans son sens :

— Il est trop sûr de lui. Il fera une erreur.

Ils restèrent une demi-heure, immobiles et enlacés, tandis qu'il tentait d'y voir plus clair. Rien ne garantissait que son père n'allait pas éliminer aussi Louis, emporté par sa haine destructrice et son désir de vengeance. Il n'avait aucune carte en main et son père était maître du jeu.

— Personne ne vous a vus au parc ? questionna-t-il finalement.

— À cette heure-là, il n'y a pas grand monde. C'est même pour ça que j'y vais. Il y avait bien quelques promeneurs, mais éloignés, et je crois qu'ils n'ont rien vu de précis ou alors ils n'ont pas compris ce qui se passait. En tout cas, personne n'est venu me demander si j'avais besoin d'aide.

— Au fond, c'est une chance.

— Tu crois ?

— Oui, il est convaincu que la police n'est pas au courant, ce qui est vrai, mais ça lui donne sans doute trop d'assurance et le pousse à penser que la partie est gagnée.

Elle soupira, consciente que ce raisonnement reposait sur du sable et que Grimm essayait avant tout de la rassurer. Il reprit la parole :

— Il faut dormir un peu. Je suis épuisé.

— Je ne pourrai pas.

— Je sais, mais il le faut. Tu as des somnifères ?

— Oui.

— On va en prendre tous les deux et se coucher.

— Viens, dit-elle en se levant.

À l'étage, dans la salle de bains, ils avalèrent chacun un comprimé de Stilnox. Il y eut ensuite une hésitation. Mettant un pied hors de la pièce, Grimm déclara :

— Je vais aller dormir dans le salon sur le canapé, comme d'habitude.

Elle l'agrippa aussitôt par la manche.

— Non, je t'en supplie… Pour tenir le coup, j'ai besoin de te sentir à mes côtés. Tu accepterais de rester avec moi ?

— Oui.

En fait, c'était comme une sorte d'évidence. Il suffisait de la formuler.

Dans le lit, sans un mot, ils se serrèrent l'un contre l'autre. Puis, l'hypnotique fit son effet et ils basculèrent dans un sommeil cauchemardesque.

6

— Bon, alors, je préviens le patron ? demanda Jarry.

— Y a qu'ça à faire…, répondit Blanchard, laconique.

La veille, le départ précipité de Grimm les avait intrigués. Cependant, habitués à son comportement parfois étrange, ils n'y avaient pas prêté plus ample attention sur le moment. Parti « acheter des clopes », avait-il fourni comme explication quand il avait traversé leur espace de travail. C'était plausible, quoique déjà un peu bizarre dans la mesure où Grimm avait toujours sur lui un paquet en réserve. Cela montrait de sa part une désorganisation matérielle insolite qui, étant donné les rudes événements qu'il traversait, pouvait se comprendre.

Seulement voilà, il n'était pas revenu et, ce matin, il était toujours absent. Où donc avait-il dormi, puisque Jarry l'hébergeait ordinairement, et pourquoi avait-il disparu ? Les heures passant, l'inquiétude et la crainte qu'il lui soit arrivé malheur allaient *crescendo*, d'autant que son portable sonnait dans le vide.

Machinalement, le visage fermé, Jarry tailla son crayon à papier. Quand il prenait des notes à la va-vite, il se servait de ce crayon, et uniquement de ce crayon, écrivant sur des feuilles volantes, qu'il jetait ensuite dans la corbeille dès qu'elles n'avaient plus d'utilité. Pour cette raison, sa corbeille débordait de boulettes de papier chiffonnées ou écrasées. Il n'était pas rare que quelques-unes traînent sous son bureau.

— Allez, vas-y ! lui lança Blanchard qui s'agaçait de cette hésitation.

À regret, espérant ne pas commettre une erreur qui gênerait ou déplairait à Grimm, Jarry se leva et passa dans le couloir, qu'il longea jusqu'au bureau du commissaire. Il frappa d'une main molle.

— Entrez !

Babut, lourdement installé dans son fauteuil, leva vers lui un regard étonné.

— Oui ?

— Il faut que je vous parle, monsieur le divisionnaire.

— C'est urgent ? Ce sera long ? Parce que dans un quart d'heure j'ai un rendez-vous téléphonique avec le procureur Lestanger.

— Quelques minutes, guère plus.

— Ah bon, d'accord ! Asseyez-vous vite et dites-moi ce qui vous amène.

Comme s'il allait repartir dans la seconde, Jarry posa une fesse sur la chaise que le commissaire lui désignait de la main.

— Grimm a disparu.

— Comment ça, disparu ? s'alarma Babut.

— Enfin, disparu… Il est parti hier soir assez tôt, soi-disant pour acheter des cigarettes. On ne l'a plus revu depuis. Ça nous inquiète d'autant plus que, d'habitude, il dort chez moi.

— Bigre.

Le commissaire se gratta la tête, signe chez lui de perplexité, et fronça les sourcils.

— En effet. Et vous avez essayé de l'appeler ?

— Évidemment, à plusieurs reprises. Mais il ne répond pas.

— Nom de Dieu de nom de Dieu. En même temps, il est officiellement en RTT. À moins qu'il ait fait ce que je lui avais demandé, c'est-à-dire régulariser cette histoire de congé avec l'administration puisqu'il semblait avoir repris son service. Mais tel que je le connais, j'en serais étonné…

Babut saisit son téléphone. Quelques instants plus tard, il raccrochait.

— Bon, c'est bien ce que je pensais, il n'a rien fait. Donc, il est toujours en congé, mais ça ne veut absolument rien dire. Et ça, ça nous emmerde royalement !

Babut pianotait sur le bureau de ses gros doigts boudinés. Il s'agaçait.

— Car quoi ! qu'est-ce qu'on peut faire ? Lancer un avis de recherche pour un agent qui est en congé ? Il a parfaitement le droit de ne pas être là et de ne pas répondre au téléphone.

— Alors, qu'est-ce qu'on fait ?

— Rien. On ne peut rien faire. Si ça se trouve, il est tranquillement en vacances à Pétaouchnok et on va se couvrir de ridicule.

C'était l'impasse. Si même la hiérarchie se désintéressait de Grimm, pour des raisons purement administratives, il pouvait être déjà mort qu'on n'en saurait rien avant longtemps. Jarry bouillait intérieurement.

— Vous savez qu'il est en danger de mort. On pourrait au moins essayer de localiser son portable, non ? lâcha-t-il.

— On pourrait, oui, c'est vrai. Cela nous donnerait un renseignement utile. Demandez à Blanchard et tenez-moi au courant.

Le commissaire consulta sa montre.

— Je suis désolé, mais ce coup de fil au procureur…

— Oui, oui, je comprends.

Déçu du peu d'aide reçu, Jarry se leva. Comme pour se rattraper, Babut s'exclama :

— Moi aussi, vous savez, je suis inquiet ! Mais avec Grimm, c'est toujours pareil ! Il fait tout dans le désordre, il est souvent hors des clous, et ça provoque d'inextricables sacs de nœuds !

*
* *

De retour auprès de Blanchard, Jarry lui expliqua le résultat de son entrevue avec le commissaire et laissa éclater sa colère.

— J'espère vraiment qu'il ne lui est rien arrivé de grave parce que nous n'allons même pas tenter de le savoir ! Tu peux voir si on arrive à localiser son portable ?

— Tout de suite.

Blanchard appela les spécialistes de la téléphonie. Une heure plus tard, il reçut la réponse et informa Jarry.

— Apparemment, il est à Montpellier.

— À Montpellier ? s'écria Jarry. C'est bon signe ! Ça veut dire qu'il est allé voir son fils et… euh… comment s'appelle-t-elle déjà… Amandine ! Je crois me souvenir que c'est Amandine, son prénom.

Blanchard souriait de soulagement.

— Donc, on a eu tort de se faire du mouron.

— Oui, mais quand même, il aurait pu nous prévenir ! C'est dingue, ça ! Il disparaît sans rien dire et, en fait, il va voir son fils et sa meuf !

— Sa meuf… Je sais pas, ça paraît complexe, leur histoire. Moi, je n'y comprends pas grand-chose. Il est avec elle ou pas ?

— Pffff… J'en sais rien non plus. Grimm, c'est un mystère.

— Il a peut-être des circonstances atténuantes vu ce qu'il a vécu.

— C'est sûr qu'il a pas été gâté… Mais c'est pas une raison pour nous laisser en plan comme il vient de le faire ! Tu ferais ça, toi ?

— Moi ? Tu rigoles ! Dès que j'ai cinq minutes de retard le soir, je téléphone à ma femme pour la prévenir !

— Saint Blanchard…

— Fous-toi de ma gueule !

7

La tête lourde, Grimm et Amandine étaient sortis avec difficulté du sommeil artificiel dans lequel le somnifère les avait plongés. Dès qu'il avait retrouvé ses esprits, alors qu'Amandine s'était traînée dans la salle de bains pour prendre une douche, il s'était jeté sur son portable. Rien.

Pas de message, hormis un troisième de Jarry, datant de deux minutes à peine. Reçus hier, les deux premiers, où sourdait l'angoisse, demandaient ce qu'il trafiquait. Il n'avait pas répondu. Le troisième avait une tonalité différente, presque de reproche, regrettant que Grimm ait omis de les prévenir de son départ pour Montpellier.

— Ils savent où je suis, donc ils ont fait borner mon portable.

Bien que conscient de l'inquiétude de ses collègues, il n'avait pas songé que ceux-ci utiliseraient ce moyen pour le localiser. C'était une nouvelle inconséquence. Et s'ils savaient qu'il était à Montpellier, ils savaient aussi qu'il se trouvait chez Amandine.

Assis au bord du lit, les pieds nus sur la moquette, il alluma machinalement une cigarette. Cette interférence de collègues attentionnés pouvait tout faire foirer. Il fallait impérativement que son père donne ses instructions avant une éventuelle intervention de la police. Mais le mieux était encore de couper court à l'agitation de ses adjoints, certes de bonne volonté, mais qui ne connaissaient pas le terrible enjeu auquel il faisait face. Il tapota les touches de son portable.

Salut Corentin
Mille excuses, j'ai eu tellement envie de voir mon fils
que je suis parti sans vous prévenir. Désolé.
Tout va bien, je rentre dans quelques jours.

Au moment où il reposait le téléphone sur la table de nuit, Amandine, enveloppée dans une serviette, sortait de la salle de bains attenante. Il ouvrit la fenêtre et écrasa la cigarette sur le rebord.

— Tu sais, dit-elle d'une voix lasse et triste, même l'odeur de cigarette dans la chambre, je m'en fous aujourd'hui.

Il hocha la tête, ramassa ses vêtements éparpillés sur la moquette et fila sous la douche. Quand il descendit à la cuisine, Amandine avait préparé du café et se tenait adossée dans un recoin, la tasse à la main. Du pain et du beurre auxquels elle n'avait pas touché étaient posés sur la table.

— Tu ne manges pas ?

— Pas faim.

Lui non plus ne ressentait aucun appétit et renonça au petit déjeuner, se servant seulement du café dans un mug. Après un assez long silence, il dit à voix basse :

— Jarry sait que je suis ici.

— C'est grave ?

— Ça pourrait le devenir s'il décidait de prévenir des collègues de Montpellier afin qu'ils viennent chez toi pour vérifier.

— Il le fera ?

— Je ne crois pas. Je viens de lui envoyer un message disant que tout allait bien.

— Tu as fait ça ?

— On n'a pas le choix, Amandine.

En était-elle convaincue ? Sans doute en partie, cependant elle n'acquiesçait pas, se contentant de se taire. Grimm songea que si Louis était tué par son père, sa relation avec Amandine s'interromprait définitivement. Elle ne lui pardonnerait jamais. Et il eut le sentiment que, face à une issue aussi épouvantable, il n'aurait plus, ayant tout perdu, qu'à se faire sauter le caisson avec son arme de service. Désespéré, il avala son café d'un trait.

Puis il rangea le pain et le beurre, nettoya sa tasse et, le portable à la main, il tourna en rond une demi-heure dans le salon avant de sortir dans le jardinet pour fumer une cigarette. Il en était à sa troisième d'affilée quand son téléphone vibra. Trempé immédiatement par une sueur froide, il alluma l'écran.

Prenez une seule voiture, toi et ta Gonzesse.
Allez à La Tour de France
Ne tentez rien, ne prévenez personne
j'ai déjà posé plusieurs fois le canon
de mon pétard
sur la tempe du petit pour m'amuser
et ça me démange

Grimm se rua dans la maison.

— Amandine, il a envoyé un message !

Elle devint si blanche qu'il crut qu'elle allait faire un malaise.

— Qu'est-ce qu'il dit ?

— Il veut qu'on aille à la tour de France.

— C'est quoi cette tour ? C'est où ?

— Je ne sais pas, je pensais que tu saurais.

Grimm eut une réaction de colère instinctive.

— Qu'est-ce que ça veut dire ce bordel !? Il se fout de nous !

— Cherche sur ton portable, la tour de France.

Seule chose à faire, du reste. Sur Internet, Grimm tapa « la tour de France » et eut une exclamation de surprise.

— C'est un bled ! *Latour-de-France*, drôle de nom pour un village. Latour, en un mot.

— C'est loin d'ici ?

— Dans les Pyrénées-Orientales. Attends…

Affichant l'application Mappy, Grimm consulta la distance entre Montpellier et Latour-de-France.

— Par le plus rapide, l'autoroute, on y sera en deux heures vingt. Il y a cent soixante-cinq kilomètres.

— Deux heures vingt…, répéta-t-elle pensivement.

Était-ce le temps qui la séparait de Louis ? Elle pouvait l'espérer. Relevant la tête, le visage déformé par une nouvelle angoisse :

— Qu'est-ce qu'il a dit d'autre ?

— Que nous devons y aller toi et moi avec une seule voiture.

— Et Louis, qu'est-ce qu'il a dit pour Louis ?

— Qu'il est vivant, rien de plus.

Grimm eut peur qu'elle demandât à lire le message, mais elle demeura silencieuse, se contentant de cette indication, vague mais rassurante.

— S'il veut que nous allions à une seule voiture, c'est que tu pourras repartir avec Louis.

— Tu le crois vraiment ?

— Oui, il se fout complètement de ta gueule et de celle de Louis.

— Et toi ?

C'était une question récurrente et qui contenait le drame futur sans l'exprimer explicitement. Grimm balaya l'espace d'un mouvement sec du bras.

— D'abord tu récupères Louis, ensuite tu préviens la police.

— Ce sera trop tard…, affirma-t-elle sur un ton fataliste.

— Non, Amandine, il n'est jamais trop tard ! s'écria-t-il avec véhémence comme pour conjurer le sort. Et il faut y aller maintenant parce que chaque minute compte. On prend ta bagnole, tu seras plus à l'aise pour conduire au retour.

Il dessinait pour Amandine un avenir sécurisé, plus fantasmé que concret, et il le faisait tel un automate programmé pour l'apaisement, son cerveau branché sur un logiciel lénifiant mais sans faille dont il doutait au fond de lui qu'il pût refléter une quelconque réalité.

⋆

⋆ ⋆

— Que va-t-on faire des deux grands ? reprit Grimm.

Amandine n'hésita qu'une demi-seconde.

— Je vais les confier à la voisine. C'est une vieille dame qui me rend ce service de temps en temps. Elle adore s'en occuper, ses enfants sont âgés et elle n'a pas eu de petits-enfants.

Joignant le geste à la parole, elle monta à l'étage et redescendit peu après, tenant les deux aînés par la main. Grimm sortit à sa suite et resta dans le jardinet pour fumer une cigarette. Sa nervosité ne cessait de s'accroître. Quand elle revint, il l'entraîna par le bras.

— Prends le volant, commanda-t-il avec une sécheresse inaccoutumée dès qu'ils furent dans la rue.

— Je suis très fatiguée, Hubert, ce serait mieux que tu…

Il la coupa.

— Tu en seras parfaitement capable, j'en suis persuadé. En plus, tu conduis bien et tu aimes ça. J'ai besoin d'être libre de mes mouvements quand on sera face à lui.

Elle obtempéra sans répliquer. Libre de ses mouvements, pensait-elle tandis que Grimm programmait le GPS, et elle jeta un coup d'œil inquiet vers le pistolet qu'il avait fixé à sa ceinture.

— Tu ne tenteras rien qui puisse mettre la vie de Louis en danger ?

— Ça, je te le promets.

Sans un mot, ils quittèrent Montpellier et empruntèrent l'autoroute, cap vers l'ouest.

Plus les kilomètres défilaient, plus Grimm ressentait une humeur noire de désespéré. Des images terribles flottaient dans son esprit, celles de condamnés à mort qui montent à l'échafaud, de chaises électriques où le supplicié est attaché, et d'autres encore telles que des exécutions sommaires, contre un mur, par un peloton de miliciens fascistes.

Peu avant 14 heures, ils passèrent le panneau de Latour-de-France. C'était un joli village méridional, sans doute touristique et animé en été, mais désert en cette saison. La tension chez l'un comme chez l'autre était à son comble et Grimm remarqua que les mains d'Amandine tremblaient sur le volant, qu'elle serrait pourtant comme une possédée.

Sur le qui-vive, Grimm posa le pistolet sur ses genoux, prêt à toutes les éventualités, et fouilla du regard chaque voiture garée. Ils traversèrent ainsi le village par la rue principale et s'arrêtèrent à la sortie.

— Je n'ai rien vu..., lâcha-t-il.

— Qu'est-ce qu'on fait ?

— On fait demi-tour, on se gare au cœur du bled et on attend.

Que faire d'autre ? De nouveau, elle obéit sans protester.

— Bien, coupe le contact.

Le temps s'arrêta. Tout était si calme autour d'eux, quelques voitures qui allaient et venaient, de rares piétons, une vie suspendue. Les minutes s'égrenaient avec une lenteur insupportable et leurs nerfs déjà tant éprouvés s'érodaient à mesure.

— J'en peux plus, Hubert..., dit-elle au bout d'une demi-heure.

— Moi non plus, Amandine, je n'en peux plus.

Et ils se turent, conscients de n'avoir absolument aucune prise sur les événements futurs. Par moments, la paume moite, Grimm caressait la crosse de son pistolet, seul élément rassurant dans ce chaos d'émotions.

Au bout d'une heure, son portable se manifesta. Effrayant paradoxe, Grimm en ressentit presque du soulagement. Après tout, s'il devait être tué dans cette affaire, autant ne pas attendre indéfiniment dans le couloir de la mort et en finir avec cette torture insoutenable.

Prenez la D79 vers MontNer, puis la D612
jusqu'à la table d'orientation du col
de la Bataille et enfin la D38
vers Caladroy.
300 m après le col, tournez à droite
dans un chemin de terre là
où il y a une pierre dressée.
Garez-vous à côté de la bergerie en ruines.

Le dénouement approchait. Ils échangèrent un regard où se lisaient une grande détresse et l'angoisse d'être définitivement séparés.

— Il sait qu'on est là à attendre comme des cons. Peut-être est-il passé en voiture sans qu'on le remarque ?

— Pourquoi ?

— Pour s'assurer que nous sommes venus seuls. Mets le contact, il faut y aller.

Disant cela, Grimm tapotait le GPS.

— Caladroy... Ok, je vois, y a dix bornes, pas plus.

— Et c'est avant Caladroy, non ?

— Oui, donc moins de dix kilomètres.

Amandine fit demi-tour pour prendre la direction de Montner. Elle roulait lentement comme pour retarder l'échéance. Avant le village, ils tournèrent à droite jusqu'au col de la Bataille.

— Par là, fit Grimm au carrefour en montrant le panneau indiquant « Caladroy-Belesta ».

Trois cents mètres plus loin, sur le bord de la route, au départ d'un chemin de terre, une pierre plate plantée à la verticale, telle une grotesque imitation de menhir.

— Gare-toi, dit Grimm.

Elle éteignit le moteur et ils regardèrent autour d'eux. Un désert agricole, comme tant d'autres en France.

— Je ne vois pas de bergerie, dit Amandine.

— Moi non plus.

— Il faut peut-être suivre le chemin jusqu'à la forêt là-bas.

Grimm sentait le piège, mais la vue très dégagée donnait l'impression de pouvoir parer un coup tordu. Cependant, fallait-il aller au bout du chemin, à l'orée de ce bois qu'Amandine avait repéré ?

— Soit on attend qu'il nous recontacte, soit on s'engage.

— Décide, répondit Amandine, résignée.

— Allons voir. Au moins, on sera actifs.

Très plat, le chemin était emprunté par des tracteurs et suffisamment large. À petite vitesse, Amandine traversa l'espace vide jusqu'aux premiers arbres. Aucune bergerie.

— Continue, dit Grimm.

— Dans le bois ?

— Oui, tant qu'on peut passer.

Le chemin se détériora sous le couvert végétal en raison de l'humidité qui devait persister après les périodes d'orage. Des ornières, parfois profondes, révélaient le passage de tracteurs ou de 4 × 4, et le pare-chocs de la voiture d'Amandine heurta à plusieurs reprises les saillies de terre. Le châssis racla aussi quand ses roues tombaient dans les fondrières creusées par les pneus des précédents véhicules.

La luminosité avait également faibli dans le sous-bois et l'atmosphère en était plus inquiétante. Grimm scrutait de tous les côtés, à l'affût, la main crispée sur la crosse de son pistolet.

Ils débouchèrent dans une zone de champs plus restreinte ceinturée par des forêts. La route de Caladroy qu'ils avaient quittée n'était plus visible.

— La bergerie ! cria Grimm.

Sur leur droite se dressait une énorme grange aux beaux murs de pierre, mais dont le toit manquait en totalité – tuiles et poutres –, lui donnant l'allure d'un édifice dévasté par un cyclone.

— Avance encore.

Séparés de la grange par une cour, des bâtiments sans étage s'alignaient, tous mitoyens, disposés comme une longère composite, juxtaposant en enfilade les habitats désormais abandonnés des hommes et des bêtes.

Sur le bord du chemin, garée sans effort de dissimulation, une voiture que Grimm reconnut aussitôt.

— La Clio !

Instinctivement, son regard se porta sur la plaque d'immatriculation. Elle était différente de celle qu'il avait notée quand Kirwiller les avait suivis, Jarry et lui, mais il n'avait aucun doute sur l'identité du véhicule.

— C'est sa bagnole, dit-il dans un souffle.

— Tu es sûr ?

— Oui, je la reconnais.

Amandine s'arrêta dix mètres derrière la Clio et coupa le contact. L'habitacle était vide.

— Il a dû nous voir venir et il nous observe. Où est-il, bon Dieu ?

— Et Louis ? murmura Amandine.

Cette question resta en suspens. Grimm sentait la panique monter en lui. Et si ce monstre avait tué le petit ? Et si tout cela n'était qu'un jeu pervers, un piège horrible dans lequel ils avaient donné tête baissée ?

Immobiles, figés par l'angoisse, ils demeuraient muets, imaginant le pire, incapables de garder l'esprit clair et de choisir une stratégie. Kirwiller avait toutes les cartes en main, eux aucune, sinon l'arme de service de Grimm, ultime recours si son père commettait une erreur. En commettrait-il une ? Grimm n'y croyait pas.

Si bien que son esprit divagua vers des frontières incertaines de la psyché, où stagnent des pensées essentielles que l'on regrette trop tard, au moment de sa mort, de n'avoir jamais prononcées.

— Quoi qu'il puisse se produire maintenant, Amandine, je voudrais que tu saches que je t'aime.

Il n'obtint pas de réponse. Lentement, il se tourna vers elle. Le visage d'Amandine reflétait une tristesse infinie. Ses lèvres tremblaient et une larme coulait le long de sa joue.

8

Un mouvement du côté des anciens bâtiments d'habitation alerta Grimm. Il tourna la tête et aperçut Louis. Sur le seuil d'une maison dont la porte était ouverte. Comme une chèvre à son piquet pour attirer le félin, l'enfant était attaché au niveau du buste par une corde qui disparaissait dans la bâtisse. Assis par terre, il pleurait, sans doute posé au sol à l'instant pour attirer l'attention.

Amandine ouvrit aussitôt la portière.

— N'y va pas, Amandine ! cria Grimm.

Trop tard. Son impulsion était irrépressible. Elle se précipita, traversa la cour et se jeta sur son fils, qu'elle releva et serra dans ses bras.

Impuissant, Grimm vit alors un bras qui happa Amandine par l'épaule et la tira à l'intérieur de la maison. Ce fut tout. Grimm restait seul, et son pistolet posé sur ses genoux lui parut dérisoire. Il comprit à cet instant qu'il avait définitivement perdu la partie.

Ouvrant à son tour la portière, il contourna le véhicule pour se glisser derrière et se tint debout, l'arme à la main, protégé par la carrosserie.

Il mesurait toute l'absurdité de sa position. Que pouvait-il tenter ? Rien. Il n'avait du reste aucune idée pour débloquer la situation et une étrange passivité l'avait envahi.

Une voix forte retentit.

— Viens par ici, Ubu !

Ubu ! Ce surnom, il l'avait oublié, enfoui au plus profond de sa mémoire. Le mot le frappa comme un coup de poignard. Son père l'appelait ainsi quand il débarquait à la maison pour répandre le malheur. Hubert, Ubu, c'était tout ce que ce monstre avait trouvé pour se moquer de son fils et lui montrer son mépris. « Ce crétin d'Ubu », disait-il aussi.

— Avance dans la cour, qu'on voie ta petite gueule de lâche ! Ou alors tire-toi, et j'abats ton gosse et ta femelle !

Aucune issue. Aucune solution. Grimm recula et s'écarta de la voiture. Il se mit à avancer lentement, fixant la porte ouverte de la maisonnette, le pistolet au bout de son bras ballant. Tant qu'il tenait l'arme, il pensait conserver une infime chance de délivrer Amandine et Louis. Infime, et pour tout dire invraisemblable. Si son père sortait seul de la baraque, il tirerait aussitôt. En espérant faire mouche.

— Encore ! Avance encore, sale petit pédé !

Par les carreaux cassés de l'étroite fenêtre, presque une meurtrière, il vit une ombre et un reflet scintillant, le canon du Beretta 92FS de Kirwiller pointé sur lui. Sur l'espace dégagé, il faisait une cible parfaite tandis que son père restait dissimulé derrière le mur de pierre.

— Encore un petit peu, crétin d'Ubu !

Grimm fit encore quelques pas.

— Stop !

Grimm s'arrêta.

— Pose ton flingue et ton portable par terre.

Une dernière hésitation, puis Grimm se déposséda de l'ultime avantage qu'il détenait. Il s'accroupit et abandonna son arme.

— Relève-toi et marche trois grandes enjambées en avant. Bien ! Allonge-toi maintenant sur le ventre, les bras en croix, les jambes écartées.

Une position classique utilisée par la police avant de menotter un suspect. Les rôles étaient inversés et Grimm s'exécuta.

Il avait la tête tournée vers la porte. Un individu apparut, massif, et Grimm fut étonné que cette brute fût son père. Le souvenir qu'il en avait conservé était celui d'un homme plus jeune, plus svelte, plus vif sans doute aussi. Celui-là était chauve avec une barbe grise qui lui mangeait le visage.

Kirwiller ramassa d'abord l'arme de service de Grimm qu'il glissa à la ceinture en disant :

— Ça peut toujours servir, un pétard de flic.

Il mit ensuite le portable de Grimm dans sa poche en ajoutant :

— Je viens de gagner deux portables d'un coup. Pourquoi pas les revendre sur leboncoin ? J'pourrais en tirer un bon prix.

Puis il rit, d'un rire abominable, que Grimm reconnut et qui lui retourna le ventre. Sa mère devait supporter ce rire quand il la battait.

— Lève-toi et va dans la maison. Au moindre geste, je te troue d'une balle dans le dos.

Sur le seuil, Grimm cligna des yeux, car la petite pièce était plongée dans l'obscurité. Dans un angle, il découvrit Amandine assise sur le sol en terre battue. Elle serrait Louis contre sa poitrine. Ils échangèrent un regard de détresse.

— Va la rejoindre !

Kirwiller attendit que Grimm fût installé dos au mur pour pénétrer dans la pièce.

— Que c'est mignon d'assister aux retrouvailles d'une famille de Bidochon ! Le grand couillon, la couillonne et le petit couillon. Une belle triplette, en vérité.

Avec désinvolture, il pointait son Beretta dans leur direction.

— On va bien s'amuser tous les quatre, vous allez voir. D'abord, on va s'occuper du flic. Tu veux bien, mon petit Ubu, qu'on s'occupe de toi ? Tu as toujours manqué d'affection, on va remédier à cela. Ce sera toi et moi, rien que nous deux, pour rattraper le temps perdu.

En regardant Amandine, il sourit d'une manière qui se voulait aimable mais qui n'était chez lui qu'un horrible rictus.

— Chère madame, vous allez m'aider. À vos pieds se trouvent un flacon et une lingette. Vous allez répandre du liquide sur la lingette, ne lésinez pas s'il vous plaît, et vous allez l'appliquer ensuite sur le visage de monsieur en appuyant très fort.

— Je ne le ferai pas, répondit Amandine.

— Oh que si, tu vas le faire ! rugit Kirwiller. J'ai des arguments très convaincants. Tu vois ce chiard que tu tiens tendrement dans tes bras, si tu ne m'obéis pas, je lui tire une balle dans la tête. Tout de suite, boum, le crâne explosé sous tes yeux. Après, quand il y aura sa petite cervelle répandue sur les murs, il sera trop tard pour se plaindre.

Amandine s'était décomposée. Désespérée, elle se cramponnait à Louis en l'étreignant de toutes ses forces.

— Obéis-lui, dit Grimm. Et toi, salaud, tiens ta promesse de les laisser repartir vivants !

— Quelle promesse ?

— Ordure !

— Je ne vais pas inaugurer nos nouvelles relations père-fils en me fâchant. Donc, je prends cela pour un compliment. Merci, fiston.

Grimm se tut. Puis il déboucha lui-même le flacon, versa le liquide sur la lingette et l'appliqua sur son nez. Il respira à fond à plusieurs reprises. Sur le point de s'évanouir, au moment où la tête lui tournait si fort qu'il tanguait déjà, les derniers mots qu'il entendit furent ceux de son père :

— Bravo, quel courage ! On dirait presque un suicide.

Grimm s'effondra sur le côté et Amandine, qui venait d'assister à l'anéantissement de son unique espoir, jeta un regard terrorisé en direction de Kirwiller. Celui-ci sortit un couteau à cran d'arrêt de sa poche et elle se mit à hurler.

— Ferme ta gueule, sale pute ! J'en ai rien à foutre de toi et de ton môme ! C'est pour les pneus de ta bagnole. Je vais les crever, ce qui va t'obliger à retourner à pinces jusqu'à la route. Tu vois, je suis pas un monstre. Reste ici ! Bouge pas ! Si tu sors, j'te bute.

Il s'éclipsa. Amandine demeura prostrée le temps de son absence. D'un geste mécanique, elle caressait les cheveux de Louis. Quand il réapparut, il jeta un regard satisfait dans sa direction.

— Tu tiens à ta petite peau délicate, toi ? J'aime bien les femelles qui savent rester à leur place.

Il s'approcha, se baissa et empoigna Grimm sous les aisselles.

— On va d'abord s'occuper de ce sac à merde.

Il le traîna, passa la porte, et Amandine vit les jambes inertes de Grimm suivre le mouvement et disparaître. Peut-être était-ce la dernière vision qu'elle aurait de lui ? Tout espoir perdu, vidée et sans énergie, elle ne put s'empêcher de pleurer en silence.

Kirwiller revint encore en se frottant les mains.

— J'avoue que le coffre est un peu trop petit. J'ai dû le plier en quatre pour qu'il rentre. Il est souple, comme mec, j'aurais pas cru à ce point-là…

Ses traits se durcirent. Il se balançait d'un pied sur l'autre, paraissant peser le pour et le contre.

— J't'aurais bien baisée, parce que ça doit pas être dégueu de te tringler, pourtant il vaut mieux pas s'attarder. C'est dommage, à côté de la petite bite molle de ton flic, tu te serais fait défoncer par un vrai braquemart, dur comme de l'acier trempé. Tant pis pour toi, tu peux pas gagner à tous les coups.

Il pointa son index vers Amandine.

— Écoute-moi bien maintenant. Je me casse avec ton avorton de maquereau. Mais, en fait, t'en as plus, de maquereau ! Je vais en faire un tas bien dégueulasse de viscères et de boyaux. Ça, tu l'as bien compris, hein ? Je te rends ta liberté. Heureuse ?

Hébétée, Amandine n'entendait même plus ce flot de haine et de cruauté.

— Si j'ai le temps, je penserai à toi. Après l'avoir dépecé, je mettrai dans un bocal quelques morceaux de viande et je te l'expédierai par la poste. La cervelle, ça t'intéresse aussi ? Y en a qui aiment ça, la cervelle !

Dans son épouvante, le regard d'Amandine errait le long des murs sales recouverts de chaux qui tombait par plaques. Elle fixa tout à coup l'entrejambe de Kirwiller. Il bandait. Elle eut un haut-le-corps et, se détournant, elle vomit sur le sol.

— Oooooh ! s'écria-t-il. Elle devient débectante, la petite salope ! Là, vraiment, c'est trop.

Il fit un pas vers la porte.

— Que je te voie pas dehors ! Sinon je vous supprime tous les deux, la chienne et le chiot !

Quand Amandine se redressa, la gorge brûlante et le front en sueur, Kirwiller avait disparu.

*

* *

Quelques secondes plus tard, elle entendit un bruit de moteur, qui ronfla un moment avant de s'estomper, et un calme étrange couvrit la vieille bergerie abandonnée. Était-il parti ? La peur était si tenace, l'angoisse si forte, qu'elle n'osait pas bouger. L'ultime menace proférée de les abattre comme des animaux la tétanisait.

Elle serrait Louis, qui ne pleurait plus, comme s'il avait compris que le départ de son grand-père avait coïncidé avec la disparition du danger.

De longues minutes furent encore nécessaires avant qu'elle décide, avec d'infinies précautions, de se rapprocher de la porte ouverte. Sur le seuil, accroupie, Louis en retrait, elle risqua un coup d'œil rapide. La Clio n'était plus là. Cette fois-ci, elle en fut convaincue, tout péril était écarté.

Empoignant Louis, elle osa sortir de la baraque et, presque en courant, elle se dirigea vers sa voiture. Un vrai désastre. Les quatre pneus étaient éventrés, totalement à plat, et les jantes reposaient directement sur la terre. Par ailleurs, la vitre avant était brisée et le verre pilé répandu sur le siège du conducteur. Inutilisable.

Alors, elle se mit à parcourir à pied le chemin du retour, retraversant le petit bois. Elle avait parfaitement compris la stratégie de Kirwiller. La retarder au maximum avant qu'elle ne prévienne les flics. Pendant qu'elle se hâtait, gênée par Louis dont le poids la fatiguait et la ralentissait, elle imaginait la Clio filant à vive allure vers une direction inconnue. En un lieu atroce où Hubert allait être torturé jusqu'à la mort.

Pourtant, elle se répétait qu'il était encore vivant, que sa survie dépendait de sa célérité, et elle tentait d'accélérer. Trop. Elle tomba sur les genoux, déchirant son pantalon et entraînant Louis dans sa chute, qui se remit à pleurer.

Il lui fallut une demi-heure pour atteindre la départementale et attendre cinq minutes avant qu'une voiture ne passe. Alors, elle se précipita au milieu de la route, agitant les bras en tous sens pour l'arrêter.

Dans le véhicule, elle se désespérait du temps encore nécessaire dans cette campagne perdue pour trouver un commissariat ou une gendarmerie afin de lancer enfin les recherches.

9

— Pour le remercier de son message d'hier, je lui ai envoyé un SMS, puis un autre ce matin, et il n'a pas répondu, dit Jarry.

Blanchard se renversa dans son fauteuil et, comme à son habitude, croisa ses bras démesurés.

— Franchement, il exagère.

— C'est ce que je pense aussi.

— Et pendant ce temps-là, on n'a aucune nouvelle de Bouexière, s'il a localisé Kirwiller ou s'il est sur le point de lui mettre le grappin dessus. Hubert, c'est quand même le chef de notre équipe ! On ne sait rien et c'est pas normal !

— Non, c'est pas normal, approuva Blanchard.

Jarry bougonnait contre les décisions de Babut qui, de fait, les excluait, quand celui-ci pénétra dans leur espace de travail. À l'expression de son visage, ils comprirent que quelque chose de grave s'était produit et ils se tendirent comme des ressorts. Le commissaire ne prit pas le temps de s'asseoir. Il allait d'un bureau à l'autre comme s'il ne parvenait pas à choisir un interlocuteur.

— Et voilà, lança-t-il, c'est arrivé !

— Qu'est-ce qui est arrivé ? rétorqua Jarry, imaginant le pire.

— Ce qu'on craignait. Grimm est aux mains de son père ! Il a réussi son coup !

— Quoi !? s'écria Jarry en s'éjectant de son siège.

— On l'a appris ce matin ! C'est sa femme qui a prévenu la gendarmerie hier soir. Kirwiller avait enlevé le fils de Grimm et ils ont procédé à un échange. Le gamin est sauf, mais Kirwiller a emmené Grimm avec lui.

— Où ? demanda Blanchard sans réfléchir.

— Ah ben ça, si on le savait !

Levant les yeux au plafond d'un air désespéré, Jarry poussa un long soupir.

— Je comprends tout.

— Quoi ? Vous comprenez quoi ?

— Pourquoi il est parti précipitamment pour Montpellier, pardi ! Il venait d'apprendre que son fils avait été enlevé. Éric et moi, on avait trouvé son attitude bizarre. Le message qu'il m'a laissé pour me rassurer, c'était du bidon.

Le commissaire avait-il des regrets de n'avoir pas envoyé la PJ au domicile d'Amandine quand le portable de Grimm avait borné à Montpellier ? C'était possible, à le voir tête baissée, muet, manifestant ainsi son impuissance face aux événements tragiques qui se profilaient.

— Et maintenant, qu'est-ce qu'on fait ? reprit Jarry avec véhémence pour le secouer. Son portable, il borne où ?

— Je ne sais pas. Bouexière s'en occupe, dit Babut, anéanti.

— Et nous ? On peut pas s'en occuper ? C'est notre commandant, Hubert, c'est pas celui de Bouexière !

Le divisionnaire paraissait à la dérive. Il leva vers Jarry de tristes yeux où se lisait son désarroi.

— Si vous voulez, je ne peux pas vous en empêcher. Bon Dieu, il faut qu'on le sorte de là. Si j'avais pu penser que… c'est trop tard… trop tard…

Prenant les choses en main, Jarry interpella Blanchard.

— Interroge l'opérateur, Éric. On doit mettre toutes les chances de notre côté.

Sans un mot, Blanchard saisit son téléphone tandis que Babut, après une ultime hésitation, s'éloignait en disant :

— Tenez-moi au courant.

— Ce serait important aussi que vous nous donniez les infos de Bouexière s'il en a ! réclama Jarry qui s'affranchissait de toutes considérations hiérarchiques.

— Je le ferai, répondit Babut d'une voix faible avant de disparaître.

⋆

⋆ ⋆

Blanchard raccrocha son téléphone en pestant.

— Ils m'ont envoyé chier ! C'est dingue ! Soi-disant que le commandant Bouexière a déjà fait la demande et qu'ils lui ont répondu.

— Et merde ! Quand je dis qu'on nous met des bâtons dans les roues !

Le plus rageant dans cette affaire était que ni Jarry ni Blanchard n'avaient confiance dans la détermination de Bouexière à retrouver Grimm. Coupés des informations clés, ils n'avaient plus qu'à ronger leur frein, avec le seul espoir qu'on ne viendrait pas leur annoncer une mauvaise nouvelle. Le découragement les saisit.

Après de longues minutes à chercher une solution, Jarry ne vit qu'une issue, se servir du sentiment de culpabilité de Babut pour obtenir de sa part une autorisation formelle qui permettrait de contourner les obstacles. Remonté comme un coucou, stimulé par sa volonté de sauver son chef, il marcha d'un pas décidé jusqu'au bureau du commissaire et frappa.

Babut parut étonné de le revoir si vite. Il allait ouvrir la bouche, quand Jarry le devança :

— Excusez-moi, monsieur le divisionnaire, de vous importuner, mais ça ne peut pas fonctionner de cette manière. Blanchard vient de téléphoner à l'opérateur et celui-ci ne veut rien nous transmettre au prétexte que Bouexière s'en occupe. Comme je vous l'ai dit, si nous voulons aider à retrouver Grimm, il faut que Bouexière nous donne les infos. Autrement, nous, on ne peut rien faire !

Jamais Jarry n'avait parlé sur ce ton au patron. Il en avait un peu le vertige, mais son engagement était total et il était prêt à renverser des montagnes. Sa position étant affaiblie par sa précédente inaction, Babut ne s'offusqua pas de ce qui s'apparentait à une injonction d'un subordonné.

Il demanda simplement :

— Y a-t-il une personne avec laquelle vous ne vous entendez pas trop mal dans le groupe de Bouexière ?

Curieuse question qui en disait long sur ce que le commissaire pensait des relations entretenues entre les deux groupes rivaux. Il est vrai qu'à l'arrivée de Grimm Jarry, Blanchard et Ermeline avaient sauté sur l'occasion de changer de commandant. Si Babut n'en connaissait pas les raisons réelles, il en avait conclu à juste titre que de féroces inimitiés devaient l'expliquer.

Sans prendre conscience de l'énormité qu'il proférait, Jarry s'entendit répondre :

— Le Calvez est le moins con.

— Le Calvez est le moins con…, répéta Babut en écho. Bon, eh bien, si Le Calvez est le moins con, je vais lui donner l'ordre de vous tenir au courant de tout ce que les autres découvrent.

Puisque tout lui réussissait, Jarry tenta de pousser son avantage encore plus loin.

— Ce serait possible de le lui dire tout de suite ?

— Oui, d'accord, tout de suite...

Babut prit son téléphone.

— Passez-moi Le Calvez, s'il vous plaît.

Puis, mettant la paume de sa main sur le combiné, il murmura à l'intention de Jarry :

— Vous me rappelez le grade de Le Calvez ?

— Lieutenant.

— Et vous êtes capitaine. Tant mieux.

Capitaine étant hiérarchiquement supérieur à lieutenant, c'était un gage de rapports clairs entre les deux hommes dont Le Calvez n'aurait aucune raison de se plaindre.

— Ah, Le Calvez, vous pouvez passer me voir ? Oui, tout de suite. Merci.

Et, après avoir raccroché :

— Jarry, retournez bosser, je vais lui expliquer.

*

* *

Satisfait de son action, Jarry claironna à Blanchard :

— C'est gagné ! On va avoir Le Calvez qui va tout nous dire.

— Chapeau ! Là, tu m'étonnes !

— Franchement, je crois que j'aurais été capable de saisir le patron par le paletot et de lui ordonner de nous mettre dans le coup.

— Hou là, Jarry superman ! Fais gaffe, tu vas péter ta chemise avec tous tes muscles !

Dix minutes plus tard, Le Calvez pénétrait dans leur espace de travail. Montrant peu d'allant, il avait l'air contrarié par la mission que Babut venait de lui confier.

— Paraît que je dois vous aider.

— Comment il t'a présenté la chose, le patron ? questionna Jarry.

— D'une façon un peu bizarre. Je dois vous tenir informés de ce qu'on sait, mais en cachette de Bouexière. Ça ne me plaît pas trop.

Une certaine lâcheté transparaissait dans la manière dont Babut avait formulé la demande de Jarry. La volonté de ne pas froisser Bouexière avait primé, une mauvaise stratégie qui pouvait déboucher sur un conflit si jamais Bouexière s'en apercevait. Dans une atmosphère de suspicion, ils allaient devoir se dissimuler et jouer leur propre partition. Rien de sain dans tout cela.

— Je te comprends, rétorqua Jarry, charitable. Le patron n'aurait pas dû te mettre dans cette situation. C'est lié au fait que Bouexière fait de la rétention d'informations alors que Grimm, c'est notre chef. On ne peut pas être tenus en dehors de ce qui lui arrive.

— Ok, passons. Qu'est-ce que vous voulez savoir ?

— Le portable de Grimm, il a borné quelque part ou il est éteint ?

— Oui, il borne, c'est le plus curieux. On le suit à la trace. La triangulation a d'abord pointé vers Lons-le-Saunier, puis ensuite autour de Belfort. Il monte vers le nord.

— Putain, qu'est-ce que c'est que ce binz ! Où vont-ils ?

Jarry se plaça derrière Blanchard, toujours assis devant son ordinateur et, se penchant en avant, il posa les deux mains sur ses épaules.

— Tu peux nous afficher une carte ? Parce que je ne vois pas très bien où ça se trouve ces deux bleds.

— C'est dans l'Est, non ?

— Oui, d'accord, mais où exactement ?

Les deux grosses paluches de Blanchard s'activèrent sur son clavier.

— Voilà, voilà…

Un simple coup d'œil et Jarry se rejetait en arrière.

— Ils vont droit vers Mulhouse par l'autoroute A36.

Un court silence, avant que Jarry ne se tourne vers Le Calvez.

— Il en pense quoi, Bouexière ?

— Rien.

— Ça m'étonne pas. Moi, j'ai mon idée.

— Laquelle ?

— Regardez ! À Mulhouse, on prend l'A35 et on arrive direct à Strasbourg. La destination est Illkirch-Graffenstaden.

Les yeux de Le Calvez s'arrondirent. Il eut une moue expressive.

— Illkirch-machinchose, c'est quoi ?

— C'est une petite ville, une sorte de grande banlieue de Strasbourg, où Grimm a passé son enfance. Son père le ramène sur les lieux où il a tué Émilie Grimm.

— Sa mère ?

— Sa mère, en effet.

L'hypothèse était plausible, cependant restait une question en suspens que souleva Blanchard.

— Je trouve bizarre, et même absurde, que Kirwiller n'ait pas éteint le portable de Grimm, comme s'il voulait qu'on suive son itinéraire.

— Moi aussi, Éric, je trouve ça fou ! Mais ce type est fou, non ? Il a peut-être oublié de l'éteindre.

— Mouais…

Quoi qu'il en soit, il fallait agir. Et vite. Déjà Jarry s'énervait et prenait Le Calvez à partie comme si celui-ci était responsable des décisions de Bouexière.

— Qu'est-ce qu'il attend pour prévenir les flics de Strasbourg ? N'ont qu'à se poser au péage de l'autoroute, bon Dieu ! On a des photos de Kirwiller et de Grimm. C'est pas la mer à boire de les repérer et de les stopper au péage !

— J'y peux rien, moi ! se rebella Le Calvez. Bouexière a dit qu'on ne connaissait pas la voiture, qu'on ne savait pas où ils allaient et qu'on devait juste garder le contact.

— Ah, le con ! On connaît sa voiture, c'est une Clio bleue ! Et le but du voyage, à l'évidence, je le répète, c'est Illkirch-Graffenstaden ! Moi, ça me tue, parce que ça crève les yeux !

— Tu veux quoi ? Que je suggère à Bouexière de suivre tes conseils ?

— Mes conseils ? Non, surtout pas ! Toi, par contre, tu pourrais dire que c'est ton idée.

Le Calvez souffla bruyamment en gonflant ses joues.

— T'en a de bonnes… Tu sais très bien qu'il se vexe dès qu'on donne l'impression de penser qu'il se trompe.

— Et, donc, on ne fait rien ! s'écria Jarry en claquant ses deux mains l'une contre l'autre.

— Écoute, je remplis ma mission de vous tenir au courant de tout ce qui se passe. M'en demande pas plus.

— Ok, dans ce cas, retourne là-bas.

Sans rien ajouter, Le Calvez s'éloigna. Pourtant, après quelques pas, il fit volte-face et revint en arrière. Il baissa la voix.

— Plutôt que de venir ici, je téléphonerai. Autrement, ils vont tous se demander ce que je trafique avec vous.

Jarry soupira d'exaspération. Puis il s'approcha de Le Calvez et lui parla à l'oreille sur le ton d'un conspirateur, mais suffisamment fort pour que Blanchard entende.

— Ok, Bernard. Et aussi, dans une heure, je descends au café en face, je m'installe à la terrasse. Toi, tu passes en sifflotant, l'air de rien, et tu jettes les documents dans la grande poubelle verte. Tu t'attardes pas, et je les récupère aussi sec.

Le Calvez fit une tête d'ahuri.

— De quoi tu parles ?

Jarry lui tourna le dos tandis que Blanchard éclatait de rire.

— Avec Bouexière, vous devez pas rigoler tous les jours ! Même l'humour de Corentin, il vous l'a fait oublier ?

*

* *

Il ne se passa pas une heure avant que Le Calvez n'appelle Jarry.

— J'ai des news et elles sont pas bonnes. D'abord, tu t'es gouré.

— Comment ça ?

— Ils ne vont pas à Illkirch-machinchose.

— Merde ! Ils vont où ?

— Ils ont franchi la frontière allemande.

— Quoi !?

— Le portable a borné au niveau de Karlsruhe dans le Bade-Wurtemberg.

Jarry se tut. L'anéantissement était total, car le passage dans un pays étranger impliquait des complications sans nom pour intercepter la voiture. Contacter Europol et coopérer avec une police étrangère, la police allemande en l'occurrence. On déléguait et on perdait la main pour une éventuelle arrestation. Bien que fournissant les données de base – profil de Kirwiller et de Grimm –, les flics français cessaient d'être acteurs pour devenir spectateurs.

Sans qu'on sache s'il se réjouissait ou se désolait de l'erreur de Jarry, Le Calvez ajouta :

— On se serait postés au péage d'autoroute, comme tu le voulais, qu'on aurait pu attendre longtemps. C'est à Mulhouse qu'ils ont dû quitter la direction de Strasbourg pour passer la frontière. Ça, personne ne pouvait le deviner.

— Connerie de merde, mon raisonnement était logique pourtant.

— Mais faux.

À l'évidence, et cela n'annonçait rien de bon. Le parcours de Kirwiller s'entourait d'un épais mystère et devenait désormais imprévisible.

— Il décide quoi, Bouexière ? demanda Jarry à brûle-pourpoint.

— Il contacte Europol et il leur donne toutes les infos utiles pour mettre la main sur Kirwiller.

— Puis il se croise les bras ?

Pas de réponse à cette provocation. Jarry insista :

— Il faudrait envoyer quelqu'un sur place pour aider les Allemands.

— Encore une fois, sur place ne veut rien dire ! Ils se déplacent et on ne connaît pas leur destination.

— Ok, laisse tomber. Tu nous rappelles dès que vous en savez plus.

Le visage sombre, Jarry reposa son portable sur sa table de travail. La mâchoire contractée, les lèvres pincées, il s'assit dans son fauteuil. Une autre réalité, terrifiante, commençait à émerger.

— Tu sais ce que je pense, Éric ?

— Oui, je suis pas plus con que toi.

— Non, bien sûr... Il faut s'attendre au pire. Le plus probable est que Kirwiller a déjà tué Hubert. C'est la seule manière d'expliquer cette fuite à l'étranger. Il parle allemand et il a peut-être des connaissances dans le milieu de là-bas qui vont lui permettre de disparaître des radars.

Blanchard approuvait d'un signe de tête. Le constat était tragique et Jarry, malgré sa volonté farouche d'y croire encore, perdait peu à peu ses illusions.

Récemment, parce que Grimm avait dormi chez lui à plusieurs reprises, qu'ils avaient partagé ensemble la crainte d'une action de Kirwiller et qu'ils avaient même failli lui mettre la main dessus quand sa Clio les avait suivis, une proximité plus grande s'était créée entre les deux hommes. Une proximité que les relations professionnelles n'avaient jamais permise.

Les repas pris le soir dans le petit appartement de Jarry, les discussions autour d'un verre, une entente simple, sans complications, fondée sur le respect mutuel de la vie privée de l'un et de l'autre, tout cela avait engendré une amitié que Jarry mesurait aujourd'hui.

La conviction que Grimm était sans doute déjà mort le désespérait à un point qu'il n'aurait pas imaginé. Il avait presque envie de pleurer et seule la présence de Blanchard le retenait de craquer nerveusement.

La voix de son équipier le tira de ses sentiments morbides.

— On fait quoi ?

— Je ne sais pas, Éric. Je ne sais plus…

10

Elle se faufilait le long des rues, le buste plié en deux, courant quelques mètres puis s'arrêtant pour souffler sous un porche, avant de reprendre sa course. Exténuée, elle ne cessait de regarder en arrière, et son regard effrayé scrutait le moindre signe anormal.

Plus puissante que la douleur qui la faisait souffrir, la terreur lui permettait de tenir et de progresser. Savait-elle seulement où elle allait ainsi ? Une unique obsession l'animait et occupait la totalité de son esprit : fuir, échapper à son poursuivant, trouver un abri sûr où elle pourrait se reposer. Car elle n'ignorait pas le sort qui lui serait réservé si elle était reprise. La mort. Peut-être même serait-elle torturée avant de disparaître, une pensée qui portait la panique à son paroxysme.

Elle posa la main à plat sur un mur et la retira aussitôt, laissant une marque de sang, qui dessinait sa paume et ses doigts écartés, tels ces contours de mains humaines observés dans certaines grottes préhistoriques. La douleur s'amplifia dans son ventre, qu'elle comprimait avec son bras. Il lui avait fallu retirer elle-même le couteau, moment atroce où elle avait failli s'évanouir.

La lutte pour la survie s'était engagée dès cet instant. L'homme qu'elle avait réussi à terrasser temporairement hurlait et tentait de se relever. Elle avait vu le revolver glissé à sa ceinture et qu'il n'hésiterait pas à utiliser. Se ruant vers l'escalier du sous-sol qu'elle avait remonté comme une folle, ouvrant la porte d'entrée sans s'étonner qu'elle ne fût pas fermée à clé, elle avait débouché dans la rue, l'air frais lui fouettant le visage en un symbole de la liberté retrouvée.

Pour combien de temps ? Depuis, elle courait au hasard des rues, se servant de son instinct pour mettre le plus de distance possible entre elle et le cloaque immonde d'où elle venait. Au début, le quartier était désert, pas un passant, pas une voiture. Un de ces pâtés de maisons à l'écart, oubliés, qu'on atteignait par une ruelle vieillotte bordée de masures frappées d'alignement qui n'attendaient que le bulldozer pour être rayées de la carte et céder la place à de nouveaux immeubles.

Puis la vie était apparue sous la forme de magasins, de véhicules bruyants, d'hommes et de femmes qui marchaient paisiblement, l'esprit serein. Que cette insouciance lui parut étrange, masquant le péril pourtant bien réel et la menace qui planait au-dessus d'elle.

Elle aurait pu se jeter dans les bras de ces êtres humains, les implorer de l'aider, mais elle avait perdu toute confiance, ayant la conviction que ces badauds, ignorant la violence de ce monde, seraient incapables de la protéger si son agresseur surgissait à l'improviste. Il les écarterait brutalement et, d'une main sûre, sans trembler, lui logerait deux balles dans la tête, personne n'osant ni s'interposer ni le poursuivre après son crime. Elle ne devait compter que sur elle-même.

Bientôt, elle fut vaincue par sa souffrance et comprit qu'elle ne pourrait plus courir ainsi, au risque de s'effondrer sur le trottoir. Alors, elle poussa la porte vitrée d'un immeuble et entra dans un hall vaste et clair, qui l'effraya encore plus. N'avait-elle pas pénétré dans une souricière qui serait son tombeau ? Elle voulut ressortir, mais elle aperçut l'homme qui passait au trot dans la rue. Il ne l'avait pas vue. Elle recula et s'accroupit au pied de l'ascenseur. Dès lors, elle sut qu'elle ne pourrait plus se relever. C'était la fin. Retrouvant les prières de son enfance, ses lèvres balbutièrent des litanies où Dieu, le Christ et la Vierge Marie se mêlaient dans des incantations désespérées.

La porte s'ouvrit et elle ferma les yeux. Ses prières redoublèrent et ses larmes coulèrent à l'évocation de ses parents et de ses frères qui ne la reverraient plus jamais.

*
* *

Sabine s'approcha et s'arrêta à quelques pas de la femme recroquevillée sur elle-même. Des gouttes de sang perlaient sur le carrelage. Le tremblement convulsif des mains révélait la plus extrême détresse et son visage était dissimulé entre ses genoux.

Sabine s'agenouilla et posa la main sur son épaule.

— Vous êtes blessée ?

Une voix féminine, mais ferme, qui rassura la fugitive. Elle renversa la tête en arrière et découvrit, penché sur elle, un visage aux traits émaciés, des joues creusées, des lèvres minces, des yeux enfoncés dans les orbites, un nez droit. Des lignes nettes, fines et sinueuses, comme une statue de bronze, entourées de cheveux raides, noirs, pas très longs, coupés au bol et qui s'arrêtaient au-dessus des épaules.

Une sorte d'apparition qui évoquait l'Égypte ancienne et la reine Cléopâtre. La jeune femme jeta sur Sabine un regard dans lequel se lisait la stupéfaction. Elle ne parvint pas à articuler le moindre mot.

— Vous souffrez ? Que vous est-il arrivé ? interrogea Sabine derechef.

La réponse vint et Sabine ne la comprit pas, car la jeune femme s'exprimait dans une langue inconnue. Après un temps d'incertitude muette, Sabine reprit :

— *Do you speak english ?*

— *Yes…*

Une affirmation que démentait le ton hésitant. Sabine tenta sa chance :

— *You are injured. What happened to you*[1] ?

La jeune femme fit des efforts désespérés pour être comprise, mais elle mélangeait quelques rares mots de français et d'anglais avec sa langue maternelle, ce qui produisit un charabia incompréhensible.

En l'examinant plus attentivement, Sabine découvrit que la blessure se trouvait au niveau du ventre que la jeune femme comprimait avec force. Renonçant à la faire parler, elle saisit son portable.

Sabine donna deux coups de fil. Le premier aux urgences pour que des secours l'emmènent à l'hôpital. Le second, dans la foulée, à Ermeline. Celle-ci fut étonnée parce que Sabine venait de lui rendre visite au CHU.

— Déjà ? Je te manque tant que ça ? dit-elle sur le ton de la plaisanterie.

— Non, pas à ce point… En arrivant chez moi, j'ai trouvé dans le hall une jeune femme blessée. J'attends l'ambulance. Elle a l'air terrorisée et j'ai l'impression qu'elle a été victime d'une tentative de meurtre. C'est peut-être du ressort de la PJ.

— Sûrement, si c'est une tentative de meurtre. Cependant, moi, même si je quitte l'hosto demain, je suis pas vraiment opérationnelle. Qu'est-ce qu'elle raconte, la nana ?

---

1. Vous êtes blessée. Que vous est-il arrivé ?

— J'entrave que dalle. C'est une étrangère, elle parle une langue slave, du russe ou quelque chose comme ça.

— Du russe ?

Puis, après un bref moment pour intégrer l'information, Ermeline s'écria :

— Ce serait pas du serbe, par hasard ?

— Comment veux-tu que je le sache ?

— Demande-lui ! Si c'est son pays, elle doit au moins comprendre le mot serbe ou Serbie en français.

S'agenouillant de nouveau à côté de la jeune femme qui l'observait avec inquiétude depuis qu'elle téléphonait, Sabine posa son index sur la poitrine et prononça distinctement :

— Toi… *You*… Serbe ? Serbie ?

— Oui… Српски[1].

Sabine se releva aussitôt.

— Tu as raison, elle est serbe. Tu crois que c'est une fille de Drajić ?

— Ce serait un coup de bol et ça vaut la peine de s'en assurer. De la protéger aussi, si c'est le cas. Peux-tu la suivre en ambulance, qu'on la perde pas de vue ?

— Ok. Ce n'est pas ainsi que je voyais le début de la soirée, mais je vais le faire.

— Merci. J'appelle Jarry et je te tiens au courant.

Ermeline ressentait une forte excitation, celle de reprendre le collier, d'être utile, enfin, après plusieurs jours à déambuler avec une béquille dans les couloirs blancs et impersonnels de l'hôpital. Non sans nervosité, elle composa le numéro de Jarry et parla d'une voix fébrile.

— Corentin, je crois que j'ai mis la main sur une fille de Drajić !

— Hein ? Comment ça ? Où ça ? À l'hosto ?

1. Serbe.

— Non, c'est une amie qui m'a téléphoné. Elle a trouvé dans le hall de son immeuble une jeune femme serbe, blessée et apeurée.

— Nom de Dieu, c'est vrai ?

— Évidemment ! Tu crois que je m'amuse à te faire une blague ? Moi, je suis encore coincée au CHU jusqu'à demain, mais mon amie l'accompagne à l'hôpital. Peut-être le même que le mien, je ne sais pas. Je vais te filer le numéro de son portable. Il faut y aller tout de suite pour l'interroger.

— Si tu ne te trompes pas, on va enfin savoir où se trouve le bordel de Drajić et démanteler le réseau. Je prends une bagnole et je vais là où ta copine me dira d'aller.

Le mot « copine », qu'Ermeline avait évité en raison de son ambiguïté, la fit tiquer. Si Jarry rencontrait Sabine à l'hôpital, il la reconnaîtrait[1] et il comprendrait les relations qui liaient désormais sa collègue à la femme du Dragomira. Tant pis, c'était le prix à payer pour faire avancer l'enquête.

Après tout, elle ne pouvait pas cacher indéfiniment cette relation. Du reste, révéler sa nouvelle et singulière vie sentimentale lui donnerait le courage de l'affronter au grand jour. Grimm, qu'elle savait large d'esprit, l'avait apprise et parfaitement acceptée. Elle ne doutait pas que Jarry, si discret lui-même sur sa vie privée, ferait comme si de rien n'était. Cependant, il saurait et ce serait mieux ainsi.

Elle donna le nom de Sabine, que Jarry nota sans manifester son étonnement, puis son numéro de portable en ajoutant :

— Préviens-moi si la fille est emmenée dans le même hôpital que moi. J'aimerais être présente quand tu l'interrogeras.

---

1. Voir *Dans l'ombre du loup, op. cit.*

— Bien sûr, Ermeline.

— Des nouvelles d'Hubert ?

— Non.

C'était faux, hélas. Mentir lui avait paru la meilleure option pour éviter d'inquiéter Ermeline et il en eut honte après avoir raccroché. Cependant, la nécessité d'une action immédiate élimina cette contrariété.

— Éric, dégotte un interprète serbe, disponible de suite, et rejoins-moi à l'hôpital que je t'indiquerai. On a peut-être trouvé une pute de Drajić.

— On ?

— Ermeline.

— Tu te fous de moi ?

— Pas le temps de t'expliquer, je file.

*

* *

Avant de démarrer sa voiture, Jarry téléphona à Sabine. La discussion fut courte. Il se présenta de la manière la plus neutre qui soit – Sabine fit comme si elle ne le connaissait pas – et demanda le nom de l'hôpital où la fille avait été emmenée.

— C'est le même que celui d'Ermeline. J'y suis encore.

Et ce fut tout. Jarry mit le contact et quitta le parking de l'hôtel de police. En roulant, cependant, il ne manquait pas de s'étonner. Ermeline et Sabine Mourot !

— Si je m'attendais à ça… Elles se sont revues, continuent à se fréquenter et peut-être…

Il en souriait et finit par éclater de rire.

— Et peut-être plus si affinités !

Dans le hall de l'hôpital, il montra sa carte de police et s'informa du service où se trouvait la jeune Serbe. Il dut se rendre dans une aile opposée du bâtiment, grimper deux étages à pied – l'ascenseur était encombré –, jusqu'à un long couloir où il croisa plusieurs personnes en blouses blanches ou vertes.

À un tournant du corridor, il tomba nez à nez avec Sabine. En raison de ce qu'il venait d'apprendre, il eut un bref moment de gêne et ne sut trop comment l'aborder.

— Bonjour, madame Mourot. Je vous remercie de l'aide que vous nous avez apportée.

— Madame Mourot ! Pas de cérémonie, franchement... Appelle-moi Sabine et tutoie-moi, on gagnera du temps.

C'était si direct que Jarry en fut estomaqué. Décidément, cette femme de caractère, autoritaire et dominatrice dans les séances au Dragomira Club, était peu ordinaire. Il acquiesça d'un signe de tête.

— Ok. Elle est où ?

— Je viens de voir le médecin. Elle a pris un coup de couteau sur le côté de l'abdomen, qui a transpercé la peau sans atteindre d'organe vital. Probablement a-t-elle esquivé au dernier moment et l'autre a manqué la cible. Ça saignait beaucoup, mais sans gravité. Ils lui ont donné un sédatif et ils sont en train de la recoudre. Dès demain, elle pourra rentrer chez...

Sabine s'interrompit net. Elle avait failli dire « chez elle ».

— Pour l'instant, on sait pas grand-chose, reprit Jarry au vol. Si ça se trouve, rien à voir avec notre affaire. J'attends un interprète puisqu'elle baragouine si peu de français que la communication est impossible.

— Je crois qu'elle comprend en partie ce qu'on lui dit. Quant à répondre, effectivement, c'est une autre affaire. Et l'anglais, c'est pas mieux.

— Peux-tu prévenir Ermeline ? Elle voudrait assister à l'audition.

— D'accord. De toute façon, j'allais la voir.

Et sans plus attendre, Sabine s'éloigna. Jarry se retourna et la regarda. Une démarche altière, un port de reine, une belle femme à n'en pas douter, glaçante au premier abord, mais qui devait avoir des qualités insoupçonnées si Ermeline la fréquentait.

Jarry parvint dans un espace plus large avec un comptoir autour duquel une myriade de soignants s'activaient en tous sens. Il fallut patienter et aussi parlementer pour obtenir l'autorisation d'interroger la blessée. Il fit valoir que cette femme était en danger, qu'il était nécessaire de l'entendre rapidement pour pouvoir la protéger. Les médecins, réticents au début, cédèrent devant les arguments.

Assis sur une chaise, il attendit que l'opération – bénigne, donc – se termine. Il appela Blanchard qui bougonna :

— T'en as de drôles, toi. Trouver un interprète serbe disponible, là, tout de suite, c'est une autre paire de manches.

— Je m'en doute. Bon, dès que tu l'as dégotté, tu rappliques ici.

Jarry dut poireauter presque une demi-heure avant qu'un médecin vienne lui donner un numéro de chambre.

— Surtout, ne la fatiguez pas. Elle est choquée et épuisée. Trente minutes, pas plus.

— Je ferai au mieux, assura Jarry.

11

Quand il pénétra dans la chambre, Jarry découvrit la jeune femme allongée sur un lit et qui leva vers lui des yeux inquiets. Elle lui fit pitié. Ces cernes, ces traits tirés, ce regard apeuré…

Sur la recommandation de Jarry, les médecins l'avaient installée dans une chambre seule afin que personne ne puisse écouter son histoire. Pour la rassurer, Jarry montra sa carte de police et rapprocha une chaise du lit.

Il lui parla doucement et surtout avec lenteur en détachant chaque syllabe pour qu'elle puisse comprendre les questions.

— Vous êtes serbe ?

— Oui, répondit-elle dans un souffle.

— Qui vous a attaquée ?

— Une homme.

— Quel homme ?

— Une homme.

Vraiment, sans interprète, on allait droit vers un improductif dialogue de sourds. À ce moment, quelqu'un frappa à la porte et Ermeline apparut, marchant avec une béquille.

— Ah, te voilà ! Tu te déplaces bien, maintenant !

— Je rentre chez moi demain.

Notant que Sabine ne l'avait pas accompagnée, Jarry se tut sur ce point. Conformément en cela à sa nature discrète, il n'était pas question pour lui d'en parler le premier.

— J'ai commencé à l'interroger, mais ça va être duraille.

— Je sais.

Évidemment, Sabine l'avait informée. Jarry empoigna une autre chaise et, après l'avoir posé à côté de la sienne, aida Ermeline à s'y asseoir. La présence d'une femme sembla rassurer la jeune Serbe.

Jarry reprit :

— Un homme vous a agressée. Pourquoi ?

Elle comprit de travers.

— Couilles, genou.

Jarry ne put s'empêcher de sourire et lança à voix basse à l'intention d'Ermeline :

— Couilles, genou. C'est peut-être la version serbe de notre *choux, genoux, hiboux, cailloux*.

— T'es con, Corentin.

— Désolé, j'ai pas pu m'empêcher.

Plus perspicace, Ermeline se pencha en avant et fixa la jeune femme.

— L'homme t'a attaquée et tu lui as donné un coup de genou dans les couilles. C'est ça ?

— Oui.

Ermeline se tourna vers Jarry.

— Tu vois, en y mettant du tien, plus un soupçon d'agilité dans le cerveau, on y arrive.

— Bravo. Comme tu dis, je suis con.

Cependant, sans se vexer d'avoir manqué de vivacité d'esprit, Jarry poursuivit :

— Quel est votre nom ?

— Miroslava.

— Merci. C'est plutôt votre prénom. Et votre nom de famille ?

— Franulović.

Le visage épanoui, Jarry se frotta les mains.

— Finalement, on avance.

Son portable vibra dans sa poche. Le Calvez.

— Oui ?

— Ils sont passés en Pologne et sont sur l'autoroute en direction de Varsovie.

— Oh, bon Dieu, putain de merde !

Jarry raccrocha. Son visage montrait une telle consternation qu'Ermeline s'en alarma.

— Une mauvaise nouvelle ?

— Oui, très mauvaise. Je t'en parlerai tout à l'heure.

Avant tout, pour ne pas polluer son esprit avec cette information désespérante, Jarry voulait mener à bien cet interrogatoire. Qui sait si les renseignements fournis par Miroslava Franulović n'allaient pas permettre de déterminer le lieu vers lequel Kirwiller et Grimm étaient en route ? Il allait reprendre l'audition du témoin quand la porte s'ouvrit de nouveau. L'immense stature de Blanchard se profila dans l'encadrement.

Ermeline et Jarry le crurent d'abord seul, mais derrière lui apparut un autre individu, trapu, aux cheveux mi-longs et portant des lunettes.

— Monsieur Lazović, interprète, fit Blanchard en désignant l'homme de la main.

— Entrez, je vous en prie, nous sommes ravis de vous voir, dit Jarry avec une politesse dont on ne le croyait pas capable. Installez-vous. Voici la jeune femme dont le témoignage nous est nécessaire.

L'homme prononça aussitôt quelques mots en serbe à l'adresse de Miroslava, qui esquissa un sourire.

— Monsieur Lazović, pouvez-vous lui demander de raconter l'intégralité de son histoire ? D'où vient-elle ? Comment elle est arrivée en France ? Ce qu'elle a vécu depuis ? Qui la détenait, car nous pensons qu'elle était séquestrée, pourquoi et où exactement ? Comment est-elle parvenue à s'enfuir ? Tâchez de lui faire comprendre qu'elle est désormais en parfaite sécurité et qu'elle ne doit rien cacher pour que nous mettions son ou ses agresseurs hors d'état de nuire.

M. Lazović avait écouté avec attention. À l'évidence, il comprenait l'importance de son rôle. Il sembla réfléchir à la succession des questions et à la manière dont il allait les poser. Puis il se racla la gorge et parla d'une voix douce. À partir de ce moment, une conversation s'engagea entre l'interprète et la jeune femme, dont Jarry, Blanchard et Ermeline se sentirent exclus. Pourtant, ils bouillaient d'impatience d'en connaître le résultat. Sauf Blanchard, étranger à ce type d'émotion.

Miroslava répondait assez brièvement, si bien que Lazović la relança à plusieurs reprises. On sentait qu'il cherchait à obtenir des précisions que la jeune femme répugnait à donner. Cependant, il devait faire preuve d'habileté dans le questionnement, car elle lâchait peu à peu, phrase après phrase, des bribes qui paraissaient satisfaire l'interprète. L'entretien dura vingt-cinq minutes avant que Lazović ne se tourne vers Jarry. Il parlait un excellent français, dénué d'accent.

— C'est une histoire assez terrifiante que celle de cette jeune personne.

— Allez-y.

— Elle a une vingtaine d'années. Elle vivait chez ses parents à Novi Sad dans la province serbe de Voïvodine quand…

— La province de Voïvodine, dites-vous ?

— Oui, pourquoi ?

— Continuez.

— … quand elle a été enlevée par des hommes cagoulés et, contre son gré, vous vous en doutez, transportée en France dans un coffre de voiture. Elle n'a aucune idée de la ville où elle se trouve, a subi au début de très mauvais traitements qui ont brisé sa résistance, et les hommes qui la détenaient l'ont obligée à se prostituer. Elle a totalement perdu la notion du temps et ne semble pas savoir exactement depuis quand elle est en France. Un an ? Peut-être plus. C'est pourquoi son âge est approximatif, vingt et un ou vingt-deux.

— Pouvez-vous lui demander si elle connaît le nom de Drajić ?

À cette question, la femme tressaillit et son regard s'affola. Elle répondit d'une voix terrifiée.

— C'est un de ses geôliers. Le chef, apparemment, confirma Lazović.

— Ok. Ensuite ?

— Aujourd'hui, un de ses gardiens a tenté de la violer. Ce serait assez fréquent et, d'ordinaire, elle ne résiste pas. Mais il a voulu lui faire faire des choses – elle n'a pas voulu me dire lesquelles – et comme elle refusait et se débattait, il a sorti un couteau. Elle a eu peur et, ce fut une réaction instinctive, elle lui a donné un violent coup de genou dans les parties. En tombant, il lui a donné un coup de couteau.

— Cela, nous l'avons compris. Et après ?

— Se rendant compte qu'elle allait subir des représailles brutales, elle a paniqué et elle s'est enfuie. Elle a eu de la chance. Habituellement, il y a au moins trois hommes à les surveiller.

— Les surveiller, elles sont combien ?

— Une dizaine. Pourtant, cette fois-ci, quand elle a remonté l'escalier, elle n'a rencontré personne et, miracle, la porte d'entrée n'était pas fermée à clé. L'homme l'a poursuivie dans les rues, mais elle est parvenue à lui échapper. La suite, vous la connaissez.

Un silence succéda à ce compte rendu. Ermeline le brisa en manifestant son écœurement.

— C'est dégueulasse.

— Oui, Ermeline, c'est dégueulasse, acquiesça Jarry. Il faut coincer ce réseau de merde, que la mort de Drajić n'a pas interrompu. Monsieur Lazović, croyez-vous qu'elle puisse retrouver l'endroit de ce clandé ?

La réponse de Miroslava fut hésitante.

— Elle n'en est pas sûre. À partir de l'immeuble où elle s'est réfugiée, elle pourrait faire le chemin inverse. Peut-être…

— Il faut le tenter, et vite ! D'abord obtenir l'autorisation des médecins pour qu'elle puisse nous accompagner.

Jarry était déjà à la porte quand Lazović l'interpella.

— Attendez, elle voudrait qu'on prévienne ses parents. Ils la croient sûrement morte.

Cependant, Jarry ne souhaitait pas perdre un instant. Par-dessus son épaule, avant de disparaître, il lança :

— Bien sûr ! Elle doit se souvenir du numéro. Appelez, monsieur Lazović, vous leur expliquerez que c'est la police française et que leur fille est vivante.

— Elle a le droit de leur parler, je suppose ?

Comme Jarry s'était déjà éclipsé, Ermeline donna cette autorisation formelle. L'interprète composa le numéro que la jeune femme lui indiqua, parla peu de temps en serbe, et lui tendit le téléphone.

Quand Miroslava Franulović eut sa mère en ligne, elle fondit en larmes. Bouleversée – sa mère devait l'être tout autant, si ce n'est plus –, elle hoquetait et balbutiait, et la conversation paraissait une suite de sanglots et de plaintes, entrecoupés de rires nerveux.

Quand Jarry réapparut, la scène s'éternisait. Ne sachant que faire, il hésita avant de prendre la décision de demander à Lazović de couper court à ces retrouvailles, ce que fit celui-ci.

Intraitable, Jarry était en mode flic.

— Ça n'a pas été facile mais, parce que c'est un cas de force majeure et que la blessure est superficielle, les médecins acceptent que nous l'embarquions. Cependant, on doit la ramener ce soir. Je préviens le patron pour qu'il nous envoie des renforts. Allons-y !

*
* *

Se déplaçant encore avec difficulté, Ermeline renonça à s'associer à l'expédition. Elle demanda à Jarry de la tenir informée presque en temps réel de cette mission inopinée.

Il fallut aider Miroslava à s'extraire de son lit et la soutenir dans les couloirs, car elle marchait avec difficulté. Dans la voiture, elle fut installée à l'avant, l'idée étant de refaire en sens inverse le chemin parcouru depuis son évasion, à vitesse réduite pour qu'elle ait le temps de se le remémorer.

À l'immeuble de Sabine, une jonction s'effectua avec trois véhicules de police emmenés par Bouexière. Celui-ci prit la direction des opérations. Cependant, la même stratégie fut adoptée. Il s'agissait d'atteindre rapidement le lieu recherché.

Bouexière exigea néanmoins que Miroslava vienne dans sa voiture, ce qui retarda le départ, au grand agacement de Jarry. Humiliation supplémentaire, son véhicule fut contraint de fermer la marche.

— Quel abruti, ce Bouexière ! lâcha Jarry quand il mit le contact.

Aux hésitations de la voiture de tête, on comprenait que la jeune femme devait faire un effort de mémoire ardu, son état de panique et de faiblesse quand elle tentait d'échapper à son poursuivant ne lui ayant pas permis d'enregistrer mentalement son itinéraire.

Pourtant, elle y parvint et les véhicules stoppèrent bientôt devant une hideuse bâtisse. Un ancien entrepôt ou un vieux commerce abandonné. Bouexière s'entoura de ses hommes qui, arme à la main, lancèrent l'assaut. Jarry suivait, encore une fois relégué à distance de l'opération. Blanchard s'assit à côté de Miroslava pour la protéger.

Ce fut bref. Sans crier gare, les flics s'abattirent sur quatre hommes qui n'eurent pas le temps de réagir, n'offrant aucune résistance à la vue des pistolets pointés sur eux. Dans la pièce, des sacs de voyage à moitié remplis montraient qu'ils s'apprêtaient à fuir, bien conscients que l'évasion d'une prostituée avait anéanti leur sécurité.

Les femmes furent retrouvées au sous-sol, enfermées dans des boxes. Prisonnières, mais en bonne santé, du moins au premier abord. Bouexière réclama deux fourgons pour embarquer les hommes, tandis que des ambulances venaient chercher les femmes.

Le réseau était démantelé et Bouexière s'en attribuerait le mérite. Un classique chez cet arriviste. En plastronnant, il donnait des ordres.

— Jarry, ramène la première à l'hôpital. Je l'interrogerai demain.

La priorité, pourtant, n'était-elle pas de savoir si les quatre hommes, tous serbes, étaient en contact avec Kirwiller ? Si celui-ci, après le meurtre de Drajić, avait repris le réseau en main et si ces scélérats connaissaient l'endroit où il se trouvait à présent ? Jarry voulut le signifier à Bouexière, mais il renonça, certain que son ancien chef l'enverrait paître.

Reprenant la voiture, lui et Blanchard reconduisirent à l'hôpital une Miroslava épuisée. Les médecins furent satisfaits de la revoir aussi vite et remercièrent les deux policiers d'avoir tenu parole.

Avant de partir, ils rendirent une brève visite à Ermeline que Jarry, dans le feu de l'action, avait laissée sans nouvelles. Elle écouta sans les interrompre le récit de la capture des proxénètes et de la libération des femmes. Puis elle posa la question que Jarry redoutait.

— C'était quoi, la mauvaise nouvelle ?

— La pire qui soit. Kirwiller a kidnappé le petit Louis et il est parvenu à l'échanger contre Hubert.

— Quoi ? C'est horrible !

— Je ne t'ai pas prévenue pour ne pas t'inquiéter. Au téléphone, c'était Le Calvez qui m'annonçait que le portable d'Hubert avait borné en Pologne. Ils rouleraient en direction de Varsovie.

— La Pologne ? Ça n'a aucun sens. Pourquoi Kirwiller n'a pas éteint ou jeté le portable d'Hubert ?

— Je n'en sais rien. Il nous nargue, sachant qu'il se déplace trop vite pour qu'on puisse l'intercepter, surtout à l'étranger.

Ermeline resta silencieuse. Une expression d'une grande tristesse avait envahi son visage. Elle reprit d'une voix cassée :

— Tu penses que... ?

— J'ai peur en effet qu'il ne faille pas se faire trop d'illusions. Le plus probable est qu'il l'a déjà tué.

Se tournant vers la fenêtre, Ermeline tenta de cacher son émotion. Les yeux humides, la mâchoire contractée pour dissimuler un léger tremblement des lèvres, elle se taisait, tandis que Jarry et Blanchard, gagnés aussi par le désarroi, s'éclipsèrent sans rien ajouter.

12

Très tôt le lendemain matin, alors que Jarry et Blanchard venaient à peine d'arriver à l'hôtel de police, Le Calvez appela. Là encore, l'information produisit un choc, qui se solda par un sentiment d'impuissance et d'incompréhension désespérant.

— Le portable de Grimm ne borne plus.

— Comment ça, ne borne plus !? Qu'est-ce que ça veut dire ? hurla Jarry.

— Soit il est éteint, soit il a été détruit. On a pu le suivre jusqu'à une vingtaine de kilomètres de Varsovie. Depuis, plus rien.

— C'est foutu, lâcha Jarry.

Sans attendre une réaction de Le Calvez, il raccrocha. Jarry et Blanchard échangèrent un regard, incapables du moindre commentaire. La seule piste qui permettait de conserver un espoir ténu venait de s'évanouir.

Déjà, le fait que ce mobile ait borné à plusieurs reprises au cours de cet incroyable périple constituait une anomalie incompréhensible. Quel assassin aurait oublié de s'en débarrasser pour éviter d'être géolocalisé ? De la part de Kirwiller en plus, un criminel d'expérience... Et puis, contre toute logique, au moment où on s'y attendait le moins, le téléphone avait cessé d'émettre. En Pologne !

Pourtant, malgré le brouillard épais qui entourait désormais la disparition de Grimm, Jarry eut un sursaut de combativité. Il se précipita dans le bureau de Babut dont la porte était entrouverte. Personne.

Dans le couloir, il l'aperçut sortant des toilettes, qui réajustait sa chemise dans son pantalon.

— Patron, vous êtes au courant ?

— Hélas, oui, mon pauvre Jarry, je suis au courant.

— Qu'est-ce qu'on fait ?

— Vous avez une idée ?

— Non, mais je veux assister à la garde à vue des quatre salopards ramassés hier !

— Pourquoi ?

— Parce que ces mecs sont le seul lien possible avec Kirwiller et que, par eux, on peut peut-être le retrouver.

— C'est juste.

— Alors ?

— Ok, je vais prévenir Bouexière.

Jarry se précipita aussitôt dans l'antre de son ancien supérieur. Il entra dans la salle attenante à celle de la garde à vue, où une vitre sans tain permettait de voir les suspects interrogés. Quatre de ses anciens collègues dont Le Calvez, debout, le nez collé à la vitre, écoutaient l'interrogatoire dirigé par Bouexière, son plus fidèle adjoint et un inconnu qui s'avéra être l'interprète.

Se retournant dans un bel ensemble, les quatre hommes dévisagèrent Jarry avec surprise et l'un d'eux lança :

— Qu'est-ce que tu veux ?

— Je collabore à l'enquête !

Face aux protestations, il ajouta, autoritaire :

— Ordre du patron !

Médusés, ils se turent. Jarry se rapprocha de Le Calvez.

— Ça donne quoi ?

— Pas grand-chose. C'est le deuxième qu'on cuisine.

— Mais encore ? Qui les dirige depuis la mort de Drajić ? Kirwiller ?

— De ce qu'on comprend et de ce qu'ils veulent bien dire, ils n'ont jamais revu ni Kirwiller ni Teh. Ces deux-là ont disparu quand Drajić a été assassiné.

— Merde !

— Apparemment, Kirwiller a débarqué à Rennes il y a deux mois et il connaissait Drajić, qui l'avait à la bonne. Mais, eux, on sent qu'ils ne l'aiment pas. C'est tout ce qu'on en tire. Ils ne veulent pas l'avouer par peur de représailles, mais le grand chef est sans doute en Serbie et n'a pas encore envoyé de successeur à Drajić.

Baissant la tête, Jarry prenait conscience qu'il n'y avait rien à attendre de ces hommes de main, subalternes violents, racaille recrutée dans leur pays d'origine et qui n'étaient que des exécutants sans envergure. Il demeura cependant jusqu'à la fin de l'interrogatoire et, pour n'avoir aucun regret, assista à celui des deux derniers. Il n'apprit rien de plus.

D'une démarche traînante, il retourna ensuite à son bureau où il mit Blanchard au parfum de ce nouvel échec. Puis, effondré, il s'assit dans son fauteuil et ferma les yeux.

*

* *

L'après-midi s'étira dans une atmosphère lourde. À vrai dire, Jarry n'espérait plus rien, sinon un coup du destin ou un hasard improbable qui relancerait la recherche. Les pistes s'étaient évanouies. Elles avaient éclaté comme des bulles de savon, tels des mirages auxquels on a cru, par naïveté, par espoir, laissant ensuite un goût amer dans la bouche. Le goût de l'échec et de l'impuissance.

Pourtant, le coup de grâce était encore à venir. Il fut donné par Le Calvez, le messager funeste, dont Jarry redoutait désormais les appels.

Quand il découvrit son nom sur l'écran du téléphone, il décrocha à regret.

— Je t'écoute.

— On s'est fait baiser.

— …

— Le portable de Grimm a été retrouvé à Varsovie.

— Quoi ? Retrouvé où ?

— C'est un camionneur polonais de retour d'Espagne qui, au dépôt, l'a découvert fixé avec du chatterton sous le marchepied à l'arrière de son poids-lourd. Il a prévenu les flics locaux et l'info est remontée jusqu'à nous.

Jarry était sans voix. Ainsi, pour déjouer les recherches, Kirwiller avait choisi sur l'autoroute un camion polonais qui rentrait à sa base. Depuis, les flics ne suivaient que son itinéraire, jusqu'au moment où la batterie s'était éteinte.

— Tu comprends l'astuce ? reprit Le Calvez face au silence de son interlocuteur.

— Non, je suis trop con.

— Euh, te vexe pas…

— Et le portable de Mme Moncorgan, des nouvelles ?

— Comment ça, des nouvelles ? Je te l'ai déjà dit, non ?

— Non.

— Désolé, je croyais. Le garagiste qui s'occupe de sa voiture l'a trouvé sous le siège arrière. Juste planqué là, pour nous amuser.

Le mot « amuser » fit sortir Jarry de ses gonds.

— Tu sais que Grimm est sans doute mort à l'heure où tu trouves que nous nous amusons ? tonna-t-il avec une violence inhabituelle.

— C'est pas ce que je voulais dire…

— Ouais, eh bien, c'est ce que t'as dit ! Allez, salut !

Il fit le point avec Blanchard. Ce fut vite plié.

— Conclusion, Éric : le portable d'Hubert et le clandé de Drajić étaient nos derniers espoirs. Maintenant, on n'a rien. Absolument rien ! Pas plus d'indices que de cheveux sur le crâne d'un chauve. Hubert, on ne le reverra jamais.

13

Grimm émergea douloureusement de son sommeil artificiel. Il éprouvait le même mal de tête et la même sensation nauséeuse que dans la benne. Il ouvrit les yeux et découvrit un plafond assez haut, mais mansardé et dont les pentes opposées étaient soulignées au centre de la pièce par deux poutres apparentes qui se rejoignaient au niveau du faîtage.

Il était allongé sur un lit, totalement nu, les bras ramenés en arrière. Il tenta de les rabattre le long du corps, mais ses poignets étaient bloqués. Des cordes les maintenaient aux barreaux d'un lit en fer, très étroit et inconfortable.

Paradoxe, ses jambes étaient libres. Il replia les genoux pour soulager ses reins, trop cambrés, qui le faisaient souffrir. La soif le tenaillait et un mauvais goût d'éther persistait dans sa bouche.

D'un regard circulaire, il considéra la pièce où il se trouvait. Une chambre de dimension modeste, avec une petite table et sa chaise, une commode, et une seule fenêtre, munie de voilages qui filtraient la lumière, empêchant celle-ci de pénétrer pleinement et, surtout, masquaient le décor extérieur.

Personne. Pas un bruit. Un silence absolu, aussi étonnant qu'inquiétant.

Sa nudité le gênait, accentuant la sensation de faiblesse liée à ses entraves, et il avait froid. Où était son père ? Il était improbable qu'il l'abandonne ainsi et son retour ne pouvait être qu'imminent. Sans doute attendait-il quelque part dans l'habitation que le soporifique cesse son effet ?

Un créneau. Le mot le frappa comme une évidence. Plus qu'un répit, Grimm avait un créneau pour tenter de fuir. Ce moment ne pouvait durer et il fallait le saisir. Vite ! Seule chance exploitable ; quand son père reviendrait, tout serait terminé.

En se contorsionnant, il pouvait voir les nœuds qui le retenaient attaché. Des cordes assez grossièrement nouées, avec des boucles, dont on pouvait suivre l'enchaînement. Un espoir l'envahit. Avec une ficelle, les nœuds auraient été à la fois plus serrés et plus difficiles à défaire.

Cependant, il fallait éviter de tirer dessus avec les bras. Cela ne pourrait que renforcer les boucles. Repliant ses cuisses le long du buste, il balança ses jambes en arrière, les pieds au niveau des attaches. Si jamais il réussissait à libérer une main, la délivrance s'effectuerait en quelques secondes.

Il examina avec attention les deux nœuds. L'un paraissait plus lâche et permettait de mettre en œuvre son plan. Mince et sportif, Grimm avait toujours été d'une grande souplesse. Dans la situation présente, cette qualité était un atout majeur.

S'il parvenait à introduire son gros orteil dans la première boucle, il pourrait tenter de s'en servir comme d'un pouce et, par saccades, desserrer l'entrave. Alors que la transpiration commençait à imbiber son front et ses tempes, il s'acharnait, non sans difficulté, échouant à plusieurs reprises, mais recommençant aussitôt, tel un désespéré conscient de jouer son va-tout.

Écartant son gros orteil jusqu'à tétaniser les autres doigts, il parvint à le glisser dans la boucle puis, le repliant sur lui-même, à obtenir un semblant de préhension. Il effectua des mouvements de rotation, sans forcer, par à-coups légers, observant le sens adéquat, celui qui de fait élargissait la boucle.

Les cuisses comprimant le ventre et les genoux appuyant sur la poitrine, il commençait à éprouver des difficultés pour respirer. Il manquait d'air, ce qui l'obligeait, la bouche ouverte, à de courtes inspirations inefficaces qui l'asphyxiaient peu à peu.

La position était si intenable que la peur d'échouer s'empara de lui. Non, il ne voulait pas céder. Il ne pouvait pas céder. Sa vision s'altérait aussi, en raison de la sueur qui imprégnait ses paupières. Il avait pourtant la nécessité absolue de voir ce qu'il faisait, d'évaluer les progrès, et d'ajuster les oscillations de son pied en conséquence.

Il y eut un progrès décisif, une sorte de percée subite dans l'opération. La boucle sauta, le nœud devint lâche. La suite s'enchaîna presque facilement et, en une poignée de secondes, Grimm libéra sa main.

Basculant sur le côté, il détricota l'autre nœud avec une telle facilité que l'espoir de se sauver explosa dans son esprit comme un feu d'artifice, ressuscitant ses forces pourtant très affaiblies.

Il se jeta hors du lit. Par instinct, il chercha des yeux ses vêtements, sans les découvrir. Il courut à la fenêtre et souleva le voilage. Ce qu'il vit l'immobilisa. Face à lui, une forêt de conifères couvrait une pente assez forte qui se terminait par une crête molle se détachant sur un ciel gris. Paysage de moyenne montagne, qui lui fit penser aux contreforts des Alpes ou des Pyrénées.

Isolé, au milieu d'une dense et sombre végétation. Il se trouvait peut-être à des kilomètres de toute habitation.

Et les dimensions de la chambre ainsi que le toit mansardé ou l'étroite fenêtre prirent une signification évidente. Un chalet. Ou un buron.

S'il réussissait à s'échapper, nu comme un ver, il allait devoir parcourir sans chaussures des sentiers obscurs à la recherche des secours. D'autant plus obscurs que le jour baissait. Il avait donc perdu conscience une journée entière.

Il ne savait rien de ce qui était arrivé à Amandine et à Louis, et il frémit en songeant que le monstre n'avait peut-être pas tenu parole – quelle parole, d'ailleurs ? – et les avait assassinés. Il rejeta cette pensée funeste qui le paralysait.

Avec circonspection, il ouvrit la fenêtre et risqua un coup d'œil à l'extérieur. C'était haut. Trop haut. Aucune aspérité sur le crépi de la maison, aucune gouttière qui aurait pu être utilisée pour glisser jusqu'en bas, mains agrippées au conduit et pieds arc-boutés contre le mur. S'il sautait, la réception serait catastrophique et il en résulterait une blessure irrémédiable.

Refermant la fenêtre, il eut de nouveau le réflexe de regarder autour de lui pour trouver des vêtements, des chaussures tout au moins pour faciliter sa fuite. Sans succès. Alors, il s'approcha de la porte.

Il était convaincu qu'elle était fermée à clé. Comment pourrait-elle ne pas l'être ? Pourtant, quand il abaissa la poignée et tira vers lui, le battant tourna sur ses gonds. Il découvrit un escalier très étroit, en bois et de guingois. En bas, il discernait un vestibule ouvert sur le côté gauche et la porte d'entrée. Si proche…

Seul avantage dans sa situation, les pieds nus permettaient de descendre sans bruit. Il le fit marche par marche, aux aguets, avec d'infinies précautions. Quand il posa le talon sur le sol, une vieille tomette en terre cuite de couleur brique, deux mètres le séparaient de la porte qu'il fixait. Plus rien d'autre ne comptait. Il fallait l'ouvrir et courir aussitôt pour gagner la forêt et se mettre en sécurité.

Hélas, elle résista. Contre toute logique, puisqu'il voyait le pêne dormant enfoncé dans la gâche, il refusa d'admettre qu'elle était verrouillée et tira de toutes ses forces. Sans succès. La serrure ne branla pas d'un pouce.

Il restait là, face à la porte, les paumes posées sur le battant, échouant si près du but que son esprit ne parvenait pas à envisager une autre stratégie. Il fallait réussir à faire sauter ce verrou d'une manière ou d'une autre. Comment ?

Ou, plutôt – comment n'y avait-il pas pensé ? –, ouvrir tout simplement une fenêtre et l'enjamber.

Il fit un pas en arrière quand, sur sa gauche, une voix s'éleva qui le glaça.

— Tu comptais aller loin dans cette affriolante tenue de soirée ?

Il se retourna. Dans le salon attenant, Kirwiller était assis sur un rocking-chair et se balançait d'avant en arrière. Sur ses larges cuisses, le Beretta oscillait au rythme du va-et-vient.

— Le petit Ubu, plein d'espoir, qui croit retrouver la liberté... Tu y as mis du temps. Je m'impatientais. J'ai pensé que, malgré mes efforts, les cordes étaient quand même trop serrées et que tu n'y parviendrais pas. Heureusement non ! L'important, c'est que, toi et moi, le père et le fils, enfin retrouvés dans le bonheur et la fraternité, on puisse jouer et s'amuser ensemble. Tu as aimé ce premier divertissement ?

Un piège. Grimm, sans le savoir, avait participé à un jeu pervers et sadique. Tandis qu'il luttait à l'étage pour sa survie, Kirwiller attendait qu'il descende pour le briser psychologiquement. De fait, il était anéanti.

Kirwiller se leva et, du canon de son flingue, désigna l'escalier.

— Allez, tu remontes ! C'est ta chambre, désormais. Elle est confortable, tu y es bien, tu n'aurais jamais dû la quitter à poil. Ce n'était pas prudent, tu risquais d'attraper froid.

Tenter quoi que ce soit était inutile. Il était nu, désarmé, et Kirwiller agitait le pistolet comme si tirer le démangeait.

D'un pas lent, Grimm grimpa à l'étage, suivi par Kirwiller qui l'accablait de sarcasmes tous plus ignobles l'un que l'autre.

14

Quand Grimm pénétra dans la chambre, il eut l'impression de réintégrer sa prison ou, pire, son tombeau. Que pouvait-il espérer désormais ? Son père le tenait, l'espoir d'une intervention de l'extérieur était si mince qu'il ne fallait pas y songer, et la probabilité de s'évader tout aussi impensable.

Il s'avança jusqu'au milieu de la pièce. Dans son dos, Kirwiller le frappa violemment avec la crosse de son pistolet. Il tomba à genoux, puis bascula en avant, les deux mains sur sa nuque, qui saignait. Son regard se brouilla.

Au bord de l'évanouissement, il comprit qu'on le traînait sur le sol. Puis il fut remis sur ses jambes qui ne le portaient plus, un bras redressé à la verticale. Quand Kirwiller le lâcha, il pendouilla misérablement, retenu par des menottes dont l'un des bracelets était accroché à l'une des poutres apparentes et dont l'autre enserrait son poignet.

La vive douleur au niveau de l'articulation de l'épaule activa des réflexes, ses talons appuyant sur le parquet pour supprimer la traction qui lui déboîtait l'omoplate. Cette position instable accéléra le recouvrement de sa conscience. Bientôt, il parvint à se tenir sur ses jambes et, levant les yeux, il découvrit les menottes qui maintenaient son bras droit verticalement.

Kirwiller lui faisait face et souriait.

— Ça va comme tu veux ?

Grimm ne répondit pas. Réduit à l'impuissance, il savait que son père l'avait attaché ainsi pour le torturer à loisir. Il tenta de gagner du temps.

— Où sommes-nous ?

Kirwiller haussa les épaules.

— Est-ce important de connaître l'endroit où on va mourir ? Franchement, tu devrais t'en foutre ! Concentre-toi sur l'essentiel.

— On est en pleine montagne, hein ?

— C'est pas beau de regarder par la fenêtre. Au fait, tu as eu envie de sauter ? C'eût été une très mauvaise idée. Non seulement c'est bigrement haut, mais, en plus, j'ai répandu juste en dessous des tessons de bouteilles et du verre éclaté qui t'auraient salement amoché.

Kirwiller se recula et s'assit au bord du lit.

— On a tout notre temps, mon petit Ubu. Tu m'as fait perdre trente ans de ma vie en te mettant du côté de ta connasse de mère qui a bien mérité ce qui lui est arrivé.

— Salaud !

— Tout de suite les grands mots. Passons sur ton ingratitude, alors que le jour où j'ai corrigé ta mère je te donnais l'exemple de ce qu'est un homme, un vrai, qui ne se laisse pas marcher sur les couilles. Tu aurais pu profiter de cette leçon, mais t'es trop con. Tu m'as grandement déçu.

Fallait-il, en plus de ce qui lui était promis, supporter ces ignominies ? Grimm hurla.

— Finissons-en !

— Pressé, maintenant, le p'tit gars... Si tu savais ce qui t'attend, tu prolongerais ce moment de répit en acceptant de causer avec moi. Permets-moi de te donner le programme.

Grimm ferma les yeux.

— Par Internet, j'ai loué cet endroit, un Airbnb, pour trois jours. Sous un faux nom, bien sûr. Il me faut prendre quelques précautions avant de quitter le pays. Car je ne compte pas m'attarder après t'avoir aidé à passer dans l'au-delà.

Comme s'il se préparait à faire la sieste, Kirwiller s'allongea sur le lit, les bras derrière la tête et une jambe recouvrant l'autre.

— Nous avons donc deux jours devant nous. Ce sera largement suffisant. Vois-tu, pour te faire regretter ton inqualifiable délation et me demander pardon, vu que tu es du genre têtu, il faut y mettre le doigté nécessaire. De la persuasion. Or, quand je veux, je peux être très persuasif, tu verras.

Grimm aurait aimé se boucher les oreilles. Il devinait que cette longue entrée en matière était guidée par des ressorts sadiques. Que ce pervers en jouissait et qu'il ferait durer ce moment.

— Alors, poursuivait Kirwiller, je me suis demandé ce qui pourrait te convenir. Un truc qui te plairait vraiment, car je souhaite qu'on se sépare pour toujours dans une atmosphère apaisée. Sereine, dirais-je, une communion de nos deux âmes enfin réconciliées.

Puis il abaissa les paupières en murmurant :

— Tu veux savoir ?

Grimm détourna le regard vers la fenêtre. Ne pas participer, tenter de s'abstraire pour que son père se lasse et qu'il passe à l'action. Mourir était le bout du chemin de toute façon. Autant parcourir cette dernière étape le plus rapidement possible.

— Allons, reprenait Kirwiller, ne joue pas l'indifférent, je suis sûr que tu veux savoir ce que je t'ai préparé.

Tu boudes, je vois bien que tu boudes. Quel enfant ! Ne seras-tu donc jamais un adulte capable d'affronter la réalité ?

Prenant appui sur ses mains, Kirwiller redressa son buste et s'adossa aux barreaux du lit en fer.

— Je vais te le dire quand même. J'ai des défauts, peut-être, mais je ne suis pas cachottier. Franc du collier a toujours été ma devise.

Il marqua une pause et considéra son fils avec attention.

— Les Chinois d'autrefois étaient des gens très raffinés, qui avaient beaucoup d'imagination. Honnêtement, en Occident, nous ne leur arrivions pas à la cheville en matière de supplices. Connais-tu le lingchi ?

Avec des mouvements de menton vers son fils et un sourire engageant, il faisait semblant d'attendre une réponse. Qui ne vint pas, ce qui parut provoquer chez lui une forme d'extase.

— Quel ignorant tout de même… Le lingchi ou supplice des cent morceaux. Je t'explique le principe. Sur un homme nu, ou sur une femme… J'aimerais bien un jour le faire sur une femme, ça doit être vraiment bandant… Bon, ne nous égarons pas. Donc, avec un couteau bien tranchant, plaque par plaque, on enlève la peau du condamné, comme celle d'un kiwi, pour mettre à nu la chair et les organes. Tu conçois le truc ? Ça donne un écorché comme dans les classes de sciences nat'. Quand j'étais à l'école, il y avait un mannequin en plâtre, il me fascinait. On voit tous les muscles, les tendons, les viscères, l'estomac, les reins, les poumons. Génial, non ?

Grimm prenait conscience de l'acte de barbarie innommable dont il allait être l'objet. Il sentait son sang refluer dans ses veines et un froid de cadavre le saisir.

— Ce qui est intéressant dans ce supplice, c'est qu'on meurt très lentement et dans d'atroces souffrances. Un gros avantage tout de même, non ? Au lieu d'un court plaisir, comme une petite éjaculation à la va-vite, le tortionnaire et les spectateurs en profitent à plein, ils en ont pour leur argent. Pas de bol pour toi, il n'y aura pas de témoins. Il nous faudra donc assurer le spectacle tous les deux, dans l'intimité. J'ai confiance dans le fait que tu te découvriras un formidable talent d'acteur qui va me ravir.

Kirwiller bascula ses jambes sur le côté et posa ses pieds sur le parquet. Assis, il frappa d'abord ses cuisses du plat de la main, comme une personne qui décide enfin de se mettre au travail, et se leva. Attrapant une grande enveloppe posée sur la commode, il s'approcha de Grimm.

— Il faut que je te montre quelque chose.

De l'enveloppe, il sortit trois photos tirées sur une imprimante.

— Sur Internet, on trouve des illustrations. Ce sont de vieux clichés datant du début du xxe siècle. Ce supplice a été interdit en Chine en 1905, paraît-il. Regarde ce qui t'attend.

Il braqua sous les yeux de Grimm les trois documents. On voyait un homme debout, ligoté à un poteau, dont les pectoraux, peau, muscles et chair, avaient été tranchés, laissant apparaître les côtes et l'intérieur de la cage thoracique. De longues traînées de sang sillonnaient le ventre. Le visage du supplicié reflétait une souffrance indicible, proprement inhumaine, et ses yeux exorbités semblaient scruter les cieux tel un damné.

Grimm ne pouvait détacher son regard de cette horreur qui exerçait sur lui une fascination morbide. Soudain, il eut un haut-le-cœur, son ventre se souleva et il vomit une bile liquide.

— Ça fait de l'effet, hein ? commenta Kirwiller. C'est vraiment dégueulasse, n'est-ce pas ?

Satisfait, il reposa les photos sur la commode.

— Tu constateras que j'ai choisi le meilleur pour toi. Comme un bon père attentionné et affectueux.

Il s'empara d'une bouteille d'eau, la déboucha, et mit le goulot dans la bouche de Grimm.

— Bois ! Dans ma bonté infinie, je t'autorise à étancher ta soif. En revanche, de repas, tu n'en auras pas. Plus jamais. Tu t'en souviens, de ton dernier repas ? Avec qui était-ce ? Ta petite pute ? En amoureux ? C'était sympa ?

L'eau dégoulinait sur les joues de Grimm, coulait sur son cou et son corps.

— On dirait un animal, aucune tenue, s'exclama Kirwiller, hilare.

Il reboucha la bouteille et la remit à sa place. Quittant la pièce, il disparut quelques instants et revint avec son blouson. Il chercha dans une poche et retira un couteau à cran d'arrêt qui s'ouvrit en un claquement sec.

— Voilà l'arme qui va te découper en fines tranches de viande, comme à la boucherie. Je l'ai aiguisée tout exprès. Avoue que je ne fais pas les choses à moitié.

Pour le prouver, il prit l'enveloppe et, avec la lame, sans effort, la trancha en deux.

— On peut difficilement faire mieux, tu en conviendras. Avec un tel couteau, pas de charcutage d'amateur. On débitera en douceur, ce sera un vrai travail de professionnel.

Il pointa le couteau vers Grimm.

— Pour ce soir, nous ne ferons qu'un préambule. Une sorte de répétition avant la « première », comme on dit au théâtre. Ainsi, tu auras la nuit entière pour réfléchir aux conséquences de tes actes. Et regretter, j'espère. Je suis certain que tu me supplieras de t'achever demain. Des supplications, des pleurs, des cris, cela ne suffira pas. Ce que je veux, c'est que tu me demandes pardon. Tu le feras, j'en suis convaincu. Nul ne peut résister au supplice des cent morceaux.

Il s'accroupit aux pieds de Grimm.

— Surtout, ne bouge pas. Si tu te débats, si tu remues trop, ce sera pire. Tu m'obligeras à un travail malpropre. À te déchirer, à te percer de part en part, au lieu de retirer délicatement cette peau tendre que je vais éplucher comme un oignon.

Enserrant la jambe droite de Grimm d'une main ferme, il inclina la lame du couteau sur le mollet et commença à découper une tranche d'un centimètre d'épaisseur. Grimm gémit, les dents serrées, mais se retint de hurler. Il ne voulait pas donner ce plaisir à son père. Pourtant, la douleur était à la limite du supportable. Il sentait qu'une partie de lui-même se détachait tandis que le sang coulait sur ses chevilles.

N'y tenant plus, il saisit son père par les cheveux et tenta de le repousser. Peine perdue. Celui-ci poursuivit sa sale besogne et, quand il se releva, il agita à la hauteur de sa tête, comme un mouchoir pour dire adieu, un morceau de peau et de chair sanguinolent, ovale, long de cinq centimètres.

— Et voilà le travail ! Dessous, tu as une très belle chair, rose, luisante, appétissante.

Il se baissa de nouveau et passa, sans appuyer, la pointe du couteau sur la plaie béante. Les gémissements de Grimm montèrent d'un cran.

— Sans la peau, un rien fait mal… Le principe même du lingchi.

Refermant son couteau et le glissant dans la poche arrière de son pantalon, Kirwiller frappa dans ses mains.

— Ce sera tout pour aujourd'hui. Bientôt, on enlève tout. Tu te croyais à poil ? C'est demain soir que tu seras vraiment à poil ! Allez, dors bien, fais de beaux rêves, prépare-toi, sois en forme…

Après un dernier ricanement, il s'éclipsa. Grimm entendit la clé tourner dans la serrure.

15

Debout, les pieds touchant à peine le sol, le bras droit retenu verticalement par le bracelet des menottes, Grimm ne parvenait pas à dormir. Cette position était une torture. Il pouvait s'adosser contre le plafond en soupente, ce qui le soulageait et l'empêchait de s'écrouler, mais le sommeil était impossible.

Du reste, même dans de meilleures conditions, il n'aurait pu fermer l'œil. Le lambeau de peau retiré par Kirwiller, bien que modeste, avait tailladé le muscle et mis la chair à vif, ce qui le faisait souffrir. Tel un insignifiant avant-goût de ce qui lui était promis. Il savait qu'il allait vivre un martyre et la peur le tétanisait, lui nouait le ventre et lui provoquait des palpitations cardiaques.

Les dés étaient jetés. Il allait mourir, et sa dépouille serait si effroyable que personne ne pourrait porter les yeux dessus sans dégueuler. Quand il aurait rendu son dernier souffle, peut-être que Kirwiller allait s'acharner sur son cadavre, le décapiter, le démembrer, tirer les viscères et les organes, et le réduire en une horrible bouillie d'être humain.

Grimm savait son père capable de cette folie sanguinaire, comme un loup excité par l'odeur du sang et qui, sans raison, alors qu'une seule suffirait à le nourrir, égorge une à une toutes les brebis de l'enclos.

Ses pensées allaient vers son fils qu'il ne verrait pas grandir. Celui-ci l'oublierait vite ; il avait si peu connu son vrai père. D'ailleurs, s'en souviendrait-il ? Officiellement, il restait Louis Moncorgan, fils de Fabien Moncorgan. C'était inscrit sur son acte de naissance. La fragilité d'Amandine après sa séquestration n'avait pas permis de régler ces questions administratives qui étaient restées en suspens. Certes, elle avait donné son accord. Depuis, Grimm attendait une amélioration de son état et le moment favorable pour qu'ils entament ensemble les démarches. Trop tard. Car il était douteux qu'Amandine, lui mort, fasse ce changement au risque de perturber inutilement le petit Louis.

En le tuant, son père le privait aussi de sa paternité. Curieuses pensées au seuil du trépas, qui tournaient en boucle comme un disque rayé, seulement interrompues par d'oppressantes bouffées d'angoisse pendant lesquelles il imaginait Louis et Amandine assassinés par Kirwiller. Une éventualité qu'il rejetait avec force, en se cabrant et en donnant de sa main libre des coups de poing dans le mur.

La nuit fut interminable. Abominable. Quand, le matin, il entendit les pas de son père qui montait l'escalier, tel un bourreau qui vient comme prévu accomplir son office, ses jambes tremblaient et sa raison vacillait.

⋆

⋆ ⋆

Kirwiller apparut et son regard croisa aussitôt celui de son fils. Un sourire cruel illumina son visage.

— Bien dormi ?

À sa ceinture dépassait la crosse de son pistolet et il serrait dans une main le même affreux couteau à cran d'arrêt que la veille.

— Je t'offrirai bien un petit café avant de commencer, mais j'en ai déjà pris un. Je t'ai attendu en bas, tu n'es pas venu, tant pis pour toi.

Ces phrases banales et insupportables n'étaient qu'un avant-goût de ce que Grimm allait supporter pendant son calvaire. Kirwiller ne cesserait jamais de parler, de le narguer et de l'humilier, avec la volonté perverse de le détruire psychiquement tout en le dépeçant lambeau par lambeau.

Comme un objet précieux, il posa le couteau bien en évidence sur une table poussée contre le mur. D'un geste théâtral, il le désigna.

— Superbe instrument au service de la purification de ton âme.

Puis il tira de sa poche une petite clé qu'il agita de la main gauche comme une clochette tout en empoignant son flingue de la main droite.

— Voici la liberté, la clé de tes menottes. À jamais inaccessible. Je la laisserai sur cette table pour que tu puisses la regarder et la désirer.

Tout en continuant à agiter la clé, il brandit ensuite son pistolet.

— Voici la délivrance, le flingue. À un moment de ton supplice, tu ne souhaiteras plus la liberté. Car la liberté, alors que tu ne seras plus qu'un amas de chairs sanguinolentes sans espoir de survie, ne t'apportera plus rien. Tu voudras la balle dans la tête qui abrègera ton supplice.

Avant de poursuivre, il fit semblant d'attendre un commentaire de son fils.

— Tu recevras cette délivrance à deux conditions. D'abord que tu te repentes d'avoir dénoncé ton paternel à la flicaille. Des regrets sincères, cela va de soi, j'en serai seul juge.

Kirwiller appuya ses fesses contre le rebord de la table et fixa Grimm.

— L'autre préalable est tout aussi important. Comme condition pour abréger tes souffrances, j'exige que tu me félicites d'avoir violé et tué ta mère. Tu m'écoutes ? Je veux des remerciements pour t'avoir débarrassé de cette pute, de cette petite pisseuse qui jouait la sainte nitouche tout en allumant les mecs comme une salope.

Kirwiller pointa le canon de son arme vers Grimm.

— Tu penses que tu ne la trahiras pas ? que tu resteras jusqu'au bout de son côté ? Moi, je suis sûr que tu finiras par le dire, le dire et le redire encore ! Avant de t'envoyer la retrouver, cette communion de sentiments entre nous sera un grand bonheur.

Épouvanté par les exigences et la folie de son père, Grimm le regardait sans pouvoir prononcer une parole. Il l'avait si peu connu que son visage s'était effacé dans les brumes du temps. Il ne le reconnaissait pas.

Bien que de même taille que lui, cet homme était d'une autre corpulence. Imposant et massif. Lourd, pour tout dire. Sa tête était large, les traits grossiers, dont un nez proéminent et, sous le front haut et bombé, mis en relief par la calvitie, il avait des yeux étrangement petits, en amande, avec des éclats verts comme ceux d'un serpent.

À l'inverse, Grimm avait des traits fins, un visage allongé, presque émacié, les yeux bleus, un nez droit avec une arête tranchante comme une lame de couteau. Au seuil de la mort, il prenait conscience qu'il tenait de sa mère et que cette ressemblance devait exacerber la haine de Kirwiller. Que celui-ci devait voir à travers lui un double de son ex-compagne, un humain de la même catégorie, un être faible et méprisable.

Tout espoir perdu, réduit à l'impuissance, Grimm sentait son esprit divaguer. Cette constatation clinique constituerait l'ultime observation de sa vie et le chant du cygne de ses capacités de déduction.

Si bien que son cerveau ne comprit pas ce qui se produisit sous ses yeux. La porte s'ouvrit et une ombre, souple et agile comme un chat, se rua sur Kirwiller. Celui-ci fit face au moment du choc, abaissant son pistolet et tirant dans le même mouvement. La détonation claqua dans la chambre tel un avion passant le mur du son.

L'homme percuta Kirwiller, s'y accrocha et vacilla. Grimm ne distinguait pas son visage collé au buste de son père. Il glissait le long du corps de Kirwiller et seuls ses cheveux noirs coupés ras étaient visibles.

Étonnamment, Kirwiller ne repoussait pas son agresseur. Au contraire, il avait lâché son flingue quand les deux hommes s'étaient télescopés et semblait incapable de se dégager. Il pivota, s'appuyant des deux poings fermés sur la table, tandis que l'homme aux cheveux noirs, à genoux, basculait sur le côté, inerte.

Un long silence succéda à cette brève lutte. Grimm voyait son père de dos, qui ne bougeait plus. L'instant s'éternisa. Enfin, Kirwiller se retourna lentement et Grimm découvrit, enfoncé jusqu'à la garde, un couteau planté dans son ventre.

Conservant avec difficulté son équilibre, Kirwiller fit un pas en avant. Puis deux. Il avançait vers Grimm, le fixant de ses yeux verts, comme une dernière obsession.

Parvenu près de son fils, il enserra le manche du couteau et le retira d'un coup sec en poussant un horrible cri de souffrance. Il leva le bras, cherchant à frapper, mais ses forces le trahirent et il tomba à genoux.

Kirwiller fit une seconde tentative et enfonça la pointe du couteau dans la cuisse de Grimm. Le sang inonda le mollet et se répandit sur le parquet. Grimm ne cria pas. Il regardait l'autre main, celle qui renfermait la liberté. Tandis que Kirwiller, sans y réussir, essayait de retirer le couteau pour frapper de nouveau, il attrapa ce poing fermé, crocheta les doigts de son père et, non sans difficulté, les desserra, s'emparant de la clé des menottes.

Kirwiller balbutiait :

— Je vais te tuer…

Repliant sa jambe valide, Grimm appuya la plante du pied sur la poitrine de son père et, d'une brusque détente, le renversa sur le dos où, tel un crabe retourné, il agita les bras.

En un tour de clé, Grimm se libéra des menottes. Trop longtemps maintenues en tension, ses jambes ne le soutinrent pas et il s'écroula près de son père.

Le couteau pendait misérablement près de sa cuisse. Au moment où Kirwiller avait tenté de le planter dans l'artère fémorale, la lame avait glissé sur la peau et l'avait transpercée en oblique.

Retenu par l'idée qu'on pourrait le soupçonner d'avoir liquidé son père, Grimm eut le réflexe de ne pas saisir le manche avec sa main. Se penchant sur les jambes de Kirwiller qui s'agitaient, impuissantes, il utilisa le bas de son pantalon pour retirer le couteau et le laissa retomber entre les chaussures de son père. La blessure ressemblait à une sorte de grosse cloque, vide, la peau plissée à la surface.

Avec difficulté, il se releva et tituba vers l'homme aux cheveux noirs qui gisait sur le sol, face contre terre. La douleur, un instant effacée par la peur et la lutte pour sa survie, ressurgit avec force. En deux endroits, sa jambe droite était blessée. La large tache de chair crue, là où le lambeau de peau avait été enlevé la veille, était le plus affreux à regarder et le plus insupportable. Sur cette plaie, même l'air, pourtant une caresse inoffensive, le faisait souffrir.

Les dents serrées, il empoigna l'épaule du cadavre et le retourna.

Teh ! Le bras droit de Drajić.

En un éclair, il comprit tout. Après l'assassinat de Drajić par Kirwiller, Teh n'avait eu de cesse de venger son associé. Pourchassé par la police pour le meurtre de Bardon, il avait dû remettre cette résolution à plus tard et se cacher. Quand toutes les polices de France s'étaient concentrées sur Kirwiller, convaincues que Teh était mort aussi, la pression se desserrant, celui-ci avait repris sa chasse.

La manière dont il avait découvert la planque de Kirwiller restait pour l'instant un mystère. S'asseyant sur le rebord du lit, Grimm prit conscience du concours de circonstances extraordinaire qui l'avait sauvé de la mort.

La malchance pour Teh avait été de surgir dans la pièce au moment où Kirwiller tenait en main son pistolet. Autrement, il n'y avait aucun doute, vu son agilité, sa vitesse et son adresse, qu'il aurait poignardé Kirwiller sans que celui-ci ait le temps de réagir.

La chance de Grimm avait été que son père tue Teh. Dans le cas contraire, « le Chinois », comme l'appelait Bouexière, aurait supprimé ce flic témoin du meurtre de Kirwiller, mais aussi responsable indirect de la mort de Drajić.

Grimm devait son salut à un hasard improbable, une conjoncture incroyable, qui, après coup, lui donnait des sueurs froides.

Les murmures de son père attirèrent son attention. Il hurla dans sa direction :

— Qu'est-ce que tu veux, toi ! T'as pas ton compte ?

La tête de Kirwiller pivota en arrière et Grimm l'entendit dire d'une voix affaiblie :

— T'es comme ta salope de mère, sale pédé.

Grimm bondit comme un enragé et, du talon, de haut en bas, donna deux violents coups dans la tête de son père, qui s'évanouit.

16

Debout, Grimm regardait son père qui gisait la bouche ouverte, les yeux fermés, et dont les doigts remuaient sporadiquement.

— Espèce de charogne, lâcha-t-il entre ses dents.

Il ne ressentait aucune pitié pour cet être abject qui prétendait être son géniteur. Pire, le désir de l'achever pour venger sa mère le submergeait. Comme un animal malfaisant, un nuisible dont il faut se débarrasser, il pouvait lui défoncer la tête, lui ouvrir le ventre avec le couteau, lui couper les couilles et le sexe et les lui enfoncer dans la bouche. Les images les plus épouvantables hantaient son esprit.

Il savait qu'il n'en ferait rien – ce n'était pas dans sa nature. D'ailleurs, se comporter de cette manière aurait constitué une victoire posthume de son père qui l'aurait ainsi ravalé au même rang que lui, à la bassesse la plus extrême.

Fuir. Il fallait fuir cet enfer et retrouver de véritables êtres humains. Grimm se mit en quête de vêtements, car il ne pouvait partir nu comme un ver. Le froid le taraudait et provoquait des frissons de tout son corps.

Dans cette chambre étroite, hormis la table, le lit et une petite commode il n'y avait absolument rien. Sur le palier, il ouvrit une porte, constatant que l'autre chambre était tout aussi peu équipée.

Il descendit l'escalier et parcourut le rez-de-chaussée. Une cuisine, un salon et une minuscule salle d'eau. Aucune fringue nulle part. Kirwiller avait dû les jeter. Les brûler, peut-être. Découragé, il tourna en rond un moment avant de se résigner à prendre une décision radicale imposée par les événements.

Il remonta les marches et considéra Teh autour duquel une petite mare de sang s'était constituée. Teh était petit. Souple, agile, rapide, mais petit. Jamais il ne pourrait mettre ses habits.

Restait son père. De même taille, mais beaucoup plus corpulent. L'idée même lui répugnait. Avait-il le choix cependant ?

Il tira une chaussure. Du 46. Grimm faisait du 42. Tant pis. Ajoutant une pointe de grotesque à une situation dramatique, il les porterait comme celles d'un clown. Rapidement, il ôta l'autre boot et les deux chaussettes.

Se penchant au-dessus du corps de son père, il dénoua la ceinture et s'employa, en le rabattant vers le bas, comme on démoule une figurine de plâtre, à soustraire le pantalon des lourdes fesses et des cuisses puissantes.

Soudain, son père s'agita, ouvrit les yeux et, d'une main encore ferme, attrapa son poignet. Grimm tressaillit, surpris et saisi par la peur. Il le croyait mort, ou du moins rendu inoffensif par sa grave blessure. Une courte lutte s'engagea. Grimm relevait son bras le plus haut possible pour faire lâcher son père, qui s'accrochait et serrait le poignet de plus en plus fort.

De sa main libre, Grimm lui décocha un coup de poing qui le fit céder. Kirwiller geignit et s'immobilisa, fixant son fils de ses yeux de serpent. Aussitôt, Grimm se dégagea et finit de retirer le pantalon.

Malgré son dégoût, il s'habilla de ces frusques. Il nageait dedans. Le pantalon, d'un vert kaki, style militaire, et les boots, lui donnaient la désagréable impression de se transformer en son géniteur.

Il l'empoigna ensuite par les aisselles pour lui arracher le blouson de cuir. Kirwiller résistait, tentant de garder les bras le long du corps ou de contorsionner son énorme buste dans des mouvements contraires.

Ce corps à corps immonde, où il se tachait du sang de ce monstre et s'imprégnait de sa sueur, l'écœurait à vomir. Enfin, il se recouvrit du blouson, à même la peau. Tout était trop large, accentuant ce sentiment d'être encore un enfant qui joue à mettre les vêtements de son père.

Celui-ci, impuissant, l'observait. Sa respiration devenait sifflante et difficile. Pourtant, il ne délirait pas.

Avec difficulté, il parvint même à prendre la parole et à ironiser sur l'accoutrement de Grimm :

— Tu n'es pas près de me ressembler…

— C'est pas mon but, connard !

— Tu me fous à poil pour faire le lingchi sur moi ?

— Non ! Justement parce que je te ressemble pas !

Kirwiller eut un râle. Il souffrait et son agonie serait longue. Pour la première fois, il implora son fils :

— Achève-moi…

Grimm se pencha au-dessus de lui et lui parla comme s'il lui crachait au visage.

— Pas question. Je vais te laisser crever ici tout seul. Ce sera ton châtiment !

Il se redressa et répéta d'une voix mauvaise :

— Ce sera ton châtiment.

Puis, sans un regard pour le mourant, il quitta la chambre, rabattant la porte comme s'il refermait un tombeau.

*
* *

La porte d'entrée s'ouvrait sur un terre-plein gravillonné. La Clio était garée devant une ancienne grange qui devait servir de garage. Jetant un coup d'œil à l'intérieur de la voiture, Grimm constata que les clés étaient sur le contact. Kirwiller n'avait pris aucune précaution, preuve que les lieux devaient être si éloignés de toute habitation que le vol était impensable.

Un chemin en pente raide, empierré, sans doute pour garantir l'accès à la maison en cas de fortes pluies, disparaissait dans la forêt de conifères. Grimm se mit au volant et amorça la descente.

Sa jambe le faisait souffrir, d'autant plus qu'il devait s'en servir pour appuyer sur l'accélérateur ou freiner. Le tissu du pantalon avait collé à la plaie et tirait sur celle-ci à chaque mouvement.

Dans la vallée, il roula une dizaine de minutes sur un terrain plat avant de déboucher sur une étroite route départementale. Au croisement, un véhicule était dissimulé entre deux arbres, rangé sous le feuillage bas et dense des épicéas. Avec le numéro 35 dans son écusson bleu, à droite de la plaque d'immatriculation. Département d'Ille-et-Vilaine. Rennes.

La voiture de Teh, très certainement. Pour que son arrivée reste secrète, il avait parcouru à pied les kilomètres menant à la maison. Une belle trotte, se terminant de surcroît par une forte montée, et Grimm se surprit à siffler d'admiration devant cette volonté de vengeance inébranlable qui avait poussé Teh à entreprendre cette randonnée, en pleine nuit, pour tenter de tuer Kirwiller.

Grimm ne s'attarda pas. Ignorant l'endroit où il se trouvait, au hasard, il tourna à droite sur la route déserte. Sur les côtés, le sous-bois sombre et triste des conifères empêchait d'avoir une vue dégagée. Était-il dans les Alpes, en Auvergne, dans les Vosges ou les Pyrénées ? Rien ne permettait de trancher.

Il roula ainsi quelques kilomètres, croisa des pick-up et des camionnettes, prit une succession de virages serrés dans une montée, passa un col, et entama la descente de l'autre côté. Peu à peu, la forêt s'estompa, des champs apparurent. Le paysage ne permettait toujours pas à Grimm de se localiser. Cependant, sans les conifères, la végétation aride et les falaises de calcaires blancs évoquaient dans son esprit la région méditerranéenne et non la rudesse des Vosges, des Alpes ou de l'Auvergne.

Enfin, il parvint au premier village, lut le panneau : « Arques », ce qui ne l'aida nullement, et s'engagea dans la rue assez étroite qui le traversait. Dès qu'il aperçut une vieille dame sortant d'une boulangerie une baguette sous le bras, il freina à sa hauteur et abaissa la vitre de sa portière.

— Excusez-moi, madame, pourriez-vous me dire dans quel département nous sommes ?

La vieille dame le considéra comme si elle avait affaire à un fou ou à un demeuré. Elle haussa les épaules et répondit avec un accent chantant :

— Dans l'Aude, monsieur, vous êtes dans l'Aude ! Les Corbières !

— Ah ! merci, madame.

De nature curieuse et conviviale, désirant voir de plus près cet étrange inconnu qui ignorait le nom du département où il se trouvait, la vieille dame s'approcha et eut tout à coup l'air effrayée, se retourna et se mit à courir – à petits pas – pour s'éloigner au plus vite.

Grimm regarda son blouson ouvert sur sa poitrine tachée du sang de son père et ses mains ensanglantées posées sur le volant. Son allure avait de quoi faire peur. Il fallait au plus vite contacter ses collègues.

L'Aude, limitrophe des Pyrénées-Orientales où l'échange entre Grimm et Louis s'était effectué... Kirwiller avait parfaitement organisé son affaire. Après avoir enfermé Grimm drogué dans le coffre de sa voiture, il n'avait eu qu'à filer dans le département voisin pour rejoindre sa planque temporaire avant que toutes les polices de France ne se lancent à sa recherche. Ensuite, son intention était sans doute de gagner l'Espagne, puis peut-être le Portugal afin de quitter l'Europe en bateau. Simple supposition, mais plus que probable.

Grimm roula une trentaine de mètres et s'arrêta derechef à la vue de deux hommes qui discutaient sur le trottoir. Il prit soin de refermer son blouson pour dissimuler les traces de sang sur son buste et de poser ses mains sur les genoux.

— Pardon, messieurs, où se trouve le commissariat le plus proche ?

Les deux hommes échangèrent un regard. Le plus vieux fut aussi le plus prompt à répondre.

— Un commissariat ? Non. Y en a pas par ici. Ou alors, faut aller jusqu'à Carcassonne ! Mais y a une gendarmerie à Couiza.

— Où est-ce, Couiza ?

Léger haussement de sourcils et nouvel échange de regards, plus appuyé cette fois-ci. Le jeune se chargea de renseigner le Martien.

— Tout droit, par là ! Dix kilomètres. En quinze minutes, vous y êtes !

Grimm remercia et appuya sur la pédale d'accélérateur. Il conduisait plus vite qu'il n'aurait dû, et Amandine devint sa seule obsession.

Il répétait à voix basse :

— Il faut la prévenir le plus rapidement possible. Vivant, bon Dieu ! Vivant ! Amandine, je suis vivant !

17

— On nous a donné des nouvelles rassurantes..., commença Jarry.

Il se tenait debout, un peu nerveux, tripotant au fond de sa poche quelques pièces de monnaie qui cliquetaient par intermittence. À ses côtés, Blanchard courbait la tête pour ne pas heurter une lampe qui pendait dans le couloir et Ermeline, qui marchait depuis peu sans béquille, s'appuyait contre le mur.

Le médecin, un type très petit et replet, dont la blouse blanche recouvrait presque les chaussures, toucha du majeur la monture de ses lunettes et, dans un geste qui lui était sans doute familier, les fit basculer de son front sur le nez.

— Et on a eu raison de vous les donner. Certes, la blessure au mollet est impressionnante et une greffe de peau sera nécessaire. L'opération est programmée pour demain matin. C'est le chirurgien Vallier qui s'en chargera. L'autre blessure, celle à la cuisse, nous a obligés à intervenir tout de suite pour recoudre en deux endroits. Il était impossible de laisser les choses en l'état.

— On peut le voir ? interrogea Ermeline.

— Vous savez, votre collègue, c'est un dur au mal. Des blessures très douloureuses et conduire dans cet état… Le moins qu'on puisse dire est qu'il est résistant. On lui a donné un sédatif et, après le nettoyage des plaies et les points de suture, une fois dans sa chambre, il s'est jeté sur le téléphone pour appeler sa femme.

— Sa femme ? releva Jarry, réalisant dans le même temps que le médecin devait parler d'Amandine.

— Euh… c'est ce que j'ai compris en tout cas.

— Donc, il ne dort pas, et on peut lui rendre visite.

— Absolument. Vous vous adresserez à l'infirmière en chef, sur la gauche, au bout de ce couloir. Bien, je vous laisse.

En s'éloignant, il crut bon d'ajouter comme tout médecin qui veille au grain :

— Ne le fatiguez pas trop. Une petite demi-heure, pas plus.

*

* *

Quand Ermeline ouvrit la porte, elle aperçut Grimm allongé sur un lit, qui tourna la tête dans sa direction et murmura dans le téléphone avant de raccrocher précipitamment :

— Mes collègues sont là. Je te rappelle.

Malgré l'appréciation du médecin, il avait l'air très fatigué, les traits tirés, mais vaillant cependant, et son regard semblait acéré.

— Vous venez voir le grand blessé ? dit-il par ironie.

— Et comment vas-tu en vrai ? s'enquit Ermeline.

— Pas trop mal. On m'a recousu la cuisse et on m'a posé une sorte d'emplâtre temporaire sur le mollet. Ça tire un peu tout ça, je ne vous le cache pas, mais c'est mieux que d'être mort !

Ils prirent place, disposant les chaises autour du lit.

— Tu nous racontes les détails de ta libération ? osa Blanchard.

Le visage de Grimm s'assombrit.

— Plus tard. Un cauchemar, le pire de ma vie. Et les cauchemars, on n'a pas toujours envie de se les remémorer. En plus, vous savez, je n'ai pu prendre aucune décision depuis que j'ai surgi ensanglanté chez les gendarmes de Couiza. D'abord, ils ont été méfiants. J'étais entouré de deux gros balaises qui ne me quittaient pas d'une semelle jusqu'au moment où ils ont téléphoné au patron pour s'assurer de mon identité. Puis ils ont appelé l'ambulance, on m'a prodigué quelques soins élémentaires, et hop, sur décision de Babut, retour à Rennes immédiat et direct au CHU. Je n'ai même pas pu prévenir Amandine ni lui parler.

— C'est fait maintenant, je crois, sourit Ermeline.

Grimm lui rendit son sourire.

— Oui, c'est fait… En réalité vous en savez plus que moi. Les infirmiers me glissaient dans l'ambulance quand les gendarmes sont partis toutes sirènes hurlantes investir cette maison de l'horreur. Depuis, aucune nouvelle. Et alors, Kirwiller ?

— Mort.

— *Amen.*

Silence gêné. Il s'agissait de son père tout de même, mais il est vrai qu'en de telles circonstances…

— Ermeline et moi, on part demain, dit Jarry.

— Où ?

— Eh bien, dans la maison de l'horreur, comme tu l'appelles, pour l'enquête.

— Ce n'est pas Bouexière et ses sbires ?

— Non, le patron préfère que ce soit nous. Et on aura besoin de ton témoignage. Éric le prendra dès que tu seras prêt.

— Ok. Demain… demain…

Grimm savait qu'il lui faudrait tout raconter, tout expliquer dans les moindres détails et, rien que d'y penser, son cœur se serrait d'angoisse.

— Mais on sait déjà des choses intéressantes, ajouta Jarry.

— Comme quoi ?

— Sous la Clio de Kirwiller, les gendarmes ont trouvé un traceur GPS. Un TK905, qui peut se fixer n'importe où grâce à un puissant aimant.

— Compris ! C'est comme ça que Teh a pu retrouver la trace de Kirwiller. Sous pression, obligé de se cacher, il a remis à plus tard sa vengeance, mais il avait pris soin de fixer cette balise sur la Clio pour ne pas perdre de vue sa cible.

— Voilà ! À vrai dire, l'enquête est quasiment bouclée, mais il faut faire les constatations d'usage sur place. Tu ne nous cacheras rien dans ta déposition. Il ne faudrait pas qu'il y ait des incohérences entre ce que nous allons analyser dans la maison et ton témoignage.

— Non, Corentin. Allez-y tranquilles. Je n'ai absolument rien à me reprocher, ils se sont entre-tués.

Grimm se félicitait d'avoir pris des précautions comme celle de ne pas toucher le manche du couteau de Kirwiller ou son pistolet. Aucun élément ne pouvait l'accuser de quoi que ce soit, et surtout pas d'avoir supprimé son père.

Il replia ses jambes et ne put réprimer un cri de douleur.

— Au fait, s'écria-t-il pour empêcher ses collègues de le plaindre, sur le trafic de femmes, vous avez avancé ?

— Démantelé ! répondit Ermeline joyeusement.

— C'est vrai ?

— Un peu par hasard, on a logé le clandé grâce à une fille qui s'en était échappée. Les autres femmes ont été libérées et on a coffré quatre Serbes. Ceux-là ne nuiront plus.

— C'est bien. Reste que la tête du réseau fonctionne toujours en Serbie, que Drajić et Teh n'étaient que les chefs de l'implantation à Rennes et que les femmes capturées en Serbie vont seulement changer de destination.

Cette remarque fut accueillie par de tristes hochements de tête. Jarry se leva.

— On va te laisser te reposer.

Au moment où ils quittaient la pièce, Grimm les arrêta.

— Merci d'être venus. Après ce que j'ai vécu, vous ne pouvez pas savoir le bonheur que c'est de vous revoir.

Il hésita et ajouta en baissant les yeux :

— Je vous aime beaucoup tous les trois.

18

Grimm déambulait dans son appartement. Après l'épreuve endurée, il se sentait vide. Comme si la terreur avait creusé son ventre, son esprit et tout le reste.

Une partie de son existence venait de s'achever dans des circonstances dramatiques. L'homme qui avait tué sa mère d'une manière atroce était mort lui aussi. Ainsi se refermait une boucle douloureuse, longtemps niée, longtemps rejetée tel un passé inaccessible, et dévoilée dans la violence la plus extrême.

La mort de son père le laissait indifférent. Il ne profitait même pas d'un sentiment de vengeance qui pourtant n'aurait rien eu d'illégitime. Paradoxe, à trente ans d'écart, c'est l'assassinat de sa mère qui occupait son esprit. Certaines images l'obsédaient et, chaque fois qu'elles s'imposaient, il prenait une cigarette et l'allumait les mains tremblantes.

Sans doute une aide psychologique lui serait-elle nécessaire et il songeait au docteur Lipsky. Qui d'autre ?

Incapable de cerner ou de rassembler ses pensées, il n'envisageait pas une issue plus directe, plus vivante et tournée vers l'avenir. Quand la lucidité vous manque, inutile de chercher le meilleur quai où accoster…

Selon les médecins, l'opération s'était parfaitement déroulée. Une greffe de peau, quoi de plus simple ? Quand il relevait son pantalon, il voyait l'auréole plus blanche sur son mollet, auréole ceinturée d'épais points de suture.

Une rustine. Ce n'était ni plus ni moins qu'une rustine. Elle demeurerait éternellement visible, incapable d'imiter les nuances de sa peau d'origine. Il s'en foutait. Quand bien même cette rustine se serait trouvée au milieu de son visage, il s'en serait foutu aussi.

Quand il marchait ou s'asseyait, il avait encore mal, non pas au niveau de la greffe, mais à la cuisse. Là aussi, on l'avait suturé. Des séquelles d'un combat contre le mal absolu, qu'il avait vaincu par miracle, mesurant sa chance d'être encore de ce monde.

À l'hôpital, il avait longuement parlé avec Amandine. Il avait senti son émotion de le savoir vivant et il en avait été si ému que les larmes avaient brûlé ses paupières. Ils s'étaient promis de se revoir dès son rétablissement, parce que son fils avait besoin de lui, que beaucoup de choses étaient à construire, même s'il y faudrait du temps et de la patience. De la volonté aussi, de l'intelligence.

Depuis, il n'avait pas rappelé. Une sorte d'inhibition incompréhensible l'avait envahi. Ce fameux vide qui entravait ses pensées et les obscurcissait. Saleté de scories qu'il aurait voulu balayer au Kärcher ! C'est pourquoi, telle une bouée, il pensait au docteur Lipsky.

Et comme Amandine n'avait pas rappelé non plus, son incertitude et ses hésitations s'étaient accentuées. Pourtant, n'avait-il pas téléphoné dès qu'il en avait eu la possibilité ? Pour la rassurer. Entendre le son de sa voix. À ce moment-là, il était encore dans l'action, le sang bouillonnant des terreurs vécues, de la fuite et du soulagement. Tout était retombé comme un soufflé.

C'était le soir. Dehors, il faisait gris. La pluie s'était invitée. Avec discrétion, certes, mais elle crachotait son venin de pessimisme et de tristesse.

Il se dirigea vers la cuisine, car il fallait bien manger et qu'un plat de nouilles agrémenté d'un morceau de beurre ferait l'affaire.

On sonna et il en sursauta, tant ce coup de sonnette brisait son repliement sur lui-même. Il eut presque de l'appréhension.

Jarry, Ermeline et Blanchard ? Venaient-ils le voir avec une bonne bouteille pour fêter sa sortie de l'hôpital ? Malgré l'affection qu'il leur portait, il n'en avait guère envie.

Il ouvrit sans même imaginer que son désir le plus dissimulé pouvait se trouver derrière la porte. Le visage d'Amandine apparut, puis celui de Louis endormi qu'elle tenait entre ses bras.

Il fut pétrifié, la bouche ouverte, les yeux inexpressifs, le corps raide, tel un croyant qui voit la Vierge et le petit Jésus. Amandine, consciente de l'effet de sidération produit par sa venue inattendue, murmura avec douceur :

— Il dort. Il ne faut pas le réveiller. Est-ce que je peux le poser sur ton lit ?

Grimm fit un timide « oui » de la tête et s'écarta avec un sourire maladroit. Amandine traversa l'appartement et, dans la chambre, avec précaution, allongea Louis sur le lit. Elle revint sur ses pas.

Remis de sa surprise, Grimm tentait de reprendre pied avec la réalité.

— Tu arrives de Montpellier ?

— Oui.

— En voiture ?

— Tu sais que les kilomètres ne me font pas peur.

C'était vrai. N'avait-elle pas déjà accompli ce trajet deux fois, enceinte de Louis de surcroît, pour convaincre

Grimm d'effectuer un test ADN quand elle désirait connaître la paternité du petit ?

— Tu n'as pas voulu me prévenir de ta venue ?

— Non.

— Et les aînés ?

— Ils sont chez leurs grands-parents.

Amandine pénétrait dans la cuisine et jetait un coup d'œil circulaire. Il la voyait de dos.

— Tu allais te faire des nouilles ?

— Oui.

Elle se retourna. Fixant Grimm, elle dit d'une voix chargée d'émotion :

— Si tu savais, Hubert, à quel point je suis heureuse que tu sois vivant.

Grimm se sentait incapable de répondre, mais un vent se levait qui dispersait les cendres de son passé. Les larmes affluèrent à ses paupières, incontrôlées, et l'une d'elles glissa le long de sa joue, traçant un sillon rectiligne.

Alors, Amandine se jeta dans ses bras écartés et le serra contre lui.

Table

Composition et mise en pages
Nord Compo à Villeneuve-d'Ascq

Achevé d'imprimer sur Roto-Page
par l'Imprimerie Floch à Mayenne
en septembre 2023

N° d'édition : 5050/01 – N° d'impression : 103220
Dépôt légal : octobre 2023

Imprimé en France